TODOS LOS DÍAS
SON NUESTROS

Catalina Aguilar Mastretta

TODOS LOS DÍAS SON NUESTROS

OCEANO

Diseño de portada: Jorge Garnica / La Geometría Secreta

TODOS LOS DÍAS SON NUESTROS

© 2016, Catalina Aguilar Mastretta
c/o Schavelzon Graham Agencia Literaria
www.schavelzongraham.com

D. R. © 2017, Editorial Océano de México, S.A. de C.V.
Eugenio Sue 55, Col. Polanco Chapultepec
C.P. 11560, Miguel Hidalgo, Ciudad de México
Tel. (55) 9178 5100 • info@oceano.com.mx

Primera reimpresión: febrero, 2017

ISBN: 978-607-735-954-8

Impreso en México / Printed in Mexico

Para la familia en la que nací: Ángeles, Héctor, Mateo, Rosario
Y para la que encontré: Dani, Lumi, las niñas, Rodrigo

Prólogo

La Pregunta

—¿Conoces a Emiliano Cervera?

¿A cuál de todos?, porque hay varios. Conozco al que dormía de lado con los ojos y los puños apretados como un niño. Al que se enterraba en mi pelo y me decía Mari, Mari, Mari, como una plegaria. A ése lo conozco o, bueno, lo conocí, no sé del presente. No me acuerdo en qué tiempo, pero en uno pasado, era el amor de mi vida, el viejo de mi vejez, el papá de los hijos que no tengo. Era el agua de mi propio aliento y la memoria que tiene mi piel —entre el cuello y el pecho— lo guardó tan cerca que puede sentir sus dedos recorriéndola. ¿Que si lo conozco en la realidad, dices? ¿O en el centro de mi cuerpo? Porque hay una diferencia total, sobre todo los domingos en la mañana. ¿Conozco a Emiliano? No sé si lo conozco. Está más lejos que alguien a quien nunca he visto, pero lo traigo cargando y me provoca un temblor. Un temblor de esos familiares y terribles. Qué pregunta, ¿conoces a Emiliano? Al que dejó de contestarme el teléfono y escribe poesía urbana en su tuiter, no, a ése no lo conozco. Al que va por toda la colonia Condesa de la mano de la rubita que sale en su película, a ése tampoco lo conozco. Pero sí lo conozco, como si nunca se hubiera ido, porque me quiso tanto y fuimos tan del otro como ahora somos del espacio en el que nos olvidamos.

Concéntrate, María. Te están preguntando por el director de cine del que podrías escribir para ganarte un dinero en la revista de cine en la que a veces te paras para ver qué te dan a escribir. Esa respuesta —más limpia— sí la tengo. Pero se me agolpan todas las otras en la garganta y siento que voy a llorar ahí mismo, enfrente de mi a veces jefe. Así que contesto lo menos útil que se me ocurre:

—Más o menos.

—¿Le puedes pedir una entrevista?

—Sí. (Pero prefiero la muerte.)

—Bueno. Perfecto.

—Perfecto.

José Miguel se queda tranquilo y yo me quedo culpable. Porque es bueno, José Miguel. Y cree que me tiene cerca. Y muchas veces es verdad. Pepe Mike le dicen sus amigos, y no porque lo odien sino porque lo quieren. Porque hay de todo tipo de gente en el mundo y alguna le dice Pepe Mike de cariño a sus amigos. No es culpa de José Miguel no saber nada del temblor.

¿Conoces a Emiliano? Lo conocía. Lo conozco porque no se me va de la frente y que me pregunten por él me crea un hueco en ese lugar que las viudas se tapan con las manos cuando les hablas del pasado. Pero en la realidad de la calle y de la rutina, no sé de él.

—Qué bueno que ya superaste a Emiliano —me dijo Paloma hace ya mucho tiempo—. Yo voy a pedir salmón, ¿tú?

—Pasta.

Y a lo que sigue. Superado está, claro. Nada más es que algunas cosas no terminan nunca. Y ésta es una de esas cosas.

1

Años antes, Cuando Terminó

Llego a la oficina tarde y sin peinar.

—Tu teléfono sonó y sonó —me dice Salvador, que es buena gente y te avisa si sonó tu teléfono mientras no estabas, pero yo lo desprecio porque en las tardes, cuando se aburre, patea mi cubículo como niño en vuelo internacional.

Escucho mis mensajes. Uno de mi mamá: "Te vas así, sin avisar y sin desayunar, como perro, mija, ¿qué mal modo viste?". Soy una mala hija. Sigo escuchando: y una mala amiga. Los siguientes mensajes son tres, de Paloma: "¿A qué hora se fueron ayer? Háblame". "¿A qué hora te vas a presentar a trabajar? Háblame." "¿A qué hora me vas a hablar?" En la historia de este rompimiento habrá preocupaciones futuras y etéreas como: morir sola, perder al hombre de mi vida, arrepentirme para siempre de lo que pasó un sábado a las tres de la mañana cuando tenía treinta años. Todas son preocupaciones complicadas, sin embargo, las imposibles son las más inmediatas: qué hacer con el primer domingo a solas, cómo ir a comer al chino del Parque Nápoles y pedir todo lo bueno para uno sin desperdiciar, cómo lidiar con las expectativas de Paloma. Paloma es la novia de Francisco que, a su vez, es hermano de Emiliano. Y no, los nombres no son a propósito. A la Señora Sandra se le puede acusar de muchas cosas, pero no de revolucionaria. Le había puesto a su primer hijo Emiliano, como su abuelo; a su segundo Francisco, como su papá. Casi se desmayó cuando se los devolvieron del kínder con la instrucción de que los vistiera de bigotes y canana para que salieran de Villa y Zapata en la obra del 20 de Noviembre. Ella que tenía la esperanza de hacerse de unos niños elegantes, les había puesto como los que a su parecer eran los dos más grandes pelados que proporcionó la historia nacional.

Pancho —como Paloma le decía para molestar a la Señora Sandra— llevaba cuatro años de ser su novio, menos de la mitad que Emiliano siendo el mío, cosa que hacía que Paloma nos viera como su ejemplo a seguir. Sólo que ellos eran la pareja correcta del grupo. Paloma y Pancho se conocieron en Harvard —así como lo oyen—, *Harvard University*. Algo con que ella se tropezó en la escalera de un edificio viejísimo donde se habían tropezado también Theodore Roosevelt y Bill Gates y Natalie Portman, sí me sé la historia, pero los detalles dan un poco de flojera. El hecho es que se conocieron y se dieron cuenta al instante de que eran su respectivo destino dado que, habiendo crecido a tres cuadras el uno del otro, habían venido a conocerse en el único lugar del mundo al que les había costado trabajo acceder.

Paloma y yo nos volvimos amigas, primero por la cercanía forzada y luego porque es de veras simpática y hay algo en su inteligencia harvardiana, garapiñada de frivolidad, que la vuelve absolutamente encantadora. Paloma había insistido en que nos volviéramos cómplices en contra de la Señora Sandra, aunque el arreglo no era parejo, dado que la Señora Sandra adoraba a Paloma y ella sólo la odiaba como para cumplir con la imagen de nuera-entorna-ojos que había visto en las caricaturas cuando era niña; mientras tanto, que el hijo mayor anduviera conmigo y no con alguien más donairoso era genuinamente una decepción para la familia. A mí no me quedaba más remedio que odiar a la Señora Sandra en defensa propia.

—Ahora sí me enojé con mi psicóloga —me dijo Paloma, sin decirme "hola" cuando por fin le hablé—. Le dije que me quería casar, así como a la pasada, que a ver para cuándo con Pancho. Equis. Y me dijo que por qué compraba los ideales de mi mamá. Se me puso feminista la tipa y yo, haz de cuenta, engendré en una de esas mujeres que sólo se quieren casar. "¡Yo sí me quiero casar!", le dije, "¡me quiero casar ya y nada más me hará feliz!" Y mientras se lo iba diciendo, pensaba: "Yo creo que esto no es verdad, la neta no es tan verdad, muchas otras cosas me harían feliz. Pero no me habrá de ganar un argumento esta pinche vieja. Encima de que vengo a contarle mi vida privada".

—Pues si te quieres casar, cásate, amiga —dije, dándole tiempo de agarrar aire.

—¿Me hinco y me pongo el anillo yo sola? Ni que fuera yo tú.

—Yo no me pongo ningún anillo.

—Es culpa de la cabrona de Sandra que le sigue negando el anillo de la bisabuela a Pancho, que porque no se lo vaya a dar a alguien que no es de la familia.

—El anillo de la bisabuela será tuyo, no te preocupes.

—Sí, a ti se te hace fácil porque tienes el matrimonio ya, no necesitas el anillo. Yo necesito saber si Pancho va a ser el papá de mis hijos, ¿me entiendes? Ése era mi punto con la psicóloga, antes de que empezara a intensear con lo de los ideales. Tú ya sabes que Emiliano va a ser el papá de tus hijos, el compromiso ya está. A mí el pinche gordo me la está poniendo difícil.

Pancho pesa máximo tres kilos más de lo necesario, pero Paloma deriva gran placer en llamarlo el pinche gordo.

—No creo que Emiliano sea papá de mis hijos.

—Ay, ya, porque cuáles hijos, ya sé. No te me pongas literal.

—Emiliano se fue —dije por primera vez. La cosa se me puso literal a mí. Paloma contó hasta cinco en silencio, así le

13

había enseñado a hacer su abuelita cuando no sabía qué decir y no quería decir barbaridades.

—¿Adónde?— preguntó por fin.

—Pues a su casa —solté—. O sea, a casa de su mamá.

———

El asunto se había terminado la semana anterior, pero Emiliano se fue en la madrugada de ayer. Veníamos de una fiesta de disfraces, cosa ideal, dado que andábamos en el esfuerzo de parecer puras cosas que no éramos, felices para empezar, ¿por qué no agregarle una capa y una máscara a la simulación? Emiliano se había vestido de Darth Vader con una tela de terciopelo negra y un casco que apenas lo dejaba respirar.

—Asfixiante —me dijo con una sonrisa—, para sentir como que estás cerca hasta cuando te me alejes.

Yo me había embutido en un traje de Gatúbela que nos dio los únicos quince minutos de euforia que tuvimos en toda la fiesta. Emiliano se cansó de verme el cuerpo de lejos y me metió al cuarto de La Pobre Chica de la Casa para separarme del plástico negro que se había pegado a mi piel como una calcomanía. La falta de química no era uno de nuestros múltiples e inasibles problemas, llevábamos casi diez años de desvestirnos a la primera oportunidad, casi nueve desde que nos habíamos hecho de una misma casa y una misma cama en la que desvestirnos sin problemas de logística. De todos modos vivíamos buscando rincones en los que tocarnos como si no hacerlo fuera a dejarnos secos. Teníamos un ansia por el otro realmente sospechosa, digna de lo que la abuela de Paloma llamaba "gente de no fiar". A últimas fechas, encima traíamos un mandato como probatorio. Como que era a fuerza lo de no soltarnos, lo de dejar nuestras manos marcadas en los brazos del otro, para recordarnos quiénes éramos. Ese día (Cuando Terminó) nos dejamos marcados cada centímetro. Ejecutado el mandato, volver a meterme en mi traje, entre el sudor y los múltiples cierres, se convirtió en la última aventura que tuvimos juntos.

El resto de la noche fuimos dos villanos bebiendo diligentemente de nuestros vasos de plástico rojo, haciendo conversación con la misma gente del año anterior y el anterior, bebiendo como un deber de adulto que se está dando permiso de portarse como niño que se viste de cosas. Nosotros habíamos decidido ir vestidos de dos entes negros y cabrones. "¡Somos malos!", nos dio por gritar cuando salimos del cuarto de La Pobre Chica de la Casa. "¡Somos malos!", mientras corríamos de la mano de rincón en rincón. Malos para estar juntos, malos para crecer juntos, malos con el otro.

Durante las siguientes semanas, una vez que Paloma dejó de preguntar, hubo que explicarle a mucha más gente qué había pasado. Cuando se separa una relación que se ve tan estable a todo mundo le urge tener una explicación. Te miran con la cabeza gacha, como a un cachorro abandonado: "¿Terminaron? ¿Cómo crees? ¿Qué pasó?". Algunos hasta reclaman: "¡Ay, no! A mí me gustaba tanto esa pareja", como que tu estabilidad es un placer que les estás negando por cabrona, para molestarlos. ¿Por qué? ¿Por qué? ¿Por qué? Como si yo supiera. "Bueno, por nada, a veces las cosas ya no funcionan, se acaban", explicaba. Y veía cómo los preguntones se decepcionaban de que no fuera yo capaz de darle un final más satisfactorio a mi propia película. "Fue por un bote de Ajax quita grasa", le dije a una amiga de una amiga cuando se me arrastró a mi primer evento social post Cuando Terminó. Y ahí encontré la respuesta ganadora: simpática y autocrítica, aderezada con un poco de verdad, como sal en buen guiso. Fue por un bote de Ajax. Emiliano se fue el día que exprimí una esponja para lavar trastes llena de Ajax quita grasa sobre su somnolienta cabeza. A primera vista esta explicación me deja mal parada y pone toda la razón en el campo enemigo. Pero como dios, mi argumento está en los detalles.

Emiliano es una de esas excepciones de la especie: un hombre limpio. Es de una pulcritud que da asco, y vivir con él es como vivir con un primo del Maestro Limpio que en lugar de dar gritos cuando ve el piso sucio, ejerce un chantaje poniendo cara de decepción. *No es tu culpa, María, que tu cepillo esté lleno de pelo, no es tu culpa, pero podrías hacer un esfuerzo. ¿Por mí?* Lo decepcionaba que yo, María, tuviera los hábitos de una persona que no había crecido bajo el tutelaje de la Señora Sandra, madre en toda regla, que impidió que sus niños crecieran con los malos hábitos que a mí me inundan, como comer en la cama o, peor, meterse en ella sin haberse lavado los pies y fregado hasta el último traste que se usó en la cena. La mala maña responsable del pleito inicial de Cuando Terminó también me la hubiera evitado la Señora Sandra: dejar un café a medio beber en el portavasos del coche semanas y semanas.

Saliendo de la fiesta de disfraces, Emiliano se subió a mi coche completamente borracho y muerto de sed (irónicamente los borrachos siempre están muertos de sed) y antes de que yo lo detuviera, le dio un trago al café con leche agria que yo había dejado cocinándose al rayo del sol por lo menos once mañanas con sus noches. Pegó un grito y escupió, eso sí, con mucho decoro. La Señora Sandra también les había enseñado a sus hijos a no perder el estilo ni borrachos.

—¿Qué es esto?

—¿Te lo tomaste?

—¡Qué asco!

Yo no pude más que carcajearme y mientras más me reía, más furia se le iba acomodando a él entre las cejas.

—¿Por qué te bebes lo primero que encuentras? —dije, porque la mejor defensa es el ataque.

—No es de risa esto —contestó, limpiándose la lengua con un kleenex.

Y más carcajadas mías y más indignación suya. Tras de que lo subo a mi coche y se pone de metiche a beberse mis cosas sin preguntar, se da el lujo de perder el sentido del humor.

—¿Cómo puedes ser tan descuidada?

Eso me cortó la risa de golpe. *Descuidada* no era el gran insulto, pero era uno de esos que se van gestando entre dos personas que han aprendido a atacarse con especificidad. No dije una palabra más el resto del camino.

Una mujer vestida de Gatúbela tiene que hacer como sesenta y tres cosas antes de irse a dormir. Hay que quitarse las pestañas postizas, despintarse la boca y las cejas con solvente industrial, cepillarse el spray del pelo, cambiarse los calzones y ponerse una piyama de algodón. Para el paso de la crema uno, dos y seis: limpiadora, aclaradora, humectante, Emiliano se había arrancado el casco y llevaba una hora babeando la almohada sin haberse lavado los dientes. Mientras yo me revolucionaba, repasando todos los agravios, chicos y grandes, haciendo mi mejor esfuerzo por ponerme furiosa por puras cosas que Emiliano hubiera pretendido no entender. *Descuidada, me dijo. Qué cinismo.* Decirme *descuidada* a mí que no he hecho más que pasar los días encargándome de que todo lo que el nene toque sea perfecto, incluyéndome. Decirme descuidada, si yo soy la que se acuerda de pagar la renta, la que llama al contador, la que se sabe el nombre del señor de la basura y del carnicero que dizque mata con humanidad y del plomero que arregla la llave de la cocina cuando gotea. Decirme descuidada, cuando él no sabe ni cómo pedir en Starbucks sin llamarme, cuando es él quien se lava los pies pero yo soy la que sabe de qué color es el bote del jabón que le gusta y la que suma en el súper para no gastar lo que no tenemos. Porque a él le habrán enseñado de todo, pero no a sumar. Decirme descuidada si soy la que lo cuida desde que se enamoró de mí y se dejó arrastrar a lo único que yo he querido hacer y él hubiera podido evitar: volverse un adulto.

En el pináculo de esa ira me puse a lavar el vaso en el que todas noches tomo una dosis geriátrica de Metamucil para beneficio de mi intestino temperamental. Jamás lavaría este vaso

17

cayéndome de sueño si no fuera porque no quiero despertar con la decepción bien educada del primo Maestro Limpio. "Mari, porfa, acuérdate de lavar los vasos antes de dormir, en buena onda." No podía darle nada que reclamar cuando yo planeaba despertarlo con mi *cofradía del santo reproche*. Abrí la llave que ya no gotea, levanté el vaso y cuando estiré la mano toqué huevo revuelto frío y jabonoso pegado a la esponja de lavar trastes. La única cosa para la que el primo Maestro Limpio es laxo y la única que a mí me provoca arcadas. Con lo fácil que es exprimir una esponja para que el siguiente usuario la toque limpia y seca cuando venga a lavar un vaso que sólo está lavando para que no le notes lo descuidada. A esto se había reducido nuestra bonita relación: leche cortada y huevo revuelto con jabón.

Ése es el precio de vivir con alguien, de estar dizque enamorado: tener que lavar un vaso sólo para ganar el pleito de la mañana, un pleito que sólo es pleito entre esas dos personas dizque enamoradas. Y sí, en algún rincón oscuro de sus cabezas saben que no pelean por el vaso, sino por las mil erosiones que los mil vasos y las mil discrepancias en la manera en que crecieron y vivieron antes de crecer y vivir juntos van acabando con las entrañas del otro. Pelean por todas las cosas que se saben entre dos, pero no se pueden articular y no se incluyen en las explicaciones que das cuando la amiga de tu amiga pregunta qué pasó. Pequeñas grandes erosiones que terminan por desaparecer el pedazo de tierra en que habían clavado su bandera y declarado su espacio. Un espacio en guerra fría donde los dos dan y dan; y cambian y cambian; y hacen por el otro y hacen por el otro; y obligan al otro a hacer por ellos hasta que una esponja mojada en la cocina crea una crisis existencial y una de las partes corre a exprimirla sobre la cara incauta del compañero.

Me arrepentí en el instante en el que lo hice, pero exprimir una esponja mojada y llena de huevo baboso sólo puede volverse un acto más psicótico si está seguido de una disculpa.

No. Ya había exprimido la esponja y Emiliano ya se había despertado tratando de entender qué pasaba. Ya me había visto con la esponja en la mano y la furia en la cara. Ya se había dado cuenta de que lo que le sucedía no era accidental sino alevoso. Lo único que podía hacer era llevar la cosa hasta sus últimas consecuencias.

—¿Yo soy descuidada? ¡Exprime las putas esponjas!

Di patadas de ahogado a babor y a estribor, hasta que logré que Emiliano me dijera enferma, dañada, cabrona y otros insultos más políticamente incorrectos que había aprendido en su colegio fresa y de los que sí se puede hacer un recuento a la amiga de la amiga sin dar más explicaciones. Ahí se termina la historia. La gente se ríe, se queda contenta y lo demás, lo que es de verdad y duele de verdad, ya no hace falta contarlo.

<hr>

—Quiero irme a mi casa —dijo Emiliano cuando nos cansamos de decir todo lo demás—. Quiero irme a mi casa.

Mi casa era otra de esas erosiones irreparables. Quizá la peor. Después de años ésta todavía no es *su casa*. Ésta nunca va a ser su casa, haga lo que haga, yo nunca voy a ser su casa.

Emiliano se tambaleó hasta encontrar su celular. No tenía pila.

Recogió el mío de su lugar junto a la cama. No se acordaba del número del taxi.

—Me voy a ir caminando a mi casa —salió en piyama a la calle. Yo fui por las llaves del coche porque soy incapaz de dejar de cuidarlo, o de dejar pasar la oportunidad de que me deba un favor.

—Estás borracho, súbete al coche —lo alcancé en la esquina más negra de Tacubaya, a dos edificios del nuestro.

—Llévame a mi casa —dijo llorando sin pudor.

Lo llevé. La entrada estaba tan bien iluminada que parecía estarlo esperando. Detuve el coche, Emiliano volteó a verme, empezó a decir algo que interrumpí abriendo el seguro de su puerta.

Me quedé estacionada sola un rato. Me daba horror la idea de regresar al departamento vacío, a dormir en una cama que olía a una mezcla de jabón para trastes y la piel de Emiliano. *Que regrese a casa de nadie, su puta madre.* Yo también crecí en una casa con mamá y hacia allá me encaminé. El problema, claro, es que yo me creo independiente y no tengo llaves de casa de mi mamá, así que le pegué la despertada de su vida. Bajó a abrirme con sus cinco llaveros, envuelta en una bata de seda azul que tapaba su pancita de pistachón y enseñaba sus piernas flacas. La abracé para no tener que contestar muchas preguntas. Aunque no eran horas, fui a la cocina a hacerme unas quesadillas, porque hay pocas cosas en el mundo que unas tortillas de harina no puedan curar. Oí a mi mamá hurgar en la despensa, me asomé y me la encontré parada de puntas tratando de sacar una almendra con chocolate de un tarro que le quedaba muy alto. Se veía tan chiquita, tan delicada; podría haberla guardado en un dedal y llevado conmigo a cualquier parte. Solté una carcajada enternecida que casi la mata del susto.

—Al rato te va a doler la panza —le dije bajando el tarro hasta sus manos.

—No. Juan me dijo que las almendras son buenas para la úlcera.

—¿Las almendras con chocolate?

—No especificó —contuvo una sonrisa de niña malcriada.

—Buenas noches, mami.

—Buenos días, hija —me miró, esperando. Como no dije nada, entendió todo. Mi papá se había encargado de volverla una experta en amores contrariados y huidas de medianoche. Le di tres besos y subí hacia mi viejo cuarto dándole mordidas a mi quesadilla, tirando migajas con un gusto: pras, pras, pras. *Toma eso, Emiliano, soy una descuidada.*

Me acosté en mi cama individual de la infancia. Creí que iba a llorar, pero nada. Estaba seca. Me sentí seca desde la cabeza hasta las rodillas. Los pies fríos, solos. Los estiré junto con mis manos hasta que sentí las orillas de la cama. Me acordé de la primera vez que esta cama me quedó chica. Ahí en esa cama había empezado el error. El error de crecer. La funda de mi almohada seguía siendo de Rosita Fresita, la única pieza que sobrevivía del juego de sábanas en el que me pasó todo lo importante: primera piyamada, primera mancha de la regla, primer niño desnudo. Cerré los ojos y tenía quince años. Sentí a Jaime chico, los huesos de leche y la sonrisa pintada, acostado junto a mí. Sentí cada milímetro de nuestra piel junta, sentí toda mi sangre amontonarse en mis mejillas, luego irse a donde fuera que fue yendo su manita. Jaime Chico le dijimos siempre porque su papá se llamaba Jaime y su mamá lo llamaba Jaime Chico, y como nos conocimos en el kínder lo llamábamos como lo llamaban en su casa. En esta cama me hice de un cuerpo que sentía —sólo con acordarme— como si tuviera superpoderes. Abajo mis papás estaban viendo una película juntos, durante una de las muchas treguas que le han dado al pleito en el que están trabados hasta la fecha. Arriba yo estaba viendo cómo Jaime Chico se peleaba con el empaque de un condón, como años antes lo había visto pelear con el empaque de sus galletas Oreo. Emiliano estaba en su casa, tan lejos como ahora.

Abracé a Jaime Chico, la curva flexible de sus hombros temblando. Los dos nos quedamos muy callados, él se acomodó encima de mí y de pronto exhalamos al mismo tiempo. Le puse un mechón de pelo detrás de la oreja, lo vi perderse y regresar, eufórico de encontrarme todavía ahí. Para siempre se quedó Jaime Chico en esta cama. ¿En dónde se irá a quedar Emiliano para siempre? ¿En dónde me habré quedado yo?

2

Todavía más años antes, Cuando Empezó

No era yo una niña bonita. Para nada. Tenía los ojos separados y era flaca, pero panzona, como caballo de feria
enfermo. Tenía las rodillas blancas, como percudidas, en mitad de unas piernas largas que terminaban en unos pies gigan-
tescos y un aire general de desamparo que no es atractivo en
una niña de siete años. Encima estaba ayudada por las mo-
das de mi mamá, que me mantenía con el pelo corto hasta la
mitad de la oreja y vestida de manta orgánica beige, como si
me hiciera falta algo que me hiciera ver desolada. No tenía la
cara chapeada de alguien como Roberta Prieto, que tenía una
mamá intelectual con la que mi mamá de repente coincidía
en algún evento y que la predispuso a favor de que su hija y yo
fuéramos íntimas. Roberta tenía el pelo castaño y le caía por
la espalda en unos caireles suaves. Andaba siempre vestida de
crinolinas cortas y atuendos coordinados que parecían salidos
directamente del catálogo de Zara niños. Unas playeras rosas
que decían *Girls Rule* con diamantitos, una sudadera de terciopelo con un moño de rayas que le hacía juego. Roberta Prieto
era el ideal de belleza en nuestro colegio. Cuando caminába-
mos juntas de la puerta de la escuela —donde nos dejaba la
ronda— hasta la cafetería —donde ella compraba su primer

gansito del día— sentía claramente que para el mundo andaba sola. Yo le sacaba dos cabezas de altura y caminaba viendo al suelo, Roberta me daba la mano mientras los maestros le daban los buenos días. Me gustaba ser amiga de Roberta, me gustaba hacerla reír, hasta hoy me acuerdo de lo que se sentía caminar detrás de ella y no sentirse triste de no ser la importante, sino importante de ir a la sombra de alguien que veía en ti lo que nadie.

El colegio Arcos tenía todos los grados, desde kínder hasta preparatoria, y todos compartían patio y cafetería, aunque los usaban a distintas horas. Desde nuestro salón de segundo se veía el recreo de los grandes, los niños de 16 años que se paseaban de la mano, se besaban sentados en las jardineras, montados uno en otro, fascinados con sus cuerpos nuevos, hasta que llegaba un maestro casi casi a echarles agua. Quizá por la cercanía de esos ejemplos, los niños chicos en el colegio Arcos se saltaron la etapa del asco al género opuesto. Pasamos directo de jugar todos juntos como bolas asexuales a volvernos objetos constantes de las dudas y preguntas románticas de algún otro. *¿Quién te gusta?, a mí, Santi. No manches, a mí Diego. Diego, le gustas a Re. ¡Re! ¡Diego dice que tú también le gustas!* Y entonces Re era novia de Diego unas horas. Se besaban en la mejilla con gran ceremonia, caminaban de la mano y se compraban paletas Mimí en la cafetería. Luego se separaban sin decirse nada o —en los casos más dramáticos— cuando le entraba al quite Santi o algún otro tercero en discordia.

Entre segundo y sexto de primaria Roberta tuvo siete novios, uno serio. Roberta y Patricio duraron cuatro meses juntos y se besaban en la boca (sin abrirla) durante minutos que todo el salón contaba a coro, uno, dos, tres, hasta el 140 en los casos más arriesgados. En el mismo número de años yo tuve cero novios. En vez de eso, era la consejera oficial de todo el mundo. Patricio entraba de uno de los descansos y se sentaba directo en su banca sin darle un beso a Roberta: yo sabía qué hacer para que se reconciliaran. Diego quería volver con Re

24

después de que había ido a comer a casa de Liz sin avisarle, yo le escribía a Diego la carta en la que le pedía perdón. Era yo la amiga de todos, sobre todo de los hombres porque, además de desentrañarles el mundo femenino, era muy buena portera. En los recreos entraba a la cascarita con ellos. Era miembro honorario del sexo opuesto, ni se me ocurría gustarle a alguien.

Es por eso que la pubertad me sorprendió tanto. Me llegó tarde pero de golpe: a los catorce años seguía pareciendo una cigüeña, pero para los catorce y cinco meses la panza me había desaparecido y había sido reemplazada por dos pechos amplios y perfectamente acomodados a una cuarta de mi ombligo. El ancho de mis costillas quedó exacta en los mismos centímetros de siempre, pero mis caderas y mis piernas crecieron como las de Hulk, al grado de que en tres meses subí tres tallas de pantalones y tuve que bajarle el dobladillo a todas las faldas del uniforme porque la curva de mis pompas se había vuelto tan pronunciada que cuando me sentaba no quedaba tela entre las rayas de mis calzones blancos y la formaica helada de las bancas del salón. A pesar de lo radical del cambio, ninguno de mis compañeros se dio cuenta. Así pasa en las sociedades endogámicas. Éramos un grupo tan cerrado que lo que alguna vez se consideró verdad se consideraría verdad para siempre. Roberta se quedó siendo la guapa de la clase, a pesar de que con ella fue injusta la biología, la edad le volvió los caireles crespos y las pompas jamonudas. Yo seguí siendo la simpática, buena consejera, buena portera. Hasta que apareció Emiliano.

Sí. Desde ahí empezó el despropósito, o estropicio, o despropicio. Emiliano fue el primer hombre al que le gusté. Eso lo habíamos dejado claro los dos, en miles de pláticas entre almohadas mojadas —por nuestras babas, nuestras lágrimas de felicidad, nuestros fluidos múltiples—, en los muchos años que vinieron años después. "Entré al colegio Arcos, te vi y quedé a tus pies", le encantaba decir. Y luego: "Para que me pisotearas con cuánto te gustaba el otro infeliz".

Jaime Chico fue el primer hombre que me gustó a mí. Y el primero en todas las otras cosas. La historia es larga y tortuosa como todas las historias infantiles. Jaime Chico era el amor de mi vida, desde que lo vi por primera vez dibujar palitos en kínder uno. Toda la primaria me pidió consejo sobre todas las demás niñas, mientras yo suspiraba y le contaba mis penas a Roberta. Siempre estábamos en el mismo equipo de fut y cuando metía gol, corría hasta mi portería para abrazarme con su camiseta oscura de sudor. Yo me hacía la asqueada y él se envolvía sobre mí hasta tirarme al suelo. Cuando pasamos a la secundaria a mí ya no me dejaban jugar fut (porque los partidos eran con el equipo oficial y yo era niña, y así es la desigualdad). De todos modos siempre que metía gol, Jaime corría hasta mí, donde estuviera, generalmente estratégicamente colocada al lado de la cancha donde él pudiera verme, para abrazarme y embarrarme de sudor, que yo cada año gritaba más fuerte que me daba asco. "¡Quítate, pinche Jaime, eres un cerdo!", le gritaba entre carcajadas, mientras lo dejaba embarrárseme más ahora que de niños, porque ahora mi uniforme era de falda y el suyo de shorts de deportes y cuando sus piernas tocaban las mías se me caía el corazón hasta ese punto de piel que se encontraba sin saber que se encendía.

La llegada de Emiliano al Arcos me pareció milagrosa, pero no por los motivos que tenían todas las demás: que era guapo como seguía siendo quince años después; que era listo y arrogante como sólo se puede ser a los quince años; que era rico y güero como sólo él era en ese colegio de poco prestigio y clase media; que era malo porque venía corrido de su colegio fresa y estaba en este barrio de nacos por castigo disciplinario de su papá. Para mí ninguna de estas cosas fueron el milagro, el milagro fue que Emiliano, con sus ojos nuevos, se topó conmigo y me descubrió como un objeto deseable, femenino y listo para que Jaime Chico se diera cuenta de lo evidente por fin. En el instante en que el flamante niño nuevo declaró que si tenía que escoger a alguien —*si tenía que*— yo era la más guapa de la clase, Jaime Chico descubrió que siempre había opinado lo mismo y que no iba a venir este recién llegado mamón a quitarle su juguete limpia sudor.

Pasamos una semana inseparables, bebiéndonos el aliento juntos como yo había hecho a solas mientras lo dejaba copiarme en los exámenes de español.

—¡Mari, pst!

—¿Qué pasó?

—¿En qué es que anda Sancho Panza?

—A). En burro, Jaime.

—Ya, gracias.

De nada. Te quiero besar la nariz aunque seas lelo. Y por fin le besaba la nariz. Y la boca y la playera sudada y todo. Jaime Chico me dio mi primer beso, mi primer regalo de aniversario de meses, mi primera caminata de la mano por el patio con alguien que no fuera Roberta. Le puse *Casablanca* y él fingió entenderla para fajar en la oscuridad del cuarto de tele de su casa. Él me puso *Point Break* y yo traté de hacer lo mismo, pero no se dejó ni abrazar hasta que Keanu no dijo su último parlamento.

Emiliano no tardó en contentarse de mi desaire. Siempre ha sido el rey del acomodo social. En el Arcos éramos ñoños. Y no tardó en darse cuenta de que entre esos adolescentes —por motivos incomprensibles para él— lo que se usaba no eran las drogas y la desidia, sino las buenas calificaciones y la intensidad amorosa. Se acomodó. En menos de un mes ya andaba de la mano con la única otra nueva: Natalia. Cuando empecé a andar con Jaime Chico dejé abandonada a Roberta, que rápidamente se hizo de una nueva amistad inseparable con la misma Natalia. Roberta tardó en recuperarse de que Emiliano no la escogiera a ella como la niña más guapa de la clase, fue el primero de muchos golpes al hígado que el mundo masculino le propinaría hasta el día de hoy, siempre sorprendiéndola. Pero en ese momento Roberta se contentó del rechazo del niño nuevo haciéndose la mejor amiga de la niña nueva, que

a su vez era la novia de Emiliano, y juntos eran el nuevo lla-
verito brillante que tenía a los adolescentes endogámicos del
Colegio Arcos babeando a su paso. Roberta era la tercera rue-
da de semejante cosa y por lo tanto se mantuvo dentro del
grupo más importante de ese enfermo orden social que reina
en la prepas y que en realidad nunca deja de reinar en cualquier lugar donde la gente se junta. Roberta quedó feliz de no
perder el aire de inalcanzable que le daba tanta seguridad en
esas épocas. Pobre Patricio. Cuando trató de volver con ella, a
una edad en la que ya valía la pena besar a alguien en la boca,
se le ignoró.

Yo estaba pegada como lapa a Jaime Chico, que a la menor
provocación me hacía regalos extravagantes como colocar letreros por toda la escuela que decían "Jaime y María" en car-
tulinas rojas y resplandecientes *¡como su amor!* Roberta estaba
pegada como lapa a Natalia, Emiliano estaba pegado como
lapa a su propia importancia y, de vez en cuando, se daba el
gusto de darle un regalo a Natalia que fuera más público, más
caro y más impresionante que el último que Jaime Chico me
había dado a mí. Una vez contrató un avión para que escribie-
ra "Natalia, tú eres mi cielo".

—Quemé ésa muy temprano —me decía años después—.
Y hubiera estado buena pa' pedirte matrimonio, igual así acep-
tabas por fin.

—Con un avión corro, no acepto.

—No aceptas de todos modos.

No acepto ni que nada. Como si alguna vez me hubiera
preguntado de veras. Otra de esas erosiones.

Era la época de las fiestas de quince años y las niñas se vestían
de pastel de tres pisos y bailaban vals con sus papás. Las más
rifadas, coreografías de bailes pop, que ensayaban durante meses con sus santificados amigos cercanos. Emiliano observaba

esas fiestas como un documentalista de naturaleza: fascinado, sin intervenir, sabiendo que no entendía del todo, que no pertenecía, que ese ambiente podía matarlo si se acercaba de más, pero sabiendo también que de algún modo era un ser superior a lo que observaba. Él venía de un mundo más sofisticado en el que ya no se usaba hacer fiestas de quince años porque era, cito al más nefasto de sus amigos: "De pobres, de chicanos y de indios [*sic*]". No teníamos el motivo en común, pero sí la mirada incrédula. Yo tampoco entendía el ritual de las fiestas de quince años. A mi mamá le parecían una de las múltiples tradiciones sexistas y terribles con las que uno no debía involucrarse, porque perpetuaban el mito de que la madurez de las mujeres es algo que los hombres les otorgan. El papá entrega a la quinceañera a los chambelanes y ellos la presentan en sociedad como que está lista para entrar al mercado abierto de sus ganas, etcétera. Asuntos ideológicos serios que se me habían transmitido en la leche materna y que me hacían mirar las fiestas de quince años desde la altura de mi grandeza, lugar donde me topaba con la de Emiliano. O casi, porque la altura de la grandeza de Emiliano siempre estaba por encima de las demás.

A Natalia no la dejaban ir a las fiestas porque sus papás eran muy conservadores y no les gustaba que su niña anduviera bailando con sus compañeros. Cuando había misa, la acompañaban. Emiliano los encantaba a ellos un ratito, le daba un beso de despedida en la frente a Natalia y se iban cada quien para su lado, él a la fiesta y ella a su casa. Cuando no había misa, la pobre de Natalia no podía participar ni en las semanas de anticipación en las que todas nos preguntábamos qué nos íbamos a poner, cómo nos íbamos a peinar, en el coche de quién íbamos a llegar, los papás de quién se irían temprano para no estorbar. Jaime Chico casi siempre era uno de los chambelanes de la quinceañera en turno y tenía muchas responsabilidades que lo mantenían fuera del alcance de mi boca, así que Emiliano y yo terminamos pasando la mayoría de las fiestas sentados en el escenario, atrás de una bocina, platicando de cómo todo era ridículo.

La tradición empezó en la fiesta de Lizbeth Guadarrama. Los banqueteros del salón se habían llevado a los chambelanes a la cocina por un shot de tequila "pa' que agarraran valor", y yo había ido acompañando a Jaime Chico. Retada por el más gordo y echador de los meseros, me había tomado una cerveza completa por primera vez en mi vida y la sentí en la boca del estómago, quejándose. Me senté detrás de una de las inmensas bocinas con las que la banda se empeñaba en ensordecer a los invitados. Emi me vio y vino a sentarse junto a mí.

Yo tenía las manos escondidas abajo de los muslos, un hábito que se me había quedado desde que la mamá de Roberta había notado que vivía tocándome una mano con la otra y eso la ponía nerviosa. De que la ponía nerviosa yo derivé que era un acto repulsivo y como instinto siempre que quería impresionar a alguien me sentaba con la manos atrapadas por mis piernas. No era del todo malo porque eso bajaba la atención hacia mis piernas, que eran —a los quince años— francamente espectaculares, aunque de eso yo no me daba cuenta, ni siquiera cuando Emiliano se sentó junto a mí y fijó la mirada en ellas y sólo en ellas. Detrás de la bocina quedaba uno a salvo de su volumen, pero no del temblor de sus bajos, que retumbaban en mis manos como el latido uniforme de un corazón bueno para el baile.

—¿De qué te estás escapando, Mari? —me dijo.

—De nada.

Él lo había dicho con coquetería, pero yo respondí tan a la defensiva como pude, primero porque el fenómeno de que Emiliano me dirigiera la palabra directamente era raro, Emiliano era él y yo era yo, y fuera de la escuela realmente no teníamos nada en común; segundo, porque me daba miedo hablar con él. Era el único hombre con el que me había topado que me daba miedo. A muchas mujeres les tenía un pánico inherente, pero con los hombres, todo en mi vida había sido naturalidad. Emiliano, en cambio, me daba miedo. Muchas veces pasaba la tarde pensando en por qué. Siempre llegaba a la conclusión de que era porque era rico, o porque sus papás eran famosos y porque en general había en él un aire que me aseguraba que pertenecía a un lugar en el universo en el que yo no tenía acceso ni control. Y no tener control desde entonces y hasta siempre me ha dado miedo. Ese día descubrí otro motivo. Se había acercado a la bocina en donde estaba sola, subió de un brinco ágil hasta quedar junto a mí y relajó las piernas hasta que su muslo tocó el mío. Empecé a entender el miedo. Su presencia me causaba una reacción física, era imposible concentrarse en nada más que en los milímetros de piel que estarían tocándose si no fuera por mi vestido y sus pantalones. Era imposible pensar en nada más que en el calor de su cuerpo.

—Está chistosa esta fiesta —y ese aire de condescendencia me distrajo de su pierna.

—¿Chistosa cómo? —pregunté.

—No sé.

—¿En tu otra escuela no hacían fiestas de quince?

—No —soltó una carcajada que me hizo sentir idiota. Entonces decidí hacerlo sentir mamón.

—¿Y qué? ¿Te parece como naco?

—No seas grosera, güey. Nada más me parece chistoso.

Todo en esa frase me pareció incomprensible. ¿Por qué creía que estaba siendo grosera? ¿Por qué me había dicho "güey" como si fuera su compadre? ¿Por qué no dejaba de verme como si quisiera entender algo?

—¿Te gusta el Arcos? —me preguntó. Y me pareció la pregunta más rara, como preguntarle a un ficus si le gusta su maceta. Pero dije que sí moviendo la cabeza.

—A mí también. Es un mundo más grande —me dijo.

—¿Más grande que cuál?

—Que otros —se encogió de hombros.

Emiliano siempre decía cosas así, como al pasar, para que quedara claro que detrás de lo que decía había un pensamiento profundo, uno que su interlocutor tenía que poner trabajo en desentrañar.

La clase media es lo que le parecía al joven Emiliano un mundo más grande que el suyo. Más grande que el mundo en el que él operaba normalmente. Más grande que su colegio anterior, en el que todos los papás de sus amigos eran amigos, o trabajaban juntos o iban de vacaciones a los mismos lugares. Lo entendí muchos años después, cuando entré a su mundo. Aunque para entonces el tamaño de su mundo ya no lo agobiaba porque vivía plácidamente en uno diminuto que sólo tenía dos habitantes: él y yo. Y luego los dos volvimos a querer uno más grande. Quizá la cosa es que aunque nos visitáramos largas temporadas, Emiliano y yo siempre viviríamos en mundos separados, desde la prepa hasta hoy.

Era hora de que empezara el baile y me levanté para ir a echarle porras a Jaime Chico. Emiliano se quedó sentadito atrás de la bocina. Me dio ternura.

La siguiente fiesta, la de Karla Sánchez, me escapé con el pretexto de ir a buscar el baño y lo volví a ver sentado atrás de la bocina.

—¿De qué te estás escapando, Emi? —pregunté.

—Te estoy esperando.

Me dolió la boca del ancho de la sonrisa que le esgrimí. Me senté junto a él. Y así el resto de la temporada de fiestas hasta que ya no quedaban quinceañeras que festejar.

Pasamos dos años de orden: yo con Jaime Chico, descubriéndole cada rincón. Él con Natalia, nunca pregunté haciendo qué. Yo seguía siendo la que daba consejos. Después de que amistamos detrás de la bocina, Emiliano quedó integrado a la rotación de mis parroquianos. Se peleaba con Natalia a muerte y venía a contarme. La primera vez llegó corriendo hasta toparse conmigo durante el primer descanso del día, teníamos tres descansos en el Arcos, una de las diez cosas que lo hacían el mejor colegio del mundo. Después de atropellarme y (hoy me doy cuenta) manosearme, me contó que Natalia se había enojado con él porque en el laboratorio de física se había parado junto a Rodrigo, en lugar de junto a ella, para que cuando el profe asignara equipos no les tocara juntos. Emiliano alegaba que no lo había hecho a propósito, pero la asignación de equipos era un ritual tan bien conocido y manipulado por todos los estudiantes del Arcos que era imposible creerle. El alumno más tontón no hubiera sido capaz de hacer eso sin querer y Emiliano era muchas cosas, pero para su desgracia, tonto no.

—¿Qué hago, Mari, qué hago? —me dijo mientras se doblaba como un resorte sobre sí mismo y sobre mí, hasta que la punta de su pelo tocó mis rodillas desnudas.

—Pídele perdón. Y si te dice que no te perdona le compras algo. Natalia es una de esas niñas a las que les puedes comprar algo.

Mis consejos nunca eran prejuiciosos y cabrones como ése, es por eso que la gente venía a pedírmelos. Pero algo del miedo a Emiliano se me quedaba y del miedo me ponía nerviosa y terminaba diciendo la verdad. No me caía mal Natalia, sólo había algo en el sistema evolutivo de la preparatoria que nos hacía antagonistas. O más bien me hacía a mí su antagonista, ella ni cuenta se daba de que yo existía. Ni siquiera cuando su novio venía a poner ojos de vaca flaca frente a mí cada vez que se peleaba con ella.

Para el segundo descanso Emiliano había mandado a algún miembro del staff de la Señora Sandra a comprarle un globo de helio gigantesco a Natalia, tan gigantesco que cuando entró al salón cargándolo como un premio, echando una sonrisa de triunfo que sólo dan las personas que son falsamente humildes, creí que el globo iba a volar con ella hacia quién sabía dónde.

—Gracias, Mari.

—Te salió barato.

Unos meses después de eso fue lo del avión. Ya no me dijo junto a quién lo había cachado parado Natalia que le salió mucho más caro que pararse junto a Rodrigo. Yo en ese momento no me daba cuenta de nada porque tenía la cabeza en mis sábanas de Rosita Fresita y el cuello de Jaime Chico, dulce y tenso. Acababa de descubrir la magia de compartir mi cuerpo con un niño bueno y todo me daba igual, hasta el niño malo. Todo así hasta que —claro— hice maldades con el niño malo.

La mamá de Emiliano le celebró los dieciséis. Ya no quiso ser menos después de la fiesta de Roberta, cuya mamá invitó a los papás de todo el salón y aventó la casa por la ventana en un "reventón" de ejecución tan refinada, a pesar del término, que la Señora Sandra aprobó por completo. Le hizo a Emiliano una fiesta de *sweet sixteen* que se sentía más al hilo. Era el evento del siglo. Como siempre, semanas antes, todo el mundo empezó a preguntarse cómo se vestiría, pero con más ansiedad y menos gusto. Este evento tenía un aura de respetabilidad con la que nadie sabía bien qué hacer. El viernes anterior me encontré a Jacky Hoyos llorando en una esquina del baño de las niñas porque sus papás no tenían dinero para comprarle un vestido nuevo y ella no podía presentarse a la fiesta de Emiliano Cervera con un vestido repetido. Le dije: "Jacky, ponte tu vestido negro de la raya rosa que te pusiste en la fiesta de Ro, te aseguro que Emiliano no se acuerda de qué te has puesto". Semejante verdad sólo la hizo llorar con más abandono.

Total, nos presentamos a la fiesta de Emiliano. Yo no podía haber ido más crecida porque tenía mi cuerpo y acababa de aprender a usarlo y lo envolví en un vestido rojo que le robé a la novia en turno de mi papá y que era completamente inapropiado para una niña de mi edad. Culpo al vestido: el vestido selló mi destino de odio con la Señora Sandra, hizo que Jaime Chico pasara varias horas solo en el baño y sobre todo, *sobre todo*, hizo que Emiliano abandonara a Natalia en una esquina para perseguirme detrás de la bocina y besuquearme con una ansiedad que aprendí a reconocer como mi hogar.

Me acuerdo de sus ojos enormes, levantados ligeramente de los lados por una sonrisa que tenía contenida en la boca, me acuerdo de su mano en mi cuello, de sus labios secos y su olor a perfume elegante, tapando el olor a bebé que traía siempre en el cuerpo. Me acuerdo de que cuando se me acercó sabía qué iba a pasar con una parte del cerebro que nunca había usado. Nos besamos rápido, inevitablemente. Nos abrazamos, sintiendo el retumbar de la bocina imponer el ritmo de la risa de locos que nos entró en cuanto paramos. Luego yo me eché para atrás y salí corriendo.

Yo estaba enamoradísima, pero enamoradísima de Jaime Chico y moría de vergüenza y culpa semanas y semanas después. Cosa que no me impidió seguir besuqueando a Emiliano en todos los rincones en los que los dos nos dejáramos. Se terminó quinto de prepa. Jaime Chico hizo el favor de irse a no sé qué rancho en Texas a jugar futbol durante el verano y yo pasé esos meses mandándole cartas de amor y saliendo con Roberta, que traía a Natalia, que traía a Emiliano. Íbamos a jugar boliche a unos locales asquerosos en Avenida Universidad que Natalia trataba como el patio de su casa, saludaba de beso a los tipos que rentaban los zapatos y demás. Emiliano y yo aprovechábamos la furia bolichera de Natalia para alegar que íbamos por comida y mirarnos de lejos mientras seguíamos en el rango de visión de las otras dos, luego encerrarnos en el coche de Emiliano hasta que empañábamos los vidrios como un cliché de *Vaselina*. El miedo se me había vuelto un temblor que necesitaba tocar a Emiliano para apaciguarse.

Saliendo del boliche Emiliano nos dejaba a cada chica en su casa y a las once en punto sonaba mi teléfono. Emi. Pasábamos la noche hablando largamente de lo mal que estábamos haciendo y de que pobres de Jaime Chico y de Natalia y de que pero era inevitable lo mucho que nos queríamos y de cómo uno no puede obligar al corazón a hacer cosas que no siente, bla bla bla. Así un ratito cada vez más corto hasta que cambiábamos de tema y empezábamos a hablar de cine y de infancia y nos quedábamos dormidos con la voz del otro en el oído.

Finalmente se acercó la fecha en la que empezaban las clases, Jaime Chico iba a volver de su intensa actividad futbolera en el gabacho y, en fin, iba a cantar la gorda y había que decidir por qué lado quería yo salir del escenario. Traté de hablar de mi dilema con mi mamá, pero no logré nada: "Mi vida, es normal que explores. Tener un solo novio a los diecisiete años no es normal. Jaime Chico te está imponiendo estándares arcaicos". Pura cosa inútil de mi ma, así que me puse en manos de Emiliano.

—Yo te amo a ti, obvio —dijo como quien dice: "Casillas es el mejor portero que ha tenido el Real Madrid, obvio". Y luego—: mañana se lo digo a Natalia.

—Yo mañana se lo digo a Jaime.

Pero no se lo dije. Jaime regresó de Texas el domingo anterior a que empezara el colegio. Vino directo a mi casa, lo vi tan moreno, tan contento de verme, que me fui al cine con él y no se lo dije.

En la noche me bajé del coche de Jaime, giré la llave, abrí la puerta de mi casa y me topé con mi mamá sentada en el sillón con cara de palo. Mi mamá sólo guardaba esa cara para cuando veía al presidente en las noticias, o a alguien más al que menospreciara sin ser capaz de perderle por completo el respeto. Enfrente de ella estaba sentado ¿quién mas? Emiliano, enfundado en su sudadera Abercrombie and Fitch de la que salía un reloj que costaba —mi mamá lo sabía muy bien— mucho más que todos los muebles de nuestra casa.

—Está aquí tu amigo Emiliano —dijo mi mamá. Y a todos nos quedó claro que lo que estaba diciendo era: "Está aquí el hijo del explotador y su reloj, pequeño cerdo burgués que no me habías dicho que era el tercero en discordia en tus triángulos adolescentes".

Emiliano se veía más consternado que nunca porque sus múltiples encantos no habían hecho mella en una mujer por primera vez en su existencia. Me dio vergüenza con mi mamá verlo ahí sentado, con sus mocasines de borlas. Pero al mismo tiempo, claro, me dio vergüenza con él que el sillón tuviera unos hilachos salidos y que la sala oliera a pachuli y a pobrería. Encima me dio vergüenza conmigo ese temblor que ahí estaba y que ya nunca aprendí a controlar.

Le di la mano y lo llevé hacia mi cuarto. Sentí la suya mojada. Se paró en el umbral del pasillo y de pronto perdió toda su habitual bravuconería.

—¿Está bien si paso? Tu mamá... ¿no?

—Mi mamá no. Mi mamá confía en mí —me gustaba que las reglas laxas de mi mamá me dieron oportunidad de sentirme moralmente superior. Mi mamá no me prohíbe estar en mi cuarto con un niño. Mi mamá prefiere saber qué estoy haciendo que pretender que no sabe lo que hago. En fin, mi mamá ya se había ido para la cocina a pensar en qué había hecho mal con mi educación cívica, la romántica y sexual la preocupaban bastante menos.

Emi se sentó en la orilla de la cama. Si hubiera podido arrancarse una oreja para dejarla junto a mi mamá lo hubiera hecho, del miedo que tenía de que esa amenaza, que ya se le había explicado era inexistente, lo sorprendiera haciendo nada en el cuarto de su hija.

—Le dije a Natalia —pausa dramática—. De nosotros.

De nosotros. Puso su voz de telenovela. Yo me reí detrás de él, pero no delante. Y lo siguiente que dijo fue el bien llamado quitarrisa.

—Para mañana todo el mundo lo va a saber.

Con eso sí se me llenó la boca de un sabor amargo. Todo el mundo. Jaime Chico. En ese instante quise que Emiliano se quitara de mi cama, que era nuestra cama, mía y de Jaime.

—¿Por qué le dijiste?

—En eso quedamos.

Y sí, en eso habíamos quedado, maldita puta mierda.

—Mañana en la escuela todo el mundo lo va a saber —me volvió a decir, pero esta vez en el tono tenía una especie de permiso. En un momentito se le había relajado el cuerpo y me estaba invitando a mi cama como un buen anfitrión. Yo ya confesé. Ya todo el mundo lo sabe si lo sabe dios, así que véngache pa' acá mi reina.

El sabor amargo se me había subido a la nariz y se mezclaba como un vértigo con su olor a sudadera perfumada. Le dije que se fuera y me puse a llorar. Como a las doce me despertó mi teléfono: Jaime Chico. Seguramente me hablaba para decirme que era yo un horror, que cómo podía haberle hecho eso, que lo había traicionado. Me diría cómo se enteró, en una ruta semidirecta de Natalia a Roberta, de Roberta a Quien Sea, de Quien Sea directito a Jaime. Y todos sintiéndose los muy muy con un secreto importante y Jaime llamándome para pedir explicaciones entre mocos y lágrimas. No le contesté, me volvió a llamar tres veces hasta que apagué el teléfono. Me llené de un odio sordo contra Emiliano: *lo odio, lo odio. Por engreído. Y por guapo, el hijo de la chingada.* Y al mismo tiempo el maldito temblor, las ganas de pasearme por los salones colgada de su boca, guarreando por ahí, sin cerrar ninguna puerta. *Para mañana todo el mundo lo va a saber* sonaba su voz entre mis sábanas. Desde entonces era un cabrón traicionero. *Para mañana todo el mundo lo va a saber.*

Mañana nadie lo sabía. De pendeja se lo fui a decir voluntariamente al pobre de Jaime, antes de entrar a nuestra primera clase. Al principio me miró como si no entendiera.

—Pero me habías dicho que lo odiabas —repetía.

—Perdón, perdón, perdón —repetía yo.

—¡Pero me habías dicho que lo odiabas!

En eso se nos fue la mitad de la plática.

Después de un ratito algo le cambió en la expresión y yo me preparé para escuchar todos sus reclamos lacrimosos: "Pero si nos amamos, pero ¿qué no me quieres?". Tenía yo todo mi discurso preparado: "Claro que te quiero, te amo, eres el único e inigualable desde que tengo cinco años. Perdóname".

Pero Jaime no lloró. Por un segundo creí que me iba a perdonar, pero en vez de eso enfureció de golpe como bestia loca y me dijo que era una puta. Así como lo oyen. Y no dijo nada más.

Una puta. Eso sí que me cayó de novedad. No sólo me pareció rudeza innecesaria sino incorrección semántica. Para mí las putas eran las que mi mamá trataba de rescatar de trabajar en La Merced desde que yo era niña. Siempre había una de mi edad, de los nueve a los diecisiete, que mi mamá ponía de ejemplo cuando no me quería comer la sopa: una niña que tenía hasta quince relaciones sexuales por día, que ganaba menos de diez mil pesos al año y hubiera sido feliz de comerse mi sopa. Unos años antes había organizado una conferencia sobre la importancia de la regulación y había invitado dos *call girls* de Las Vegas a quedarse en la casa. A ellas parecía gustarles su trabajo, tenían unos pechos duros e impresionantes y se carcajeaban con todo. Les encantaba que les dijeran putas, lo de sexoservidoras las ofendió cuando se los tradujimos. En fin, que en mi casa ésas eran las putas. Mi mamá no me preparó para el mundo. Nunca se me ocurrió que a alguien se le pudiera llamar puta solamente por querer pasarse de lista.

Para el primer descanso de ese lunes finalmente Todo El Mundo Lo Sabía. Se los había dicho Jaime Chico. Les había dicho eso y que era yo una puta, de nuevo asaltando a la semántica.

Salí al patio sintiéndome chinche y me topé con Emiliano abrazado de Natalia. No era un abrazo apasionado sino fraterno, un abrazo de "te perdono", un abrazo de "te entiendo". Para el final del día corría ya el consenso de que yo era una cabrona y —no olvidar— *una puta*. Y Emiliano era un hombre sincero.

Ése fue mi primer encuentro real con la injusticia. Poco tiempo después vino mi primer encuentro real con el desencanto:

39

ya reformado por las calificaciones del Arcos y dando por palomeado su baño de pueblo, Emiliano y su familia habían decidido que terminara la prepa en su antiguo colegio. No nos duró el gusto ni dos semanas más. Se mudó a un colegio en Cuajimalpa, cerca de su casa en Bosques, y yo me quedé en Mixcoac, cerca de mi casa en la San Pedro de los Pinos. Lo mismo podríamos habernos cambiado cada quien a un lado distinto del muro. Por esas épocas la Señora Sandra no dejaba que Emiliano invitara novias a su casa, a menos que se sentaran con ella a ver la tele de la sala. Emiliano venía por mí, me llevaba dos horas hasta su casa y luego el plan era sentarnos a ver la tele bajo el ojo avizor de su mamá. El pináculo del evento era besarnos en los altos del camino. No repetimos el plan más de tres veces. La otra opción era mi casa, en la que más o menos todo estaba permitido, pero en la que a duras penas cabíamos mi mamá y yo. Si le agregabas un niño *bien* al espacio, empezaban a salir brazos por las ventanas. Al mes del cambio de colegio, Emiliano me dejó en mi casa, nos dimos un beso sin mucho alboroto, convencidos de que era la última vez que nos despedíamos. Resultó ser la primera.

3

El Nuevo Todos los Días

El domingo desperté en casa de mi mamá y pasé el día arrastrándome de su cama a la mía, a la cocina. Un domingo de pausa, muy útil para ignorar el Día Siguiente. El Día Siguiente habría que hablar horas con Emiliano, decidir qué iba a pasar, quién se iría si era cosa de irse. Habría que empezar el largo proceso de separación que por fuerza viene tras el largo proceso de unión que sin querer van haciendo dos personas que se quieren. El Día Siguiente habría que regresar a la casa a solas, limpiar el abandono, recoger la esponja del suelo. Pausa. Pausa. A propósito dejé que mi teléfono se quedara sin batería hasta morirse, todo en nombre de la postergación. Lo empujé todo para el lunes —que es día laboral— porque sabía que iba a ser trabajo.

—¿Estás enferma? —indagó mi mamá como a las cuatro de la tarde.

—Depende —contesté.

—¿Será un pleito definitivo, éste? ¿O definitivo por un rato?

—No sé. O bueno, sí —me rasqué los ojos—. Sí —escondí la cabeza en el cuello de mi piyama. Luego gruñí.

—Sale, pues —dijo mi mamá sin piedad alguna. Mi mamá tolera todo, menos la falta de elocuencia.

Me mantuve en ese estado vegetativo catorce horas más. La teoría es que el lunes no llega si uno simplemente no permite que el domingo se termine. La teoría se equivoca. Cuando el día empezó a clarear a la orilla de la ventana tuve que aceptar que el Día Siguiente me había alcanzado. Me salieron como resortes en la espalda, me entró una prisa que caminaba por mí. Tendí mi cama, barrí las escaleras para borrar mis descuidos migajientos de la madrugada anterior, llegué a la casa de Tacubaya antes de que el sol se acomodara por completo en el horizonte.

Cuando abrí la puerta sentí algo raro en el aire. La cama estaba tendida con sábanas limpias, el edredón gris que compré después de dudar tres meses hacía honor a sus hilos de algodón gordos y caros, brillando con pulcritud bajo montañas de almohadas que le hacen juego. La puerta izquierda del clóset entreabierta, su espacio vacío. No me impresionó tanto la eficacia que tuvo Emiliano para recoger sus cosas como la eficacia con la que había vivido nueve años en nuestro departamento sin dejar rastro alguno. Nadie hubiera notado el paso de su ausencia. Había dejado todas las cosas que eran de los dos, todas las cosas que se adquieren en conjunto y nunca se sabe quién acumuló, libros de mesa sobre *El Padrino*, cajitas del Fonart y cojines bordados de Oaxaca. Se llevó: una lámpara de su escritorio que era de su papá, de ésas de vidrio verde y cadenita dorada que usan los periodistas en películas de los setenta; una silla de la sala que había comprado con Moras, su socio, que hacía juego con la de su oficina; el cuadro de ruedas rojas y plateadas que pintó su prima Fabiola; el póster enmarcado de su primera campaña de Sabritas; el premio que se había ganado por la misma campaña. Recorrí la casa, perfectamente llena con sólo mis cosas, ¿qué más? Se necesitaba un ojo clínico para reconocer los agujeros de las repisas. Faltaban todos los libros de filosofía, el poemario de Keats, su edición londinense de *Grandes esperanzas*. De las películas no faltaba ninguna. Me había dejado la edición especial de *Vértigo* que a veces abría a media tarde para oler el cartón viejo; la edición alemana de *Fitzcarraldo* que había cargado por siete aeropuertos; la caja gigantesca con la serie completa de *Los Soprano* que me había regalado en mi cumpleaños para regalársela a sí mismo.

—¡Es tuya! —protestaba cuando se lo echaba en cara.

—Bueno ¿en el divorcio me la llevo, entonces?

—No. En el divorcio, me la pido. ¡Pero me puedo pedir otras cosas que también son tuyas! —se carcajeaba mientras yo me le echaba encima, pegándole de juego por cínico, por encantador, por maravilloso.

En el divorcio me la dejó. Definitivo, entonces, que éste es el fin del juego. Encontré un solo vacío discernible entre la películas: *Indiana Jones*. Me dio tanto gusto ver ese espacio que me rescató del precipicio anterior. La cantidad de horas de mi vida que había pasado sufriendo y discutiendo la brillantez de *Indiana Jones*.

—Es la película perfecta —lo oigo decir—. Puedes aprender a hacer cualquier tipo de película viendo *Indiana Jones*. Es una clase de guionismo, de arte, de foto, de tono.

Sí, Emi. Qué razón, Emi. Maldita sea la hora en que acepté —como al pasar— que me gustaba *Indiana Jones*, Emi. Pero ¿qué se puede esperar del niño más consentido del planeta Tierra? Emiliano era inmaduro y pendejo y fan de *Indiana Jones*. Adiós y gracias. Qué bueno que te fuiste, que te aproveche y que te aguante tu mamá y quien sea la siguiente valiente que trate de reemplazarla intentando ver a la virgen misma en *Indiana Jones*.

Quise llamarlo, lo confieso. Me sentí libre y tanta libertad me dio ansias. Quería contarle, como a un amigo, que se me había levantado un peso de los hombros con que se fuera. Caminé al rincón junto a la estufa donde se queda conectado el cargador del teléfono, pero lo encontré vacío. Claro, es que ése era el suyo, el mío está en la oficina. No puedo hablarte,

Emi. Mi teléfono está destinado a quedarse muerto y no tenemos línea en la casa desde que decidiste que era premoderno, ¿te acuerdas? Si tuviera suficientes ansias buscaría un teléfono público, pero ¿todavía hay teléfonos públicos? No sé. Tampoco tengo tantas ganas de contarte sobre la libertad. Mejor ejercerla. Estoy sola. Puedo hacer lo que quiera. Estoy forzada a quedarme desconectada del mundo. No me urge llamarte. ¿Me habrás llamado tú, Emi? ¿Tú también te sentirás libre? Si dejaste mensaje lo escucharé mañana. Si simplemente colgaste como haces siempre que alguien tiene el teléfono apagado, no quedará rastro alguno de que trataste de contarme qué te pasaba, de decirme qué te llevabas de aquí, qué te llevaba de aquí. No habrá ninguna explicación. Y yo libre. ¿Qué haré con mi libertad?

Vi una película que me salvó de pensar demasiado. El cine siempre salva. Me dormí temprano. Eso es lo que quise hacer con mi libertad. Vivir al límite está sobrevaluado.

⌐══⌐

Dormí como un ángel, me levanté sin prisa, fui caminando por un bísquet hasta Los Bísquets de Obregón. Tardé una hora. Ni lo sentí. Llegué a la oficina tarde y sin peinar. La llamo *la* oficina y no *mi* oficina porque sólo vengo unas veces a la semana. Desde que entré al mundo laboral tuve pánico de ser despedida, así que me hice de un trabajo que dependiera lo más posible de mí misma. No sé cómo pasó. Creo que fue mitad porque Emiliano y yo nos arrastrábamos al cine cinco veces a la semana, mitad porque soy convenenciera, pero en algún momento me volví crítica cinematográfica. Si uno pasa suficiente tiempo hablando con contundencia sobre algo, de pronto se le considera a uno un experto. Al día de hoy escribo para diez publicaciones distintas y tengo dos comentarios en la radio a la semana. Veo de todo y adapto mis opiniones de acuerdo con el público para el que estoy escribiendo. "Eres sofista desde la cuna", decía mi mamá. No lo hago por mentirosa, que es la manera fea de decirlo, más bien lo hago por flexible. Cuando escribo para una revistota que la última versión de *Iron Man* —o de cualquier otra de esas pelis de hombrecitos con poderes con los que Hollywood nos ataca desde que se quedó sin imaginación— es un peliculón, lo digo en serio. Pasé suficiente de mi tiempo universitario en sets de filmación como para darme cuenta de que hacer cine es estúpidamente difícil. Hacer *Iron Man* es una hazaña de proporciones monumentales, independiente del resultado de su esfuerzo. El hecho de que esa película exista la hace digna de algún elogio. A la revistota le viene bien elogiar esas películas, así que las elogio. A veces escribo para publicaciones de gustos más, digamos, refinados. En la mayoría de los casos de públicos mamones, que fincan gran parte de su identidad en sentirse superiores a los demás. En esas publicaciones sólo hablo de pelis en blanco y negro, oscuras y en francés o filmadas en una sola toma. No quiero crearle una crisis de identidad a nadie. A la gente le gusta oír lo que le gusta oír y es fácil no molestar a los lectores que andan buscando validación para el fin de semana con que sus gustos son los equivocados. El cine es el único aspecto de mi vida en el que estoy dispuesta a ver las virtudes mucho más que los defectos. El cine siempre me ha salvado de todo. ¿Qué ayer mismo no me salvó de desplomarme frente a mi libertad? A mis papás ver una película siempre los salvó un rato cuando ya no podían verse más el uno al otro. El cine me ha acompañado en todo, por eso me gusta hablar bien de él.

La oficina es de la revista *CineAdictos* —así todo pegado—, de las que viven de hablar bien de casi todas las cosas. Me gusta venir a sus oficinas, que me tengan en la nómina y me manden a ver de todo. La mayoría de las veces me hacen ver películas malísimas y a inmediata continuación entrevistar a sus creadores. Yo pongo cara de "gracias por tu gran obra" y todo bien. A veces me mandan a Miami a entrevistar a una bola de actores famosísimos, cuyos nombres olvido de inmediato. A veces me topo con alguien que fue fundamental en esas operaciones de rescate que las imágenes en movimiento han hecho por mí, y faneo como las mejores. Una vez entrevisté a Fred Savage, el niño de *Los años maravillosos*, y lo seguí el resto del día hasta que tuvo que aceptar que le dijera que me había enseñado a crecer. Asintió con mucha dificultad. ¿Por qué creo que un niño blanco de suburbio gringo de los sesenta me enseñó a crecer?, no me pregunten. Es el costo de los doblajes del canal cinco, de la hegemonía cultural y etcétera. Digo esas cosas en las juntas de *CineAdictos* y la gente echa risas como una serie de cascabeles. Entre eso y que acepté cobrar la mitad de lo que realmente necesito, me tienen en la nómina y me invitan a las juntas. La gente se entretiene con cualquier cosa, la verdad.

<hr />

Total que aunque llego a la oficina no me pongo a trabajar. Mi conversación con Paloma se enreda en círculos interminables de preguntas sin respuesta. Para cuando logro colgarle llevo una hora de contener la respiración y las lágrimas que no quiero soltar aquí. Aprieto el botoncito rojo con toda la saña del mundo y extraño las épocas —que no me tocaron— en las que los teléfonos pesaban y uno podía colgar como si azotara una puerta. Reviso bien todas las posibles fuentes de contacto: mail, mensajes, whatsapp, llamadas. Nada. Definitivamente nada. Si Emiliano apareció entre que le subí los seguros del coche, lo dejé en casa de su mamá y éste, el oficial Día Siguiente, fue cuando tuve el teléfono apagado y no se dignó a dejar mensaje. Tampoco lo culpo, no puedo imaginarme algo peor que dejar un mensaje o mandarlo a un teléfono que uno sabe apagado y pasar el resto de los muchos días sin respuesta preguntándose a cada segundo si el otro no te contesta porque no quiere o porque el teléfono sigue apagado. Como sea, yo tampoco planeo llamarlo. No tanto por orgullo sino porque no tengo nada que decir. Si por lo menos se hubiera llevado mi secadora de pelo o algo así crucial que poder reclamarle. Pero nada. De nuevo no siento más que la libertad, su aire limpio, su espacio abierto, su precipicio.

Un mano pintada de colores que deja cuatro gusanos de gomita babeados sobre mi teclado me devuelve a la realidad. Los recojo con un kleenex y veo al brillante elemento de dos años de edad que corre hacia la oficina de su papá, riéndose de su maldad. La sigo hasta la oficina de José Miguel, EHMAP, como le puso Paloma después de conocerlo en la posada de hace dos años. El Hombre Más Aburrido del Planeta: EHMAP, ¿cachan? Paloma estaba de un creativa ese día, que no veas. EHMAP es uno de esos nerds que ya no existen, como de los ochenta: inseguro, sabiondo. Es un editor confiable y correcto. Se viste siempre igual, con camisas de manga corta y una pluma en la bolsa del pecho; habla bajito frente a las mujeres y los hípsters, les tiene miedo igual a las dos especies. Lo mandaron de la editorial madre de *CineAdictos* cuando no le dio el morbo para hacerlo bien en la revista del corazón que los mantiene. EHMAP sabe todo de cine y entrega todo puntual el doce de cada mes. El editor ideal.

Hace unos meses noté que las secretarias lo saludaban cabizbajas y coquetas.

—Lo dejó la mujer, imagínate —me contó una—, con todo y criatura. Se fue quién sabe a dónde, que con un venezolano.

Toco en la puerta abierta de la oficina. José Miguel está limpiando las manos de *la criatura* con unas toallitas húmedas.

—Buenos días.

Le enseño los gusanos de gomita y los tiro en su bote de basura por dos motivos:

1. Que sea su bote el que se llene de hormigas y no el mío.
2. Que se le olvide que llegué tarde y que llevo una hora teniendo una conversación claramente personal frente a su puerta.

EHMAP levanta la mirada de la niña hacia mí, con un solo movimiento de cabeza dice: *Perdón, pero ¿qué le voy a hacer?, tengo a la niña, ¿sí sabes que me dejó mi mujer?* Yo sonrío, como diciendo: *Sí, qué mala onda, lo siento muchísimo.*

Pero no lo siento muchísimo, me parece una injusticia. EHMAP había agarrado un aura de respetabilidad con la que no se podía competir, porque se había divorciado después de apenas tres años de matrimonio. La mujer lo abandonó y lo dejó con la niña. Todo mundo murmura que es una mujer terrible y él un hombre bueno. De inmediato me sale mi mamá: *Si fuera al revés, todo mundo se estaría preguntando qué hizo mal ella para echar a correr al marido.* A José Miguel no se le ve así que uno diga devastado, entre otras cosas porque no se ve a José Miguel capaz de estar devastado. Para estar devastado antes tendría que haber estado dichoso y tampoco se le vio así nunca. Está idéntico recién abandonado que recién llegado de la luna de miel. Yo soy la que terminó un no-matrimonio de diez años. "Corté con mi novio", es lo que tendría que contestar si alguien me preguntara por qué estoy en la calle sin pintar y con el pelo seboso. Eso había contestado Roberta en el patio del Arcos una de las veces que cortó con Patricio. Si me hubiera divorciado, como EHMAP, nadie se preguntaría por qué no me da la gana echarme rímel. Pero toda la lástima es para él, porque se salió de casa de sus papás y la sacó a ella de casa de sus papás, la llevó a una iglesia, hicieron una fiesta y se fueron a vivir juntos los dos, por primera vez solos en el mundo, a una casa que sólo existía porque habían decidido juntarse en ella. Luego, cuando la mujer se fue con el venezolano, hubo que firmar unos papeles en una oficina y con un señor licenciado, que dejaban claro que ya no iba a regresar. EHMAP sí se casó y se divorció como se debe. Yo me fui de mi casa a los veinte, arrastré a Emiliano de la suya a los veintiuno, desde entonces hasta hoy, diez años de que todo fuera convivencia y rutina conyugal, hasta la parte en que nos queríamos y nos odiábamos al mismo tiempo. ¿Hay más compromiso que ése? Sí. Un papel. Todo lo que no me importaba a la hora de estar unida a Emiliano me estaba importando a la hora de estar separada. Ojalá por lo menos me hubiera casado con Emiliano, entonces tendría pretexto para no peinarme y un abogado que me notificara que Emiliano se quedaría *Indiana Jones* y me dejaría *Los Soprano*. Eso me hubiera venido maravillosamente bien para aquello de la catarsis. Un abogado que me llamara para decirme que Emiliano no volvería a llamarme nunca. En vez de eso, nada, la duda en la garganta para siempre: ¿quién fue el último que dijo ya no más?

4

Jaime Chiquitito y su hermana

¿**S**aben quién sí se casó, hablando de casarse? Jaime Chico. Y también le ha dado tiempo ya de divorciarse. Ha sido muy expedito.

Lo veo caminar hacia mí entre las banquitas del parque Nápoles, la definición de alguien buena gente: con sus jeans que no le quedan ni flojos ni apretados, una playera gris y unos tenis verdes que hacen juego con los de su hijo Tito. Tito también se llama Jaime, como su papá. El hijo de alguien que ya era Jaime Chico, se volvió Jaime Chiquitito, se volvió Tito. Tiene como seis años y camina dando dos pasos rápidos por cada uno bonachón que da su pa, tratando de coordinar izquierdo, derecho, izquierdo. Detrás de él, su hermana Yvette arrastra los pies, quizá porque sigue enojada de que sus papás le pusieron de nombre Yvette.

Abrazo al papá primero, bofito y guapo, pienso que es muy natural en Jaime tener dos hijos a los treinta y un años, no sé por qué, simplemente le sale muy natural. Jaime nunca fue de dramas, con la excepción del incidente aquel de "eres una puta", que cuadramos meses después, cuando pidió perdón sin parar. Entre lágrimas. A mí y a mi mamá.

En los muchos años de amistad que siguieron, aprendí que

Jaime había dejado —en el Arcos, en su cuerpo de adolescente, en el pasado remoto, vaya— su capacidad para revolucionarse de más por las cosas. Nunca se preguntó si estaba chico para casarse, o si estaba chico para tener hijos. Se enamoró de una compañera de la universidad, se casaron antes de graduarse, tuvieron hijos cuando ella se embarazó. Ahora se divorciaron. Todo con mucha calma, como que así ha ido pasando y ya.

Como al mes del Día Siguiente me habló para pedirme el favor de que me quedara con los niños el sábado.

—¿O tienen plan?

—No. Déjamelos.

—¿Emiliano no va a estar?

Le conté la historia del Ajax.

—Uy, Mari.

Lo sentí hacer ojos por el teléfono, uno que otro "¿Cómo crees?". No mucho más. Me dio consuelo su calma. La misma calma que claramente no está peleada con el deseo, porque me está dejando a los niños para irse a ver a una novia de la que se ha hecho. Hasta donde entiendo la novia es veinteañera, trabaja muchísimo, vive en casa de sus papás y sólo tiene tiempo de hacer el amor con Jaime los sábados de doce del día a cinco de la tarde. Así que Jaime modificó su rutina de papá de fin de semana durante esas horas. Igual se levantó a las siete, llevó a los niños a desayunar y luego al club, pero de ahí en vez de llevarlos a su casa, los trajo con su tía Mari que los entretendrá hasta la tarde, para que luego él los recoja y los lleve a cenar a Vips. A mí me gusta quedarme con los niños, no porque sea yo muy niñera, sino porque me gusta la idea etérea de ser la tía rara de la infancia de alguien. Y definitivamente soy la tía rara de la infancia de estos dos. Su mamá nunca me ha querido mucho. Sabe que yo estrené a su marido y es una mujer seria que no entiende de amistades de infancia que pasaron por la cama y por eso son en la edad adulta menos sexuales, no más. Con el resto de la familia de los niños no he vuelto a tener contacto desde el día de las madres —de quinto de prepa— en el que le hice un pastel de betún blanco y bolitas rosas a su abuela paterna. Con su papá hablo muy esporádicamente, a pesar de quererlo tanto. No he visto a los niños desde que Yvette tenía la edad de Tito, pero algo intuyen de que somos cercanos, aunque no entiendan bien por qué. Hay lazos por ahí que no les conciernen, pero que me vuelven su tía Mari. Jaime los deja conmigo precisamente porque no tengo conexión con nadie. Si los dejara con su mamá o con una de sus hermanas, tendría que dar explicaciones sobre la novia veinteañera.

—Ya ves cómo es chismosa Mónica. Y se sigue llevando con Marta —me entorna los ojos para que yo entienda que su hermana está clavada en el equipo de la exmujer. Luego, como si yo no le creyera, lanza la pregunta a la infancia—. ¿O no, niños? ¿Que su mamá y la tía Moni platican?

Yvette mueve la cabeza enérgicamente para indicar que sí. Jaime me da un beso de despedida y aprovecha para decirme al oído que los niños tampoco saben de la novia veinteañera y que por favor, etcétera. Yo digo que sí con el mismo gesto exagerado de cabeza que usó Yvette, pero en mi caso resulta en un torzón de cuello porque yo no tengo nueve años.

Le extiendo las manos a los dos niños, pero sólo Tito me acepta la oferta. Tito es un niño educado y confiadazo que entiende que cuando un adulto te extiende la mano, se la das. Yvette en cambio le da la mano a él. Yvette es la hermana mayor y da ternura ver cómo ignora a Tito cuando su papá está enfrente, pero en cuanto se va, se da cuenta de que él está a su cargo y lo protege. Yvette sabe lo que es tener hermanos. Por un segundo me da envidia. Tener un cómplice con el que discutir a mis papás me vendría de maravilla. Eso es lo que más le agradezco a Roberta: cuando eres hija única y eres rara, como yo era, tener una amiga de la infancia es lo más cercano a tener ese cómplice hermanado. Seguimos siendo amigas porque me malacostumbró a tener familia elegida incondicional. Sin importar lo que pasara, si yo entraba al patio con un refresco en bolsa y no tenía con quién sentarme, Roberta era una opción segura. Así todos los años, a pesar de que cuando creció y se le quitaron las ansias de popularidad empezó a despreciar a Emiliano. No podía con lo que llamaba *sus remilgos de esnob*. De todos modos era la primera en llegar a sus fiestas de cumpleaños si yo las organizaba. A cambio, cuando ella se perdió en la sierra porque andaba buscando no sé qué conífera prehistórica para no sé qué estudio de coníferas prehistóricas con el que andaba obsesionada, yo fui la que rentó una cuatro por cuatro y terminó recogiéndola en un pueblo horroroso, irónicamente llamado "La Preciosita", donde le debía una fortuna a una señora Luzma, que era quesadillera. Era un pacto irrenunciable, esta hermandad. Ahí estábamos, hasta cuando no hacíamos falta.

Con los hermanos hijos de Jaime Chico, el plan es ir al teatro Julio Castillo a ver *La bella durmiente*. A mí, alguna de mis tías raras de la infancia —generalmente las novias en turno de mi papá, que era mucho menos discreto que Jaime Chico en sus noviazgos de papá de fin de semana— me llevó a ver *La bella durmiente* al teatro Julio Castillo. El mundo, aunque cambia, ni cambia ni nada. Yvette y yo caminamos hacia mi coche unidas por el cuerpo de Tito, lo hacemos volar cada tres pasos para que despliegue esa sonrisa de encías desnudas que cae tan bien un sábado en la mañana. En el camino nos topamos con un carrito de mangos con chile y chicharrones, compramos uno de cada uno. Los dejo que suban las viandas a mi coche con todo y sus charcos de salsa Valentina porque el chiste de las tías raras es que siempre te dejan hacer lo que nadie. Manejo hasta el teatro, compramos nuestros boletos, nos sentamos. Las actrices salen en no sé qué telenovela y son insoportables. Una de las hadas parece creer que su comedia consiste en alcanzar unos decibeles francamente absurdos. En el intermedio nos salimos porque Tito se queda dormido, Yvette se quiere suicidar y yo quiero matar. Para curarles el desencanto, en la vendimia de la salida les compro plumitas de diamantina a ella y cochecitos a él. Puras baratijas que sólo les hacen ilusión porque están ahí a su alcance en ese momento. Pero yo me acuerdo de que mis tías raras eran codas y yo quiero ganar el juego de la tía rara a toda costa. Aunque no me alcance para comprar leche en la semana, les compro todo lo que quieren. Uno siempre se acuerda con amor de la gente que le compra cosas en la infancia.

Llegamos a mi casa, les hago sándwiches de papas Sabritas y les pongo *Mary Poppins*.

—¿Qué es eso? —pregunta Yvette.

—¿No han visto *Mary Poppins*? —pido las sales. Las prioridades de los papás de estos niños, ¿dónde están? Bote de palomitas enfrente (para cuando vomiten será problema de su papá), durante las siguientes dos horas quedan hipnotizados por la música, los niños, los caballitos del carrusel corriendo por el campo. Yvette me cacha limpiándome dos lágrimas gordas cuando el papá banquero sale a la calle con el papalote lleno de masquin, listo para volar. Cuando Jaime Chico llega por ellos estamos brincando en el sillón al son de "Mary Poppins al compás" con la cara pintada de hollín negro que nos puse con mis sombras Revlon. Jaime se une al baile un ratito. Mi teléfono suena incesantemente. Yo trato de soltar la mano de Yvette, pero hace como que no me deja, me muero de risa —con el estómago—, esa risa que te quita el aire. Finalmente me suelta, me seco el sudor del cuello y contesto el teléfono sin ver.

—¿Bueno? —alcanzo a decir en un suspiro.

—Hola. Soy yo.

Su voz me pega el estómago a la espalda. Camino hasta mi cuarto para huir del ruideral que se traen los niños y su papá en la sala.

—¿Qué estás haciendo? —me dice entre risas, como si no hubiera pasado un mes sin hablarme, como si nada pudiera interrumpir la rutina inevitable de nuestra familiaridad.

—Estoy bailando. ¿Tú? —pero me sale demasiado falsa la

alegría y él lo nota. Se hace un silencio espantoso—. ¿Qué pasó, Emi?

—¿Cómo estás?

—¿Cómo estás tú?

—Pancho le va a dar el anillo de la bisabuela a Paloma. Te quiere pedir ayuda, ¿vienes a desayunar mañana?

—¿A tu casa?

—No. A un restorán. Ahorita te mando la ubicación.

—Okay.

—Pancho llega a las once, pero ¿nos podemos ver a las diez?

—¿Le quieres planear una sorpresa?

—No —él se ríe otra vez, yo tengo el esófago en los ojos—. Podemos hablar un rato antes, ¿no? No hemos hablado.

Detecto un reclamo ahí. Él cree que yo no le he hablado.

Cuando regreso a la sala debo de estar tan pálida como me siento porque Jaime Chico apaga la música.

—¿Todo bien?

Yo vuelvo a usar el ademán enérgico con que Yvette da el sí. Antes de irse, Tito me da de puñetazos cada vez más fuertes en la cadera, que es a donde llega su puño de cinco años. Cuando volteo a verlo se tapa la cara y se va a esconder detrás de las piernas de su papá. De semejante ritual, tan masculino, derivo que le caigo bien. Yvette me da un beso de despedida.

—Estuvimos muy contentos —me dice con contundencia.

Los veo irse y le grito a Jaime: "¿El sábado que entra otra vez?". No creo sobrevivir otro fin de semana a solas sin los sobrinos raros.

5

Desayuno con los hermanos Cervera

Lo veo como recién lavado, con el pelo más corto, los ojos brillantes. Me recuerda más a la primera vez que lo vi entrar al salón del Arcos como un desconocido, que a la última que lo vi como el hombre al que tengo completa e insoportablemente visto. Ése es el efecto que ha tenido en él la libertad.

Me abraza como si nada. Pedimos huevos rancheros y conchas.

—¿Pero sí te vas a comer todo? Luego desperdicias la mitad —me ataca.

—¿Me dejas en paz? —sonrío con algo de saña. Y empiezo a comerme el pan salado que tenemos enfrente. Voy a desperdiciar las conchas, seguro.

—Bueno —me dice Emiliano como si empezara una junta de negocios—. ¿Cómo estás?

—¿Cómo estás tú? —alcanzo a preguntar.

—Regular.

O sea, ¿vamos a decir la verdad en este desayuno?

—Si hago el promedio, estoy regular —complica. Y yo huelo confusión en nuestro futuro inmediato—. Estoy perfecto a veces. Feliz. Perfecto. Muchas veces, como ahora. Pero de repente, sin avisar, no me puedo ni mover. Se me cierra la garganta de llorar. Siento que se terminó el mundo. No tengo puntos medios. ¿Tú? —me pregunta en el mismo tono con el que me preguntó si yo también quería huevos rancheros.

¿Yo? No tengo la menor idea. No estoy nada. Ni bien, ni mal, ni regular. Estoy sentada desayunando con él y no sé más.

—No sé —es lo único que me sale.

—Okay —murmura, pero podría haber dicho "típico".

—¿Qué?

—Nada.

Se abre un silencio como una raya blanca en medio de nuestra carretera, se podría cruzar sin problema pero sabemos que aunque en este instante no venga otro coche, hay un peligro terrible en saltarse de lado. De todos modos, doy el volantazo.

—¿Nada qué? Tú fuiste el que dijo que quería hablar.

—Estoy hablando. Te estoy diciendo cosas importantes, te estoy diciendo la verdad y tu respuesta es decir que no sabes.

—No me estás diciendo la verdad, me estás atacando con una versión lírica de la verdad: "Estoy regular en promedio. Estoy perfecto y luego sin avisar se acaba el mundo". Perdóname por no saber qué carajos significa eso. Ya sé que te molesta mi simpleza.

—Sólo dime cómo estás.

—No sé cómo estoy. Estoy aquí sentada enfrente de ti y te veo guapo y contento, y no quiero besarte, pero estuve a punto, porque es como memoria muscular. No sé qué decirte. No me has hablado en más de un mes.

—Tú no me has hablado a mí.

—Tú eres el que se fue. Dejaste la cama tendida y de ahí yo tuve que entender que ya no ibas a regresar.

—Te hablé cien veces y tenías el teléfono apagado.

—No dejaste mensaje.

—Ya sabes que yo no dejo mensajes en teléfonos apagados.

—No sé nada.

—¿Para que te iba a dejar un mensaje? Quería hablar contigo.

—Si querías hablar conmigo me hubieras hablado.

58

—Sólo quería hablar contigo si tú querías hablar conmigo.

—Eres un niño.

Veo que se le traba la mandíbula. Mi decirle "niño" es su decirme "descuidada".

—Perdón —le medio balbuceo.

—¿Cómo estás? —me insiste.

Y hay dos maneras de contestar esta pregunta. En una se abren unas compuertas que se nos han ido cerrando durante años, que dicen la verdad con todas sus complejidades, que están dispuestas a arrastrarse, a perder el miedo y la dignidad, a aferrarse a la mano del otro antes de que se salga de la cama irremediablemente: "Este brazo es mío y no te lo llevas aunque esté pegado a tu cuerpo". Esa primera respuesta acepta que todo es horrible y que eso no importa, nos deja listos para volver a lastimarnos cuantos más años nos queden. La segunda manera de contestar cierra las puertas, suelta el brazo, imagina que tiempo después quizá nos encontraremos por la calle y nos diremos: "Nunca dejé de quererte" o más cosas así terribles, pero lejanísimas. Las dos respuestas son igual de ciertas. Pero la primera continúa la batalla. La segunda está exhausta y es la que necesito dar:

—Estoy bien —digo.

—Okay —dice él.

Veo agua en la esquina de sus ojos pero la controla. Se encoje de hombros. Cerramos la puerta. No hay más que decir. Sin embargo, un ratito después, con el café, me suelta un remate inesperado.

—Terminé el guion.

—¿De verdad? —me debato entre el gusto y el coraje. Llevo cinco años escuchando la historia del guion, un mes sin mí y la calabaza se volvió carruaje.

—Moras cree que lo podemos producir —lo dice como pidiéndome permiso de creérselo.

—Seguro que sí. Desde siempre lo podían producir. O por lo menos tratar.

—Pues sí. Pero hasta ahorita pude terminarlo.

Ya se ha hablado mucho de ese momento en que amas a alguien pero no lo soportas. Ese momento en el que el amor no es suficiente. Hacia el final, cuando Emiliano hablaba de su guion y su película, el amor no era suficiente. Me aplastó el recuento de las horas que pasé escuchando por qué era imposible escribir el guion y terminar el guion y producir la película. Horas perdidas porque ya el niño se puso a hacer y dejó de hablar. Escuchar la falsa humildad con que me cuenta que hizo por fin lo que me torturó años con que no podía hacer, me lo reconoce. Me molesta este hombre cuando lo reconozco. Hace rato que lo vi, me gustó. Es mi influencia sobre él lo que no me gusta. No me gusta la versión de él que aparece cuando yo aparezco. Está la cosa… perdida. Así debe sentirse ser mamá y que tus hijos te decepcionen, los adoras, pero no puedes creer que sean tan insoportables y de inmediato sientes que es tu culpa. Yo no seré mamá de Emi —dios de mi vida—, seguro no soy mamá de Emi, pero sí que me siento responsable de haberlo convertido en todo lo que no tolero.

Y ahora terminó el guion. Sin las distracciones de hacerse cargo de sí mismo y de mí, salido de nuestra casa, terminó lo que le estaba haciendo falta. De nuevo, así debe sentirse tener un hijo adolescente que te contesta horrible mañana, tarde y noche, pero de pronto es súper educado con la vecina. Aunque no sé. No tengo hijos y quién sabe si los tenga porque siempre hubo el problema de "cómo", "cuándo", "con qué". Ahora hay el problema repentino e inesperado, más complicado en su mecánica, supongo que también en su emoción de "con quién". A los treinta años, ése es un problema con algo de prisa, pero éste es el primer momento en que lo pienso. Hace mucho tiempo que yo ya no iba a tener ese problema. Y ahora Emiliano se larga, o yo lo corro. Él termina su guion y yo tengo que empezar a preocuparme por lo etéreo. Entonces otra vez, ¿estoy bien?

Francisco hace el favor de interrumpir mi ataque de ansiedad con su llegada. Emiliano se levanta y se saludan palmeándose la espalda fuertísimo, como políticos de los ochenta. Junto a su hermano, Emiliano vuelve a ser uno que no es mío y que de lejos me cae bien. Francisco me da un beso y me abraza con más ternura que nunca en nuestra bonita y lejana relación. Me hace sentir bien, como que me está consolando de una desgracia que quiere despachar con este abrazo para poder cambiar de tema para siempre.

Pasamos el resto del café y las conchas planeando la fiesta sorpresa en la que Pancho le entregará el anillo de la bisabuela a Paloma. Lo saca de una bolsita roja y luego de una cajita dorada, siento como que la Señora Sandra está en mis manos cuando me lo entrega. Me doy cuenta de que es su influencia la que veo en el Emiliano que no es mío. Miro a los dos hijos de la Señora Sandra: echados pa' delante, como pasados por una cernidora que les quita el salitre y el hastío. Tan sus hijos.

¿Cómo competir con Sandra? Sandra que era su mamá, con la que había bailado los sábados en la mañana, en cuya cama se había metido tras tener pesadillas horribles, que le había descubierto la leche con chocolate y la pomada Vic en los días de enfermo. Lo había acompañado a ver el mar por primera vez, la nieve por primera vez, se había sentado junto a él a curarle los raspones de las rodillas. Era su mamá y había sido una mamá en toda regla impecable, lo único que se le podría haber reprochado era un exceso de eficacia y habilidad de crianza. La Señora Sandra no había sido ni despreocupada ni sobreprotectora. No era de esas que corrían detrás de sus hijos para ponerles un suéter a las doce del día en abril; tampoco de esas mamás que dejaban que sus hijos anduvieran sin un abrigo que hacía juego con sus calcetines los primeros días de frío. Les había dado de comer exactamente lo que debía. Había entendido, como por instinto mágico, que Emiliano prefería la gimnasia al karate y que Pancho era más de tenis que de natación. Los había llevado y traído, con precisión de reloj, a hacer todo lo que ella simplemente sabía que los haría felices. Trabajaba suficiente para ser un modelo que sus hijos pudieran admirar y buscar en mujeres útiles y dueñas de sus aspiraciones, pero nunca una mamá que estaba en la oficina cuando uno de los niños se caía y se raspaba los codos. Era una mamá que llegaba puntual a todos lados, pero nunca observaba de más mientras sus hijos se despedían de sus amigos íntimos. Una mamá que siempre traía un Danonino frío en la bolsa a las seis de la tarde, una botella de agua a la salida de los partidos de fut informales que se hacían entre que se acababan las clases de sus colegios elegantes y se abrían las puertas de sus coches aún más elegantes. Una mamá que sabía correr y rodar por el pasto, inventar que era una princesa que sus dos hijos piratas tenían que rescatar, que luego se levantaba, se acomodaba el pelo y estaba perfectamente vestida para conocer a sus profesores y hablar con ellos de López Velarde; para conocer a sus amigos y hablar con ellos de la posición precaria o luminosa del Real Madrid en la tabla de la liga. La Señora Sandra era una mamá correcta como la mía no había sido. Era primero mamá que persona y por lo tanto era misteriosa. Una mamá con toda una vida pasada, interna, seguramente difícil, que Emiliano no conocía, ni siquiera tenía pistas para intuir. Mi mamá era tan transparente que los pocos secretos que nos quedaban sobre la vida que había tenido antes de que yo existiera, sobre quién había sido y quién seguía queriendo ser, los pocos misterios que sobrevivían a su verborrea y a su convicción de que entre madres e hijas no puede haber ni una barrera milimétrica, no me dan curiosidad, me dan gusto. Lo poco que no sé de mi mamá, no quiero saberlo ya. En cambio, la Señora Sandra es un misterio de cremas de noche y pasos bien dados en unos botines limpios, limpios. ¿Cuándo tiene tiempo de limpiarlos? Es uno de los muchos secretos.

La Señora Sandra debe tener deseos, ganas, vidas que se le escaparon. Seguramente tendrá recuerdos que sorprenderían a sus hijos. Gratas sorpresas que dar. Pero la intimidad que compartían pasaba sólo por ellos, por sus vidas, por sus deseos, por sus infancias. Emiliano no tuvo ni una adolescencia rebelde que lo distanciara de la Señora Sandra. Emiliano abrazaba a su mamá con la misma soltura con la que lo hace un niño de ocho años. La rebeldía de Emiliano pudo haber llegado, como la de Pancho, años después. Supongo que así pasa en las familias felices, no hay mucho contra qué rebelarse y entonces los niños pasan la pubertad y la adolescencia en blanco, tan en paz como en la infancia. Emiliano tuvo su momento de malas calificaciones, de tener que llegar corrido al colegio Arcos, pero puras cosas así, menores. Los problemas serios hubieran llegado más tarde, con la mirada constante de su mamá sobre los hábitos de un hombre, que ya es adulto y le pesa la mirada de alguien que lo verá siempre como un niño. Por desgracia, ésos fueron los años en los que yo me llevé a Emiliano de su casa y no dio tiempo de que la mirada de la Señora Sandra lo perturbara jamás. Bajo esa mirada terminó por fin el guion. Bajo esa mirada y fuera de la mía. En su casa.

La misma casa donde deciden los hermanos que harán la fiesta de pedida de Paloma. Yo quedo a cargo de invitar a todo el mundo y de mantenerle la sorpresa. Emiliano queda a cargo de la música y la comida. Temo que con ese arreglo no haya ni música ni comida en la famosa fiesta, pero se le ve muy segurote, así que me reservo mis comentarios. Pancho queda a cargo de hacer como que está muerto de miedo, cuando todos sabemos que no podría estar más seguro de que la respuesta de Paloma será más que positiva. Finalmente, antes de que nos vayamos, Pancho me pregunta si puedo hacerme cargo de recoger los globos. Recorro todas las posibilidades: mi mamá no me va a llevar a recoger ningunos globos para una pedida, primero se muere que participar en semejante ritual; Roberta no puede ver a Paloma ni en pintura, no creo que esté dispuesta a hacerse cargo. No. Tengo que decirle que no a Pancho y de paso decirle el motivo a su hermano. Para la fecha de la fiesta no voy a tener coche, así que no puedo pasar por los globos. No digo nada más, pero Emiliano sabe que no voy a tener coche porque no tengo dinero para pagarlo, dado que se fue y en unas semanas me va a tocar dar el segundo pago completo de una renta imposible, que antes era entre dos. Veo que se irrita y se siente culpable al mismo tiempo. Odio las dos reacciones. Se irrita porque *cómo es posible que yo no tenga ahorros correctos a estas alturas de mi vida y que siga teniendo trabajos por aquí y por allá como adolescente*; se siente culpable porque sabe que me las ingenio, que por más que ha reclamado, nunca he dejado que ponga un peso de más, ni he puesto mis preocupaciones monetarias y laborales en la lista de sus asuntos.

—A ver la roca otra vez —le pido a Pancho para cambiar de tema urgentemente.

El anillo de la bisabuela brilla como debe brillar, grande, cuadrado y (para mi gusto) horroroso. Aunque es de verdad, se ve idéntico que esos anillos "Mi Alegría" que se ponía Roberta en la primaria. Me imagino tener que andar con él por el mundo y me da pena. Pero me lo imagino en Paloma y me gusta, le va bien a su dedo que está ávido de hacerlo suyo. Pancho quiere mi aprobación y la obtiene completa. Emi estira la mano para inspeccionar la cajita de cerca, se la entrego y lo veo emocionarse, viendo la sonrisa de su hermanito que se casará como se debe, sin meterse en líos. Le veo en los ojos una felicidad fácil, transparente como el centro del anillo de la bisabuela; en la boca, un silencio en el que yo me imagino una recriminación que ya no me hará.

Me empuja la canasta de conchas hasta topar con mi plato y me pregunto si debo comerme una, aunque no la quiera, sólo para molestarlo.

6

Los adultos se casan

Llego a mi departamento con el vacío del domingo por delante. Pienso en el cuerpo de Emiliano bajo su camisa de cuadros, abrazándome a medias para decirme adiós. Pues ya hablamos. Y no pasó nada. Considero buscar unos hits de José José en YouTube y entregarme a una desolación superficial, pop. En vez de eso le contesto el teléfono a mi mamá cuando habla para invitarme a comer. Tiene culpa en la voz, mezclada con alegría, sobre una base sólida de miedo. Reconozco el tono, no me sorprende cuando después de muchos rodeos la oigo decir:

—Está aquí tu papá —pausa—. Comeríamos los tres.

—¿Está ahí mi papá?

—Sí —ya no me da más explicaciones porque no las necesito.

Mi papá a veces regresa, desde la primera vez que se fue, cuando tenía yo cinco años y mi mamá treinta. Los mismos que yo ahora. Pienso que la veía tan adulta, es obvio que era una chamaca sin mucha idea ni control sobre su propio corazón. Lo mismo que yo ahora.

La debilidad que mi mamá tiene por mi papá es la única constante que he podido ver en su relación. Después de la segunda vez que se fue, cuando tenía yo nueve años y mi mamá treinta y cuatro, se divorciaron. Pero regresó dos años después y se quedó otro rato antes de volver a irse. Creo que esa vez se quedó dos meses, otra vez se quedó unos años. Su tiempo de ausencia es igual de variable, pero sé que en general es más largo, porque es lo que siento como la normalidad. La cadencia de su amor no tiene un ritmo preciso, pero sí tiene certidumbres: siempre que viene se queda, siempre que se queda se vuelve a ir. Y mi mamá —que es en todo lo demás una mujer fuerte, independiente, feliz. La mujer más clara del mundo en sus convicciones, en sus deseos, en el rumbo correcto para su vida— tiene este único punto ciego, que ha aceptado dejar fuera de su control.

Es encantador —mi papá— y el estereotipo del hombre que es incapaz de guardar su encanto entre los ojos de una sola mujer. Pasé una larga etapa de mi vida resintiendo que sus abandonos no tuvieran un motivo más sofisticado. Es un mujeriego, mi papá, un egoísta mujeriego. Qué cosa más simple de ser, carajo, ¿no podía haberse buscado unos defectos menos ordinarios? Una vez quedó de venir a verme salir de Ofelia en la producción de *Hamlet* que hicimos en el Arcos. Cuando no había llegado al final del segundo acto, le hablé y su celular lo contestó una desconocida a la que le pedí que le recordara que no tenía con quién irme a mi casa, que aunque no llegara a la obra no se le olvidara pasar por mí. Nunca supe si la desconocida le dio el recado, en cualquier caso, me dejó sentada en la banqueta de Miguel Ángel de Quevedo, todavía envuelta en mi corsé, la cara cubierta de maquillaje blanco y delineador, esperándolo, siempre esperándolo después de que se perdiera lo que había prometido morir antes de perderse. Llegué a mi casa a decirle a mi mamá entre sollozos que me gustaría que fuera un borracho o un esquizofrénico o algo más terrible que lo que era. Quería que tuviera un mejor pretexto que ser un hombre esclavizado por su entrepierna y no más. Me parecía una mediocridad de su parte ser un mal papá y una mala pareja por algo así. Tan simple. Con el tiempo dejó de importarme, dejó de pesarme lo que se perdió. En algún momento, hace mucho, todo de él dejó de dolerme. Mi papá me quiere, siempre y cuando quererme no perturbe su agenda de quererse a sí mismo. Y no me conoce. Si por eso tengo enojo reprimido que me saldrá cuando menos me lo espere, está tan abajo de lo que sé que siento, que igual no seré capaz de conectar mi furia con él. Cuando aparece me concentro en su encanto como si fuera un tío que vive lejos. Mi mamá no sé qué hace, no sé cómo hace, sé que lo sufre más que yo, pero también lo propicia, así que no me da culpa dejarla morir sola en su afán de amor por el tipo de cuyo trato solamente se espera una cosa con seguridad: en algún momento te dejará esperando en una banqueta.

Cuando llego a su casa, mi mamá me abre la puerta y está radiante. Quizás ese sea el secreto de sus reencuentros, que ésta es su casa y no la de él, así le da dicha dejarlo entrar. Mi papá está cojeando porque se rompió el pie hace un año y no terminó de curársele. Lo veo viejo, arrugado, con ojeras de perro hasta la comisura de los labios de donde le cuelga un cigarro perpetuo, ¿se dará cuenta de que está viejo? Creo que siempre ha sido más viejo de lo que cree porque fue de esos jóvenes que nunca se imaginó que se le acabaría la juventud. Cuando lo veo levantarse para sacar su milanesa del sartén donde las estoy friendo, volver a la mesa donde mi mamá lo espera, darle un beso casual en el cuello cuando cree que no los veo, pienso que es por eso que regresa y por eso que se va: mi mamá le recuerda la edad que tiene.

Todos los años de infancia que mi papá no vivió aquí, mi mamá se empeñaba en que lo viera. Yvette y Tito me recuerdan esos sábados de antes de que me rebelara contra la idea. Mis tías raras. Nunca íbamos a casa de mi papá sino a casa de la novia que trajera en turno. Decía que su casa era muy chica y muy fea como para tenerme ahí. Y tenía razón. Sus departamentos siempre eran hoyos deprimentes, llenos de papeles y de ceniceros. Pero los cinco minutos que pasábamos por ahí para recoger su ropa eran una gloria, como asomarse a una pregunta imposible. Yo tocaba sus cosas, la puerta de su recámara, hacía esfuerzos conscientes por acordarme si colgaba su ropa o no la colgaba, acordarme de qué periódico estaba sobre la mesa de la sala, acordarme de lo más posible para tener un espacio en el que imaginármelo haciendo lo que fuera que hiciera el resto de los miles de minutos de la semana en que estaba fuera de mi vista. Él recogía tres libros, dos pares de calzones y una camisa. Y salíamos rumbo a la casa de las novias.

Siempre había una nueva y siempre estaba loca. Siempre. Si salía con una que era religiosa tenía que ser ese tipo de religiosa que evangelizaba tocando en las puertas de los vecinos. Si salía con una politicona, tenía que ser de las que querían irse a hacer la guerrilla. Si salía con una *new age*-era, tenía que ser una que de pronto se detuviera a media calle para limpiarme el aura mientras hablaba de los avatares de luz. Cuando no tenían una causa, entonces sólo eran locas más de la mina, locas de todos los días, que daban de gritos y lloraban intermitentemente, sin motivo, para luego carcajearse. Locas que no me dejaban comer porque iban a crecerme las caderas. Locas que me encerraban en el clóset mientras mi papá iba a la tienda, no me fuera a pasar algo mientras no estaba. Locas, locas. Yo, como en defensa propia, cada fin de semana me iba haciendo más cuerda. Hacía mi tarea con más rigor. Inventaba trabajos de organización. Rompía palitos de paleta y los aventaba al piso para luego ordenarlos por tamaños hasta que quedaban todos acomodados en una fila parejísima. Me gustaba inventar caos controlables a los que untarles orden como un bálsamo. Volviéndome cada vez menos loca, o de un tipo de locura que no se reconocía como tal, me alejaba lo más posible de esas mujeres que mi papá perseguía y era cada vez menos compatible con él.

Me gustaba cuando le duraba alguna y regresábamos más de dos o tres veces a la misma casa. No sólo porque a los locos se acostumbra uno y empieza a agarrarles cariño —o por lo menos familiaridad— y ya no asustan tanto, pero también porque cuando volvíamos algunas veces podía yo extender mis esfuerzos de orden a sus casas. Arreglaba los tenedores en el cajón de la cocina hasta dejarlos uno sobre otro en una paredcita perfecta. La siguiente semana moría de curiosidad de saber cómo estaban, generalmente los encontraba otra vez todos tirados y podía volver a acomodarlos. Una vez llegué al cajón donde había acomodado todas las verduras del refrigerador por orden de color y luego alfabético, y lo encontré acomodado idéntico, pero con verduras frescas. Abrí el cajón de la fruta para acomodar ése también y lo encontré ordenado con el mismo canon que yo le había impuesto al de junto. La loca se había unido al juego. Lo que más me gustó es que no se lo dijo a mi papá. Los domingos en la mañana se levantaba de la cama que compartía con él y me despertaba para que bajáramos a hacer el desayuno juntas. Al terminar acomodábamos todo en un orden perfecto. Se llamaba Isabel y es la que me llevaba a ver *La bella durmiente* al Julio Castillo. Duró mucho tiempo, Isabel, o quizá no fue tanto, pero para un niño seis semanas buenas pueden sentirse eternas. Al final de ese tiempo, algún sábado, sin previo aviso, llegamos a la casa de una loca nueva. Hice un berrinche indigno de mis doce años y hasta ahí llegó lo de irme con mi papá los fines de semana. Con mi mamá bastaba. A él casi no lo volví a ver fuera de la casa de ella, de la casa nuestra que ella había comprado sola, para nosotras. La casa donde me la había encontrado llorando de euforia, sentada en el piso de la cocina porque había terminado de pagarla después de veinte años de hipotecas y bancos; la casa donde me la había encontrado llorando de furia, sentada en el piso de la cocina porque él estaba a punto de irse. La casa de nuestra soledad cómplice.

Me termino mi milanesa, escucho a mi papá hablar del país y de sus heridas como una cascada simpática y lúgubre. No pregunta por Emiliano, no porque no lo conozca sino porque vuelve a comprobarme que no me conoce a mí. Tampoco pregunta por mi trabajo, ni por mi cuello, ni por mis domingos. Me dice que le gusta mi pelo largo y yo sonrío, y se acaba la interacción directa. Me levanto a hacer café y mi mamá me acompaña. Paradas junto a la estufa, esperando a que la cafetera italiana suelte sus borbotones, me da un beso en la frente y luego se queda cerca, pegando su propia frente donde había puesto los labios.

—¿Cómo estás, mi niña? —no sé cómo, pero sé que me está preguntando por Emiliano—. ¿Cómo estás?

—Es lo mismo que preguntó él.

—Y ¿qué le dijiste?

—Ya no me acuerdo, pero a ti te digo que estoy bien.

—¿Entonces se fue?

—Sí, se fue.

—¿Ya no va a regresar?

—No creo.

—¿Y estás bien?

—¿Tú estás bien? El señor del comedor, ¿hasta cuándo va a estar aquí?

—No le voy a preguntar.

—¿Te da gusto que el mío no vaya a regresar?

—Me da lo que te dé a ti.

—Hasta ahora, todo bien.

Me da otro beso en la frente. Me quedo pensando que sí le da gusto, pero se lo aguanta y yo se lo agradezco. No había pensado en Emiliano desde que crucé el umbral de su casa y me distrajo con la vuelta de su señor.

<hr />

El lunes me encuentra ocupada y con prisa como una bendición. Paso por la oficina, tecleo ferozmente y le entrego dos artículos a José Miguel. Luego salgo corriendo a la proyección de una película mexicana: sangrienta y bellísima. La semana siguiente tengo que entrevistar a su director. Entre hoy y entonces tengo otras tres películas que ver y cuatro que reseñar. Dos entrevistas que redactar. Me viene muy bien ponerme en la piel y en las preocupaciones de alguien más. Que si el proceso creativo de éste y la experiencia inspiradora de aquélla. Todo muy útil. Un señor director de cine alemán hace el favor de decir una sarta de barbaridades homofóbicas en el festival de Toronto, sus actores gringos se retuercen de pena ajena y propia, lo desconocen, en tres minutos termina con su carrera de películas apantallapendejos y me da la diversión de escribir cosas horribles sobre él. Pobre señor director de cine alemán, pasa de genio a paria en tres frases. Los amigos de Emiliano adoraban sus películas, lentas y falsas. Un alivio hablar mal de él y dejar de pensar en mí.

Trabajo todo el día, sin control. Me da tranquilidad correr de un lugar a otro. Decir que sí a todo y luego teclear hasta las dos de la mañana. Me gusta saturarme hasta sufrir, entre otras cosas porque a veces me quedo seca de encargos y se me abre un vacío económico y existencial. Siempre sospecho que no me durará mucho el gusto de tener trabajo. No tengo esa seguridad que caracteriza a Emiliano, como de intelectual que puede retirarse a pensar sabiendo que el mundo se hará cargo de las cosas prácticas, de que todo saldrá bien porque pensar es suficiente para vivir. Tampoco me da el talento político como para vivir del gobierno, sobre todo mientras lo insulto sin parar, como mi mamá ha hecho toda la vida con grandes resultados feministas y filantrópicos. Lo único que sé hacer es ver películas y, en defensa propia, hablar de ellas y de sus alrededores. Eso requiere correr de un lado a otro. Nunca quise hacer películas y si alguna vez lo pensé se me quitaron las ganas para siempre después de producir cortometrajes al final de la universidad. Emiliano trató de darme trabajo de publicista, pero lo odié con todas mis fuerzas. Mi pesadilla recurrente es que despierto un día, vieja y desempleada, así que vivo corriendo y, como siempre, me rescata el cine. Desde muy chica nada me gustaba más que leer reseñas de películas que no había visto porque eran como promesas. Ahora me gusta la idea de contarle a alguien que hay algo bello en el mundo, a su alcance, en el multicinema más cercano. Encima, pagar la renta con semejante cosa, es un lujo. Pero hasta ahí me llega la aspiración y el mundo me recuerda que está baja. Y cuando digo el mundo, digo Emiliano, que nunca dejó pasar la oportunidad de señalar gente a mi alrededor y comprobarme que era yo rara. Y cuando él decía "rara" —sobre todo a últimas fechas— quería decir "mediocre". Toda la gente que se dedica a lo que yo, se dedica también a otras cosas: quiere estar en el negocio, trabajar en las exhibidoras, ser productor, guionista, rey del celuloide. A las pocas excepciones, les da más bien por el lado periodístico del asunto. Hablan de cine, pero quieren hablar también de política, de preocupaciones sociales, de negocios internacionales. Los poquísimos que no entran en esas dos categorías son de plano pensadores de a de veras, Emilio García Rieras que escriben libros y le dedican toda su existencia a la nobleza del tema cinematográfico. Yo no sé si quiero escribir un libro. Sin duda no me urge. Por lo pronto quiero ser feliz y quiero ver pelis y hablar de ellas y sacar el súper de la semana. Si fuera una rica heredera, me detendría en las tres primeras. La realidad de semejante cosa no debería avergonzarme, pero avergonzaba a Emiliano, y a mí de pronto me hacía sentir minúscula. Porque hacer cosas no es suficiente, lo que hace falta es conquistar el mundo. Yo no sé. Siento que la pasa mejor Pinky que Cerebro.

Quiero hacer cosas para estar tranquila, para hacer hogar para mí y por tantísimo tiempo para él. Quiero llenarme de imágenes y de historias que me iluminen los días y las muelas. Quiero ganar dinero para construirme ese nido de protección en donde pueda hacer todas esas cosas, un nido que antes los maridos les hacían a sus mujeres.

Yo nunca dejé que Emiliano me hiciera ese nido porque eso sí me daba terror. Si mi mamá no se hubiera hecho cargo de sí misma, los ires y venires de mi papá hubieran sido heridas mucho más que emocionales, imposibles de ignorar. No, uno debe hacerse de sus propias cosas. Preocuparse por eso es suficiente. Aunque al señor Cervera le parezcan preocupaciones de a pie que él puede remediar. Prueba de eso en mi buzón de la mañana:

Un cheque de Emiliano con la mitad de la renta.

Le hablo para preguntarle qué significa semejante cosa. Me dice que quiere seguir pagando la mitad de la renta unos meses, hasta que deje de hacerme falta, porque no lo había pensado, pero es injusto dejarme con todos nuestros gastos encima, así nada más. Una persona menos maleada por nuestra silenciosa historia con el tema le hubiera agradecido el gesto, hubiera aceptado que no traía malicia, hubiera sentido alivio. Yo siento rabia. Pura y dura. No sé si injusta. Le cuelgo y rompo el cheque vociferando que quién se ha creído para infantilizarme, para tratarme como que no puedo hacerme cargo de mí misma, para hacerse el bueno con cosas que no le cuestan trabajo. Quizá si hubiera nacido en otra época y en otra casa, no me preocuparía nada de esto. Pero nací donde nací, y aquí la cosa es buscar a los hombres sólo para cubrir necesidades físicas y emocionales, mantenerlos tan lejos de una dependencia monetaria como sea posible, para que así uno pueda echarlos en cualquier momento. Claro que —en este momento— esa teoría me está fallando.

La verdad es que se me está acabando el dinero de mis múltiples fuentes de empleo y pronto se me acabará el de mis nada múltiples fuentes de ahorro, pagando la renta de mi precioso, precioso departamento. Un departamento que dudé en rentar porque sólo me alcanzaba para tenerlo entre dos. Él lo sabe y me hierve la sangre de pensarlo. En este momento, en el segundo mes que sigue a Cuando se Terminó, con mi coche entregado a los acreedores, me ataca la dependencia. Maldita maldición.

El sábado que Jaime Chico vuelve a traerme a los niños, Yvette viene con una amiga —Vero, se llama— y tiene los ojos más negros y vivos del mundo. Da gusto verlos. Después de darles de comer les pregunto qué peli quieren. Vero pide *La Cenicienta*, pero yo que sigo con la cabeza en mi remolino feminista, me niego. No le voy a poner una película de princesas a dos niñas de nueve años que ya tienen mente para entender cosas más avanzadas. ¿Qué tal que les pongo *Cuando Harry encontró a Sally*? Vero me mira con decepción pero acepta tras las insistencias de Yvette, que quedó impresionada con mi acierto de *Mary Poppins*. Mandamos a Tito a la recámara a ver *La película de Lego* que es lo único que quiere ver, aunque ya se la sabe de memoria. Las niñas y yo nos quedamos en la sala viendo cosas serias, aunque resulta, claro, que *Cuando Harry encontró a Sally* no es *Mary Poppins* y antes de la mitad de la peli las dos están dormidas. Claudico y les rento *La Cenicienta*, pero antes les echo mi discurso de que no deben esperar que nadie las trate como princesas, que ellas deben tratarse a sí mismas como mujeres y nada más. Yvette se me acerca y me mata con la siguiente teoría:

—Pues a mí sí me gustan las películas de princesas —pontifica—, aunque mi mamá también dice que no está bien verlas porque no hay príncipes que vengan a rescatarte en la vida real. Pero la verdad yo creo que es la Cenicienta la que rescata al príncipe. Ella es la que hace todo. Limpia todo para poder ir al baile, está trabaje y trabaje, hasta hace su vestido. Y ella es la que es buena con todo el mundo y por eso el hada madrina viene a ayudarla. Si ella no hubiera hecho todas esas cosas el príncipe se hubiera casado con alguien horrible que sólo lo quiere por su dinero, como las hermanastras. La Cenicienta quiere una vida mejor, por eso hace todo lo que hace, no nada más para casarse con el príncipe. Además, mi mamá siempre se queja de que hay poquitas películas que se tratan de mujeres. La películas de princesas se tratan de mujeres y lo que ellas quieren, ¿o no? —la escuincla culmina semejante dosis de sabiduría mirando al techo y encogiendo los hombros—, Bueno, yo digo.

Hago una nota en mi cabeza de robarle a Yvette todo su argumento y escribírselo en un artículo a José Miguel. Disney feminista. Igual me gano un premio.

Los legos terminan primero y Tito viene conmigo a la cocina para que le sirva helado, mientras Vero llora con el final de Cenicienta. Tito recorre la orilla de la mesa con el dedo índice como si quisiera memorizar su contorno. Qué maravilla ser niño y hacer lo que a uno le dictan los sentidos sin preocuparse de parecer loco, porque está caminando sin rumbo alrededor de la mesa de la cocina. Cuando va como en la quinceava vuelta, Jaime Chico llega a recogerlos. Tiene el pelo alborotado y una sonrisa de después del orgasmo que me provoca una mezcla de carcajada con envidia loca. Después de recoger todas las cosas que los niños fueron dejando por el departamento y empacar sus inmensas mochilas, quedan listos para irse al Vips con su papá, al que desencanto un poco cuando le digo que el sábado que entra no puedo cuidar a los sobrinos raros porque es la famosa pedida de Paloma.

—¿Qué es una pedida? —pregunta Tito.

—Es cuando un señor le pide a su novia que se case con él —le explica Jaime.

—¿Enfrente de todo mundo? —pregunta Tito con un horror que yo comparto. Eso de que las pedidas sean multitudinarias me da muchísima ansiedad. Pero es lo que se usa, y en este caso Pancho se muere de ilusión de declararle su amor a Paloma enfrente de la mayor cantidad de amigos y familiares posible.

—¿Tú pediste a mi mamá en una fiesta también? —quiere saber Yvette.

—Sí. Bueno, nada más estaban tu tío Rafa y tus abuelos. Tu abuela me dijo que era yo el hijo que nunca había tenido cuando creyó que tu tío Rafa no estaba oyendo. Tu mamá casi la mata —dice Jaime. Y se ríe de acordarse, con muchísima ternura, cosa entrañable considerando que terminó separándose de la señora en cuestión.

Tito me pregunta por qué yo no estoy casada. Se sorprende de saber que tampoco estoy divorciada. Acaba de aprender lo que es el divorcio y cree que todos los adultos o están casados o están divorciados.

—Ah, entonces eres chica como nosotros —me dice—, yo pensaba que eras grande como mi papá.

Su razonamiento es sólido: los adultos se casan. ¿Cuál es mi problema? No he de ser un adulto. Vero sólo está interesada en que Pancho me enseñó el anillo y quiere una descripción precisa. "El anillo es más importante que quién te lo da" —declara. No sé si la versión que tiene Yvette de la influencia feminista de Cenicienta se aplica a su amiga. Jaime Chico se despide de mí, con su brazo alrededor de mi cuello me dice que hice bien de no casarme con Emiliano. Lo dice por ser amable —dado el resultado—, pero le oigo algo en la voz que se pregunta por qué habrá sido.

¿Por qué no me casé con Emiliano? ¿Por qué él no se casó conmigo? No es que nunca hayamos hablado de la posibilidad. La pregunta era tan común que me decepcionaba su esterilidad. Esterilidad que era mi culpa, claro. Emiliano preguntaba como se imaginaba que yo quería que me preguntaran, porque me la pasaba diciendo "no me vayas a dar un anillo porque qué flojera y qué dineral y qué ritual arcaico y a quién se le ocurre". Y luego en algún rincón nefasto de mi subconsciente me decepcionaba que me hiciera caso. La cosa de que "qué tal que nos casábamos" era así:

—Mari, igual habría que casarnos y ya —decía él, generalmente cuando estaba medio desnudo, enterrado en mi ombligo, con la mano en mi pecho.

—Okay, ¿por? —preguntaba yo. Y esa reacción lo hacía levantarse y vestirse.

—Pues no sé, estaría divertido —seguía—. Llevamos años juntos. A mi mamá le haría ilusión. ¿A la tuya no?

—¿Casarnos así como de iglesia y blanco y bla bla?

—O sea, no sé si de blanco pero de iglesia sí, ¿no?

—Yo no estoy bautizada ni confirmada, ni nada. Tendría que ir a poner mi cara, decir mentiras, que me echen agua, me cacheteen.

—Tendrías que ir al catecismo unos días, primero.

—Emi, no creemos en eso. No es como que tú eres el más devoto.

—No creemos así como al más, pero yo tampoco no creo.

—Na' más no quieres quedar mal con tu mamá.

—Sí. Aparte. Pero es bonito el ritual. Tiene que haber ceremonia, si no pa' qué nos casamos.

—Pero no tiene que ser en una iglesia, ¿o sí?

—Si no, ¿dónde? Es bonita la ceremonia, probada y aprobada. ¿Te quieres poner hípster e inventar la tuya?

—Podemos leer un poema de Neruda o algo así espiritual y laico. Que nos case Roberta. O lo hacemos con un juez, na' más.

—Y después la iglesia. Hacemos las dos cosas. ¿Tú crees que tu ma no querrá entrar a la iglesia?

—No es que no quiera entrar, es que nunca ha entrado y no va a entender por qué ahora a mí me daría por ahí.

—Porque es lo normal. ¿Qué más da? Es un rito y un papel.

—Es que, ¿ves? Entonces para qué nos metemos en líos, es un dineral y mil pleitos, para que sea un rito cualquiera y un papel.

—Bueno.

—Bueno.

Puchero. De los dos. Y así. Hasta que:

—Es bonito casarse, me quiero casar contigo —volvía él.

—Okay. Yo también. ¿En dónde?

—No sé. ¿Por qué tienes que ser tan práctica? El chiste es comprometerse.

—¿Tú crees que no estamos comprometidos ya?

77

—Obvio sí, pero las ceremonias importan.

—Exacto, importan. Hay que planear una que nos venga bien.

—Ajá. La planeamos.

—Por eso, entonces ¿en dónde?

—No sé, María. ¡En una iglesia, yo creo!

Uta. Pleito. Encogida de hombros. Entornada de ojos. Gritos y sombrerazos. Y así. Hasta que:

—¡Emiliano! —gritaba yo—, ¡si te urgía tanto comprometerte conmigo, hubiéramos tenido al no-niño, más compromiso que ése no hay!

—¿En serio vas a sacar eso ahorita?

—No. Tienes razón. Perdón. Ya.

—¡Tú no querías tener al no-niño!

—Ya sé.

—¡Tú fuiste la que lo llamó el no-niño desde el principio!

—Ya sé.

—No lo querías, ¿no?

—No lo quería.

—¿Entonces?

—A veces me hubiera gustado que tú lo quisieras.

—No es cierto. No es cierto. No es cierto —temblaba—. Carajo, Mari.

Entonces llanto. Y perdones y abrazos y besos babosos y más perdones y sexo tierno, desgarrado, enamorado, seguro. Y amanecer con la luz del otro entre los brazos. Y perdonarnos y seguir llorando. Y hablar del futuro. Y estar convencidos de que no hay nada más en el mundo que el espacio entre los dos. Y desgastarse el uno al otro de tanto quererse y no aceptarse. Y así.

Hace muchísimo que no pensaba en el no-niño. Me imagino que podría tener un hijo de tres años y me empieza a entrar un ataque de ansiedad. Me acuerdo de la cara de pánico que puso Emiliano cuando le dije. Me acuerdo que yo tenía tan claro que no era posible esa posibilidad que tuve que esperar una semana, porque fui demasiado pronto al doctor a que dejara de serlo. Me da tristeza. No por el no-niño que no tiene tres años, no porque en este momento no esté corriendo por la casa, todo eso me da alivio. Me da tristeza el alivio. Me da tristeza lo imposible que nos pareció. Me da tristeza que ni lo pensamos. Que no hizo falta. Para espantarme el recuerdo pongo lo que faltó de *Cuando Harry encontró a Sally*.

Paloma me habla para ver cómo estoy. Le digo qué estoy haciendo y tenemos un momento muy meta cuando ella pone la misma peli y seguimos hablando por teléfono mientras vemos la escena en la que Harry y Sally ven la misma peli hablando por teléfono.

—Si fuéramos película seríamos una pantalla dividida en cuatro, llena de gente que se quiere —le digo.

—¿Nos vemos mañana, porfa, porfa?

—Claro.

Amo que Paloma diga "porfa".

7

La Cosa Terrible

Al día siguiente Paloma llega tan temprano que me encuentra metida en mi cama y se mete conmigo. Me gusta abrazarla. Tiene el cuerpo duro, duro; es como abrazar a un delfín. Yo soy más bien como un gato, delgadita y flácida. También me gusta estar escondiéndole un secreto bueno. Hasta la invito a cenar el siguiente sábado, sabiendo que me va a decir que no porque quedó de acompañar a Pancho a cenar con su mamá. Se queja de que nada le da más flojera, yo me quejo de que me abandona. Mientras voy pensando que el sábado será la más feliz y no lo sabe y yo sí, ñaca ñaca. ¿De dónde vendrá ese placer de mentirle a alguien que quieres para postergar su alegría? Paloma le da *play* a su iPod y nos deleita con su selección de *easy listening* noventero, luego se acomoda en mis brazos y se sigue quejando: nadie se queja tan bien como Paloma. Se queja de su mamá y de su papá y de su psicoanalista y de su jefe y de su dolor de pies y de Pancho. Se queja amargamente de Pancho en ese tono de queja amorosa que uno usa para criticar cosas que en realidad le fascinan.

—Es más histriónico, el gordo —arranca—, está necio con que no me ve lo suficiente. Pero luego es él el que tiene un plan pacheco tras otro, obvio me da flojera ir con él. Se enoja si no me quedo a dormir, pero a mí me da oso amanecer en casa de Sandra, ¿sabes? Luego tengo que salir corriendo antes de que despierte. Hoy me tuve que salir por la ventana.

—¿De verdad?

—De verdad. Pero el niño, ayer, necio con que "quédate y quédate".

—Paloma, tienes veintiocho años, ya no estás en edad· de salir por la ventana para que no te vea la mamá de tu novio —otra vez la estoy na' más azuzando pa' que se empiece a quejar de que Pancho no le pide matrimonio.

—Ya lo sé. ¿Tú crees que no lo sé? Maldito gordo —se revoluciona—. ¿Me invitas todo el día de domingo? Me quiero librar de su plan.

—¿Cuál es su plan?

—Está ayudando a Emiliano a mudarse.

—¿Mudarse a dónde?

—A su departamento.

—¿Cuál departamento? —de pronto siento como si King Kong me acabara de pisar el cuello.

—El que acaba de rentar. ¿Qué te pasa?

Es casualidad que la canción que suena en el iPod de Paloma es el clásico de Cindy Lauper "Time after Time". Nunca me ha gustado, ni conmovido, ni nada, semejante himno, pero de la nada cada frase me ataca: *if you're lost you can look and you will find me, time after time. Secrets stolen from deep inside. Suitcases of memories. Time after time.* Emiliano rentó un departamento. Él solito. Se supone que se había ido de mi casa para irse a la suya, pero no a una suya, suya. Ahora resulta que se fue de mí, no de nuestra casa, no del horror inevitable de crecer. Se fue de mí. Terminó el guion. Rentó un departamento. *Time after fucking time.*

No he llorado desde que se fue pero de pronto me sale una cantidad de agua por los ojos y por la nariz que me sorprende no quedar seca, seca, como una ramita de otoño. Paloma me abraza. Está —sobre todo— desconcertada con la violencia súbita de mi tristeza. Se siente culpable por mencionarme a Emiliano. Pero los hermanos le contaron que habíamos desayunado juntos y que todo bien. Que estaba yo bien. No pensó. Es como un plomero incompetente tratando de reparar una fuga de la que fue causa sin querer.

Extraño a Emiliano por primera vez. Lo extraño con el agua de la fuga, con la punta de los dedos, con un círculo negro que me rebota por el cuerpo. Lo extraño primero porque a pesar de que Paloma es mi amiga del alma y sabe todo de mí, no sabe de todo ese espacio entre nosotros que hubiera explicado las lágrimas. El único amigo que tengo que no necesitaría explicaciones sobre la causa de la fuga es Emiliano. Mi amigo Emiliano. Me aferro a Paloma, que para este momento me acaricia como a un shar pei. Yo sigo llore y llore, porque lo extraño, porque no está, porque siento que lo oigo entrar, pelear con su llave que se atora, interrumpir su chiflido diciendo: "¡Mari! Ya vine. Pa' que lo sepas". Me duele que no volveré a oírlo entrar, me duele que esté entrando a otro lugar, me duele por primera vez.

Siempre he sabido que Emiliano sabe vivir sin mí, irse de fiesta sin mí, irse de viaje sin mí, ser feliz sin mí. Lo que no me quedaba tan claro es que supiera sobrevivir *sin mí*. Por eso se había ido a casa de su mamá. Por eso había sido imposible pensar en el no-niño. Por eso yo había tenido que tomar esa decisión y todas las demás sin él. Pero ahora andaba decidiendo cosas a diestra y siniestra. Ahora se estaba haciendo cargo de sí mismo como si fuera lo lógico. ¿En sólo semanas aprendió a ir al banco y al súper? ¿A pagar el gas, a tener comida en el refri?

¿A no quedarse sin papel de baño? La narrativa de nuestra relación había sido siempre que Emiliano no era capaz de funcionar sin mí. Y ahora resulta que es al revés. Que él es el que me manda el cheque de la renta y yo la que no tiene idea de qué es lo que a él le hace falta. Quizás estuve diez años sobreprotegiéndolo. Impidiendo que hiciera todo lo mucho que estaba en él hacer. Como si quererme hubiera sido demasiado y mientras hacía eso no podía hacer nada más. Ahora que ya no tiene mi cariño como un ancla, está alcanzando todo lo que estaba puesto en su destino.

Hago un recuento de los muchos libros que he leído y las muchas películas que he visto, repletas de hombres que tienen vidas y miedos y toda una eternidad de complejidades escondidas de las mujeres con las que comparten sus días. Se puede alegar que es porque la mayoría están escritas y creadas por hombres, pero de todos modos, se ve que sus creadores eran unos mentirosos escondedores de sus verdaderas vidas. Emi no se veía capaz de semejante sofisticación, pero qué tal que sí lo es. Qué tal que todo lo que me mostraba a mí era un octavo de su compleja conciencia y ahora está usando los otros siete pedazos —unos que no fueron míos— para independizarse, encontrarse a sí mismo, alcanzar su potencial y demás.

Después de un rato de perderme en estos remolinos sin fondo, mi cuerpo se obliga a darse una tregua entre sollozos que Paloma aprovecha para regañarme por haber roto el cheque.

—Esto es un divorcio, María. Él es el hombre. No me importa lo que opines. Te debe ese dinero.

—Y entonces yo ¿qué le debo a él? —tras semejante pregunta me vuelvo agua otra vez.

—¿Qué pasó? —me pregunta Paloma. Nunca la he visto tan seria—. No me vuelvas a decir la estupidez del jabón. Dime bien: ¿qué pasó?

El problema no es que no quiera contarle, es que yo también quiero saber. Me encantaría encontrar qué pasó entre el desorden. Cuál es La Cosa Terrible que abrió el abismo que nos separó y nos mantendrá lejos. Me acuerdo del principio, cuando vi a Emiliano entrando al salón del Arcos, me acuerdo del segundo principio, cuando lo vi entrando a la UNAM a buscarme, me acuerdo del definitivo principio, cuando lo vi entrar a este departamento, poner el dorso de la mano en el arco de la puerta. Me acuerdo de la neblina feliz de todos los años. Me acuerdo de todos los posibles finales. No es que no quiera contarle, es que sólo me acuerdo de Emiliano entrando y saliendo por todas mis puertas: su cuerpo de niño, su olor, el hueso de su muñeca, su sonrisa falsa, su sonrisa cierta.

Me encantaría encontrar la pistola debajo de la cama, esa que los policías encuentran en los programas de televisión, con la que corren hacia la corte, ondeándola entre sus manos, la prueba física de su epifanía. *¡Aquí está, damas y caballeros! La prueba de que Emiliano y María se dejaron de querer el día tres de septiembre a las 11 a.m., hora del centro, por esta Cosa Terrible que les pasó.* No hay pistola. No hay prueba. No hay Cosa.

Paloma es capaz de hacer recuentos precisos de los motivos por los que no está con cada uno de sus exnovios: "Le puse el cuerno con su hermano, era obvio que no lo amaba"; "Resultó que era gay, el tipo. Usándome de puerta del clóset, infeliz"; "Me cantó una canción que me dijo que él había compuesto y resultó que era de Joaquín Sabina. Oso y asco mil y dos mil"; "Me mintió y yo no puedo con los mentirosos". Ahí, en ese instante, por ese síntoma se murió el pacientito. Punto y pa' delante. Yo no sé cuál es el principio de la enfermedad, la bacteria de la desunión. Fue poco a poco, como se deslavan los montes, poco a poco nos fuimos quitando pedazos.

Empezamos muy chicos. No estaba hecho para durar aunque durara. Crecimos. ¿Puede ser así de fácil? ¿Es ésa la Cosa Terrible que estoy buscando? El tiempo y el desgaste. Los esfuerzos fallidos por encontrarnos pensando lo mismo. Las ganas de ser lo que no éramos para volvernos el ideal del otro. Al principio —cuando el puro amor— decíamos que habíamos tenido suerte de conocernos tan chicos porque nos conocíamos de verdad, nos sabíamos las mañas de antes de que tuviéramos el vicio de fingirnos para quedar bien. Pero no es cierto, porque al mismo tiempo éramos tan niños que no habíamos terminado de formarnos. Nos hicimos del roce con el otro. Hoy me veo y no sé qué de mí es mío y qué es de él. Qué de lo que odio en mí es su culpa. Los últimos meses, siempre temprano, despertaba sintiendo que todas mis mañas y malos modos eran hechos por él. Que odiaba tantas cosas de mí porque no eran mías, porque él me las había impuesto. Otros días, otras mañanas, sentía sus humores tan míos, tan cercanos a mi piel. Esa cercanía hizo que ya no quisiera despertar más conmigo, que yo ya no quisiera despertar más con él. ¿Qué fue primero? No hay manera de saberlo. Emiliano es el sano que cambia de tema. Yo no puedo. Tengo una Bestia entre las costillas que necesita asignar culpas. ¿Cuál es la Cosa Terrible?

No es lo que uno creería. Por ejemplo:

1. No es Raquel.

Hace ocho meses cuando Emiliano fue al Oxxo y dejó su celular en la mesa de la cocina, contesté una de sus llamadas y me di cuenta de que Raquel era Julio Castellanos.

—¿Quién es? —llevaba yo varios días preguntando cuando Emiliano contestaba mensajes a las once de la noche; o cuando sonaba el teléfono el domingo en la mañana y se salía a la sala a contestar.

—Julio Castellanos —me decía con falso hartazgo.

Julio Castellanos era el cliente de Nissan o de Fiat, no me acuerdo bien cuál era la mentira. Julio Castellanos era un cabrón sin sentido del horario, se quejaba amargamente Emiliano. Julio Castellanos era un dolor de muelas. Julio Castellanos pedía trabajo nuevo a las ocho de la noche en viernes y Emiliano tenía que quedarse a rehacer todo hasta las dos o tres de la mañana. Molestísimo este Julio Castellanos. Llamó hasta cuando Emi andaba en el Oxxo y yo le contesté. Claro que del otro lado del teléfono no estaba el imaginario Julio Castellanos, sino la voz coqueta de Raquel. Raquel: una copy de 25 años que Emiliano había mencionado una vez, el día que la contrató porque se sintió culpable de que Moras le había dicho *preciosa*, y ni había abierto su book, cuando en realidad la chica tenía mucho talento para esto de la publicidad.

Cuando Emiliano regresó del Oxxo con su six de chelas y me encontró platicando con la preciosa y talentosa Raquel, se cayó de rodillas, literalmente. Tenía en los ojos un ruego que nunca le había visto. Me confesó todo entre sollozos y perdones. Se había acostado con Raquel dos o seis veces. Tres veces. Pero yo siempre redondeé a seis porque conocía el *modus operandi* de la libido de Emiliano.

¿Desde cuándo? Desde hace tres semanas. Hace tres semanas: el día que yo le había dicho que no, que ya no estaba segura de que tuviéramos futuro, porque él me había dicho que lo decepcionaba que yo no tuviera mejores aspiraciones, cosa que dijo porque yo le había dicho que no me interesaba su estúpido guion. No había sido un buen día, hace tres semanas.

La verdad de las cosas no me importó tanto Raquel. Nunca he sido celosa así. Sentí espantoso por la mentira. Sentí una traición de amistad en la invención de Julio Castellanos. A veces, sobre todo días después, sentí el asco de sus manos en alguien más. Pero entendí. Si yo hubiera tenido una Raquel a mi alcance hace tres semanas quizás hubiera hecho lo mismo. Me hubiera dejado ir por la euforia de que alguien nuevo te ría tus chistes viejos, te mire con ansia, no haya pisado el pantano de horrores que vive en ti, ni se imagine el lodo que le quedaría entre las piernas. Entendí que quisiera huir de nuestro mundo en esas épocas de los primeros —verdaderos— pleitos. Las primeras veces que nos dijimos cosas de las que no podíamos arrepentirnos, sobre todo porque eran ciertas.

Pero no es Raquel. Después de Raquel tuvimos uno de los periodos más bonitos, nos quisimos más que nunca porque temimos perdernos. No nos perdimos por eso. No. No es Raquel.

2. Tampoco es Lalito Alcántara. Lalito Alcántara era un niño bueno, católico-apostólico-romano al que yo le había arruinado la vida. El único novio memorable que tuve en la universidad, y memorable sobre todo por lo que pasó después de que fue mi novio. Lalito Alcántara creía en ser virgen hasta el matrimonio, cosa de veras inconveniente porque a mí me

fascinaba. Era alto y cuadrado, con una cortina de pelo negro y suave sobre su piel casi trasparente. Me gustaba tanto, tanto; su olor, su cuerpo, su estampa, que cuando me pidió que me casara con él, le dije que sí. Fue un ataque de euforia del que me arrepentí como a los quince minutos. Pero de todos modos pasé cuatro meses más torturándolo con mi desprecio, con que notara que yo no lo quería tanto como él a mí, con que me la pasara diciendo que no creía en nuestro señor Jesucristo enfrente de sus papás, con que no le dijera la verdad, la simple verdad: no me voy a casar contigo ni borracha. Me moría del susto de haberme metido en el lío espantoso en el que estaba. Como animal enjaulado, mi reacción fue ponerme irracional y violenta. Me la pasé burlándome de sus convicciones y haciéndolo sentir culpable de ser quien era, derivando gran placer de sonrojarlo hablándole de mi canal vaginal, llamándolo ingenuo, siendo una cabrona un segundo, luego la más tierna el siguiente. Vaya, me lucí conduciéndolo a enamorarse de mí para luego abandonarlo. Finalmente me di cuenta de que nada lo iba a hacer a él terminar conmigo, así que encima terminé yo con él, y tardó como seis años en recuperarse. Seis años. Cifra que no saco de la nada, la sé más o menos de cierto. ¿Cómo? Me la dijo mi mamá, que hasta hace muy poco comía una vez al mes con Lalito Alcántara. Ella se quedó sintiéndose tan culpable de lo que le había yo hecho al pobre, tan afectada con mi descripción de que Lalito vivía de comer solamente pasitas, cacahuates y vino de consagrar —porque no le gustaba hacer de comer y sus papás vivían lejos—, que mi mamá lo tomó por su cuenta. Yo, tras arruinarle la vida, me pegué el peor susto cuando me lo topé en su mesa. Fue un mes después de que "rompí nuestro compromiso", como lo describía él. Y el susto fue, entre otras cosas, porque su existencia se me había olvidado por completo.

A Emiliano le encantaba la historia de Lalito Alcántara, lo llamaba mi primer marido y se revolcaba de risa con lo de las pasitas. Cada vez que quería comprobar que tenía yo un lado oscuro, un lado capaz de hacer cosas siniestras, me recordaba que, sin tocarme el corazón, le había arruinado la vida a Lalito. Lo había mantenido virgen seis años más de los necesarios, lo había tratado como a un trapo. No tenía yo ningún argumento para defenderme. Mucho menos después de que por ahí del final de los seis años, Emiliano y yo tuvimos el peor pleito de nuestra primera vida, él salió corriendo de la casa sin decir a dónde y yo salí detrás de él. Lo seguí media cuadra llamándolo y cuando no se detuvo, di vuelta sobre mis talones y me fui a casa de Lalito.

No recuerdo por qué carajos fue el pleito. En este momento me molesta más que nunca no acordarme, porque quizás ésa es La Cosa Terrible, desde entonces. El caso es que fue un pleito grande, grande, con gritos, platos rotos, huidas a la calle. Emiliano regresó a la casa después de haber dado tres vueltas a la manzana y yo, simplemente, no. Yo pasé la noche abrazada a Lalito Alcántara mientras Emi contaba las horas de la noche y llamaba a mi mamá, a todos mis amigos, a Salvador-patea-cubículos, finalmente a la policía, seguro de que estaba descabezada en alguna alcantarilla. Convencido de que era su culpa porque no se había dado la vuelta, porque me había perdido en la calle de Tacubaya, porque no le había dado el orgullo para detenerse cuando salí a buscarlo en mitad de la noche, a mitad de la calle de una de las ciudades más peligrosas del mundo. Y todo eso tuvo que decirle, tratando de no llorar, a Roberta y a Paloma, a mi mamá y a los oficiales que llegaron a la casa, por ahí de las tres de la mañana: "la dejé en la calle y no sé dónde está".

Yo mientras había dejado que Lalito me pidiera una pizza, me leyera un cuento, se acostara junto a mí con sus brazos enormes. Había obtenido justo lo que me urgía: dormir con un hombre bueno que sólo quisiera eso. Dormí sintiéndome segura, querida, sin pensar que Emiliano estaba en el mundo.

Regresé a la casa la mañana siguiente a enfrentar a un ejército de personas que me hacían secuestrada, torturada, etcétera, por culpa de Emiliano. Tuve que decir la verdad. Eran demasiadas preguntas. Emiliano pasó de villano a cornudo, de la angustia a la afrenta. Tardó semanas en perdonarme.

—Creo que lo que más me duele es que me echaste a perder la risa que me daba Lalito Alcántara —dijo por fin un día. Con eso volvimos a reírnos y cambiamos de tema. Pero años después, cuando pasaba cualquier cosa, ahí estaba la herida de esa noche entre los reclamos silenciosos. Hasta fue un atenuante en el que pensé, sin nombrarlo, cuando Raquel.

Con todo y eso, de todos modos, Lalito Alcántara no es La Cosa Terrible.

3. Finalmente, tampoco es el no-niño.

Cuando me embaracé teníamos veintiséis años y ningunas ganas de tener hijos, así que nos asustamos como si hubiéramos tenido trece. Emiliano estaba a punto de cerrar la agencia porque se habían quedado sin dos de sus clientes grandes; yo acababa de conseguir que José Miguel me pusiera en la nómina, pero a cambio de eso había perdido temporalmente todos mis demás chambismos y estaba muy insegura. Nunca quise tener un hijo que yo no pudiera tener sola, un hijo al que no pudiera mantener como mi mamá hizo conmigo, con ayuda o sin ella.

No era el momento de niños, no podía haber peor momento. Habíamos discutido el tema en distintos tonos durante todo ese año. Todos los tonos que se nos volvieron realidad cuando resultó que la discusión era cierta.

—No tenemos dinero —se convencía Emiliano, mesándose los cabellos. Aunque para cuando se lo dije ya había yo decidido que no había nada que decidir—. Y de todos modos —seguía—, más allá del dinero, no podemos.

Más allá del dinero. Emi decía eso de varias cosas. Estaba acostumbrado a no poner el dinero en el centro de sus decisiones, un vicio que en general se presenta en la gente que tiene dinero. "Más allá del dinero", repetía, "no podemos." Y no podíamos.

Para mí ni siquiera fue una decisión. Siempre he querido tener hijos, pero en ese momento considerarlo como una posibilidad real me parecía impensable. Como si alguien me estuviera diciendo de pronto que tenía que irme a vivir al final del arcoíris. De niña me hacía ilusión esa idea de vivir al final del arcoíris, sonaba padre, como una cosa que, si fuera posible, sería bonita de experimentar. Así en abstracto. Cuando le salieron dos rayitas rosas a la prueba fue como si alguien me estuviera diciendo: *Decías al final del arcoíris, ¿no?, pues empaca porque mañana te vas para allá para siempre.* No, no, no es posible ahorita lo del arcoíris. La idea de que alguien dependiera de mí a cabalidad me doblaba las piernas; y no de un modo amigable y emocionante como a veces se ve en las películas en las que papás que no están listos para tener hijos los tienen y se dan cuenta de que les cambiaron la vida para bien. No. A mí se me doblaban las piernas con una angustia sorda, con una certeza completa de que simplemente no. Por eso lo llamé el no-niño desde siempre. Porque no era posible, era un no.

Paloma me llevó con el doctor que la había sacado a ella del brete a los dieciocho años, lista para irse a Harvard, justo antes de que se legalizara la práctica en el D.F., pero con un doctor para el que eso no era parte de la conversación. Mi mamá lo conocía de años a través de su red activista. El trabajo de la vida de mi mamá ha sido la salud de las mujeres, el aborto legal, los anticonceptivos, la prostitución regulada, puras cosas que la Señora Sandra no tenía en su vocabulario y que yo introduje al de Emiliano. Cuando aprobaron la ley en el D.F. él nos invitó a cenar a mi mamá y a mí como celebración. Luego me pidió que no le contara a su mamá de la cena. Ternurita. Qué desorden mental.

Igualito al mío, que le dije a Emiliano que no me acompañara. No se lo dije, se lo ordené y el dijo: *bueno, okay*, cosa que no le perdoné jamás, aunque fue mi idea. Me dirigí al doctor de Paloma en un hospital carísimo en el más lejano sur de esta monstruosa ciudad, en donde todo fue blanco y limpio y amable. Donde unas enfermeras me dijeron que todo estaba perfecto, que tendría niños preciosos y maravillosos en cuanto me diera la gana, que no era ahora y eso estaba bien. Apoyo físico y moral, felicidad, etcétera. No estuvo mal. Es más, estuvo perfecto, es lo único que pudo haber estado. Y de cualquier modo culpo a Emiliano por no haberme convencido de que lo ideal era quedarme con él, con los dos. Me hubiera gustado que me lo pidiera, que le hiciera ilusión aunque a mí me diera horror. Algo de duda de su parte hubiera sido agradable. Aunque, claro, también me hubiera hecho sentir presionada y humillada. Me gustó que la decisión moral no se cuestionara en lo más mínimo. No me dolió nada, me concentré en la mano de la enfermera y en mi absoluto privilegio. Lo que hubiera dado la doctora Vegas por esa enfermera.

Pasé toda mi infancia oyendo historias de terror en las que niñas desamparadas por el mundo, por sus papás, "¡por el gobierno!" añadiría mi mamá, se habían muerto en una clínica en mitad de la selva o de Ciudad Neza, o la miseria que les quedara más cerca. Se morían entre charcos de su sangre y moscas porque habían querido sacarse al niño que les iba a echar a perder la vida. Niñas seducidas por sus tíos, niñas violadas por sus amigos. Historia tras historia de niñas desesperadas, solas, sin opciones, que mi mamá dedicaba su vida a ayudar. En medio de ese esfuerzo había conocido a la doctora Vegas, que viajaba por todo el país atendiendo mujeres desde la clandestinidad. Mi mamá la había recomendado a todas las niñas desamparadas que alcanzó el ansia salvadora de sus manos, hasta que metieron a la cárcel a la doctora Vegas. Denunciada tras haber ayudado a salir del problema a un niña que resultó ser sobrina de un sargento de la policía de Toluca, que en realidad traía entre ojos a la doctora Vegas desde antes por el asunto menor de que lo había reportado por extorsión un día que le pidió dinero a cambio de no cerrar su clínica. Desde ahí el sargento se quedó con ganas de agarrar a la doctorcita y cuando vio a su sobrina en un lío, la mandó con ella a propósito para poder agarrarla por fin. Mi mamá lloró dos semanas de corrido cuando se enteró de que la doctora estaba en la cárcel. Vino su amiga Maura a contarle. No era la mitad de la noche pero, como con todas las cosas dramáticas, yo lo recuerdo en la oscuridad. Me impactó oír desde la puerta entreabierta de mi cuarto que pudieran meter a la cárcel a una señora a la que mi mamá admiraba y quería, por hacer algo que a todas luces era ayudar. Maura le dio las dos manos a mi mamá y le dijo: "Agárrate que seguimos nosotros". Mi mamá le dijo que estaba loca, que apoyar una causa no era delito. Maura —que era más radical y más dramática— la llamó ingenua, entre unas risas tan macabras y extrañas que me devolvieron a mi cama de inmediato. Pasé los siguientes meses convencida de que a mi mamá se la iban a llevar a la cárcel. Mientras, en el mismo país, pero en un universo distinto, este doctor mío y de Paloma ayudaba a niñas bien sin hablar mucho del tema.

—¿Cómo te fue? —me dijo Paloma cuando salí y me la encontré cargando una bolsa de agua caliente, flores y Adviles de mil colores.

—Perfecto —contesté. Comparando con las posibilidades.

Cuando llegué a la casa, Emiliano estaba hecho una seda. Se sentía culpable, le veía en los ojos las ganas de que todo le pasara a él. Finalmente pobres hombres, o bueno, pobres hombres buenos, como él. Los marca la impotencia. Lo odié varios días por una decisión que no había sido de él. Lo odié cuando me dolió la panza, lo odié cuando el té que me hice resultó ser de manzanilla y no de menta, lo odié cuando me preguntó cuándo sí quería tener hijos. Era injusto odiarlo por todas esas cosas que no eran su culpa. Verlo angustiado por ellas me hacía quererlo más que nunca. Puras contradicciones. Pero con todo, siguió la vida, plácida, feliz. Fue una decisión importante pero no una marca definitiva. No. No es ésa La Cosa Terrible.

Paloma tiene cara de que la pasé por una guerra. Nos han dado las tres de la tarde sin desayunar, entre kleenex y argumentos circulares. Primero enfureció con lo de Raquel, luego se acordó de la angustia colectiva de la noche de Lalito, luego se encogió de hombros, resopló y se tapó los ojos con el pelo, como una doncella desequilibrada.

—¡Qué difícil, carajo! —está exhausta y a estas alturas sólo puede contribuir obviedades.

No hay Cosa Terrible. Sólo hay los años, los años. Todo lo que habíamos ido sobreviviendo. Todo se quedó por ahí rondando. Las opiniones irreconciliables, el andar descalza por la casa, los platos sucios, las decisiones difíciles, los ojos de Raquel, los brazos de Lalito Alcántara. Todo se quedó ahí rondando pero nada nos rompió, porque todo iba mezclado con su voz y con la mía, y con pequeños momentos que nos hacían inseparables. Su aliento blanco el día que me dijo entre chamarras que le gustaba estarse enamorando de mi. Mi risa explotando tras uno de sus peores chistes. La taza de café compartida quinientas mañanas. No fue más grande el pleito que la reconciliación. Es la suma lo que nos fue ganando.

Paloma llama a Pancho mientras yo nos cocino algo. Qué pinche gordo ni que nada, después de repasar todos los agravios ajenos, está a sus pies. Como si hubiera llegado quejándose de un empacho y se hubiera topado con un enfermo de tifoidea.

La oigo declarándole su amor entre susurros y, con su ritmo, me ataca como un flash el momento preciso de la desunión: fue la semana anterior a la fiesta de disfraces y al Ajax. Fue en el metro Bellas Artes.

Sólo me acuerdo de tener una rabia sorda, ni siquiera sé bien de dónde me sale, pero no puedo pensar, no puedo sentir nada más que un enojo de una profundidad sin piso. Estamos callados, en una tregua de pleito de esas que pasan cuando nadie sabe explicar qué es lo que lo enferma tanto del otro y hasta se da permiso de dejar de tratar. Las heridas que lo explican todo quedan demasiado abajo, son hemorragias internas y no podemos nombrarlas.

Sólo existe un abismo que veo por primera vez. En el fondo: el guion, el dinero, la no-boda, el no-niño, Julio Castellanos. Ahí está todo, creándolo, pero invisible. Lejos, lejos. No se puede traer ninguna de esas cosas desde la oscuridad hasta la memoria. Hay un abismo completo y es lo único que hay, de un lado yo y del otro Emiliano, como en una caricatura del correcaminos.

El metro avanza y se para tres veces sin que levantemos la mirada. Vamos el sábado a dar la vuelta al Centro, a aturdirnos entre las multitudes, a bailar junto al organillero de la explanada de catedral. A dar la vuelta, como en otros tiempos, de la ciudad y de nosotros. En vez de eso, el silencio y la cabeza de los dos revolucionada pero en blanco, sin acordarse del motivo del pleito que está en pausa, sin poder pensar en otra cosa. Ahora sí ya se acabó. Ahora sí los diez años juntos se acabaron. Ya no hay desgarre en este pleito, ya es vil hartazgo y de ahí no hay regreso. No es posible regresar al mundo de nuestra casa, no es posible seguir. Estoy segura. Lo siento a él seguro. Este pleito que es igual a tantos otros, es distinto.

Emi está sentado con las piernas abiertas, bajo la mirada y me topo con su entrepierna. No sé cómo acabó sentado así, pero sus jeans lo están aplastando de una manera que me convence de que estamos en las mismas, él también tiene demasiadas emociones como para preocuparse por el dolor físico. La costura de sus jeans se le está encajando en salva-sea-la-parte y divide sus testículos en piezas tan disparejas que parece que tiene seis en vez de dos. No puedo quitar la mirada de ahí, siento que voy a morir de risa y en vez de eso me pongo a llorar. Porque pienso que voy a extrañar esa entrepierna más de lo que puedo imaginarme, porque veo esa entrepierna como la de mi hijo, mi hermano, mi marido, mi padre, ese monstruo partido en dos por una costura es parte de mi familia y lo estoy perdiendo y lo voy a extrañar. Lloro y moqueo porque me doy cuenta de que algo acaba de romperse irremediablemente y que, pase lo que pase, esto se terminó. Yo no tengo aspiraciones y él no se hace cargo de las suyas; mi mamá lo juzga, su mamá me menosprecia; él es un niño y yo soy una descuidada. Crecimos distinto: juntos y separados. Cuando me ve llorar hace lo que siempre hace, se planta a mis pies y me pide perdón por existir. Es la mejor manera de terminar un pleito con Emi, llorar, y yo soy una llorona de mierda. Me sale fácil lagrimear a la menor provocación, no he tenido que hacerlo nunca a propósito para conmover a nadie, siempre quiero evitarlo, pero fallo. Emiliano no puede abandonar mi lágrima fácil, está en su instinto atenderla y así terminan casi siempre nuestros pleitos, hasta los más terribles. Éste es un pleito distinto, yo lo sé, él se tardará un poco más en darse cuenta. Aunque termine igual, es distinto. Esto está roto.

El metro sigue avanzando, nadie nos nota. Emiliano se hinca en el piso mugroso y se abraza a mis piernas. El ambulante que vende películas de Mauricio Garcés pasa junto a él y le indica que se mueva de su camino con un grito particularmente intenso: "¡*Modista de señoras*! ¡Mauricio se hace pasar por un marica! ¡Veinte pesitos!". Emi se ríe, yo lo ayudo a levantarse, le dejo mi lugar y me siento en sus piernas. No me suelta, se sigue riendo junto a mi mejilla, yo le digo que es tan guapo como Mauricio Garcés, él me dice que nadie es tan guapo como Mauricio. Más risas, más abrazos. El abismo entre sus manos y mi cintura.

Pasamos el resto del día eufóricos, viendo la inmensa ciudad a nuestros pies desde la Torre Latino: los círculos de las jardineras de Bellas Artes dan vueltas y vueltas, la Alameda hierve y nosotros nos pegamos uno al otro. *Aquí no ha pasado nada, nada*, casi nos oímos pensarlo. Pero algo está roto, esa entrepierna apretada, esa noche tan bien puesta entre mis muslos, no es nuestra ya. Dejamos el metro, el tema y las lágrimas por ahí, en la oscuridad. Más cosas al abismo. Cinco días después, Emiliano se va. No porque nos queden cerca las cosas malas, sino porque las buenas empiezan a quedarnos lejos. En el abismo hemos perdido lo espantoso, pero también lo bonito. Todo está junto hasta el fondo, imposible tocarlo, imposible separarlo.

Y ésa es La Cosa Terrible.

8

Lo Bonito

La segunda vez que vi a Emiliano por primera vez eran las tres de la tarde y yo estaba sudando. No sudando normal, de puntitos en la frente y playera húmeda, sino como si me hubiera caído a una alberca. Vino a recogerme y para alcanzar su coche había yo tenido que correr desde el otro lado de CU, que es como el otro lado del planeta. Se bajó para abrirme la puerta de su coche, yo traté de pretender que era persona y no molusco, limpiándome el sudor del pelo con los dedos.

—Perdón. Corrí —le dije.

Emiliano esgrimió su mejor sonrisa, dio tres pasos hacia mí y me envolvió en ése su olor registrado de bebé y perfume caro. Me abrazó mucho rato, sin que le importara mojarse.

—Se me acaban de caer los calzones —declaró.

No sé por qué me tengo que acordar sobre todo de las guarradas que decía Emiliano. Seguramente dijo miles de otras cosas ese día, pero "se me cayeron los calzones" es la única que tengo clara. Eso y que de algún modo me dijo que me había extrañado, que estaba feliz de verme, que qué increíble y chistosa es la vida, que qué rápido pasa el tiempo.

No habíamos hablado desde ese día en que nos despedimos sin ceremonias. Casi cuatro años de universidad, estudiando lo mismo en mundos paralelos, sin nada. Los dos estábamos a punto de graduarnos. Él contemplaba su entrada al mundo real como un niño de brazos parado en el filo de una alberca. Yo había empezado años antes mi búsqueda de chambismo, cualquiera y todo, mientras pagara, para cumplir mi única misión: huir de casa de mi mamá y de su mirada intensa. Descubrí que los comunicólogos de la Ibero pagaban muy bien a los comunicólogos de la UNAM por producir sus cortometrajes de titulación y ahí hice lo que se llamaría mi agosto. Producir en esos términos no significaba nada más que asegurarse de que todo mundo comiera, la cámara se subiera a la camioneta correcta y nadie se emborrachara de más durante las noches anteriores al llamado. O sea, se trataba de ser mamá de los ejecutantes y si para algo he sido buena es para ser mamá de gente y cosas que no deberían necesitar una. Gracias a semejante talento llegué recomendada a Emiliano por uno de sus compañeros. Él cruzó la ciudad para recogerme y platicar de la posibilidad de contratar mis servicios. Eran las tres de la tarde, me regresó a mi casa a las tres de la mañana, sin haber hablado una palabra de servicio alguno.

Manejamos por la ciudad viendo quién contaba la historia más memorable de nuestros días universitarios separados. Yo gané con mi compromiso con Lalito Alcántara. Nos tomamos mil cervezas cada uno, buscamos a Natalia en Facebook y le escribimos mensajes en conjunto que deben haberla dejado muy confundida. Le enseñé las fotos de la despedida de soltero de Jaime Chico a la que yo había sido la única mujer invitada, junto con la bailarina exótica —como la llamó Jaime—, de cuya cintura estaba yo prendida en la mayoría de las fotos. A la boda de Jaime Chico, cuatro meses después, fuimos juntos.

Emiliano entró a mi departamento minúsculo y mugrosito. Tocó todo, fascinado con la idea de que fuera yo "independiente". Tocó el alebrije de junto a la puerta, la silla Acapulco medio rota frente a mi mesita, los focos de navidad alrededor de la ventanita de la cocina, el colchón individual en el piso, mis hombros, mi cuello, mi cada rincón. Pasamos la noche haciendo la mezcla perfecta de la fantasía de los dieciséis con la confianza de los veinte. Minuto a minuto se le iba plantando en la cara un gusto de estar vivo junto a mí que se me volvió la definición de la alegría.

Sí fui productora de su cortometraje. Filmamos en Puerto Escondido, en la impresionantísima casa de un amigo del abuelo de Emiliano, en la punta de un cerro y con vistas dobles. Tuvimos la producción más elegante y la peli más mala. Pero nos la pasamos a todo dar. Una noche, después de filmar catorce horas (porque hacer una peli mala cuesta el mismo trabajo que hacer una buena), me metí vestida a la cama, exhausta y escuché la puerta abrirse despacio. Emiliano se metió a mi cama y empezó a recitar el plan de trabajo del día siguiente, como si fuera una canción de cuna. Me dejé abrazar, era como haber descubierto un lugar secreto que guardaba toda mi paz. Le besé la frente, la nariz, las manos, se nos fue el cansancio.

—¿Por qué vives sola? —me preguntó.

—Porque me gusta.

—¿No extrañas tu casa?

—Mi casa es donde sea que esté yo.

—Me gusta tu casa.

—No te puede gustar.

—¿Por qué no?

—Porque el lavabo de la cocina y el del baño son el mismo.

—Pues a mí me gusta.

—Mi sueño es vivir en los departamentos de Tacubaya. Tienen los techos altos y los pisos de madera, unos arcos en la entrada como casas porfirianas. Azulejos en la cocina. Árboles en los patios.

—¿Y por qué no vives ahí?

—No me alcanza.

—Necesitarías vivir con alguien.

—Necesitaría vivir con alguien.

101

Viví con él. Bajo la mirada melancólica de la Señora Sandra, Emiliano se salió de su casa para meterse a la mía, más rápido que uno de esos pollitos de feria se salen de sus jaulas y brincan a los brazos inciertos de un niño que igual lo mata en la tarde, o igual le da la vida plena que siempre soñó. No volvimos a dormir separados más de tres noches seguidas hasta Cuando Terminó.

Me gradué, me hice de un trabajo espantoso vendiendo bolsas en una tienda de ultramillonarios donde la Señora Sandra me mandaba a sus amigas a gastarse mi renta de seis meses en una bufanda. Al mismo tiempo, azuzada por Emiliano, escribía y escribía, chambismos por doquier hasta que logré que se volvieran mi profesión. Emiliano se graduó, se dedicó unos meses a angustiarse porque estaba decepcionando a su papá, trabajando para una revista de estilo de vida a la que llevaba las fotos de sus amigos de la prepa. La revista de la que salió José Miguel para contratarme años después. Luego entró a la agencia de publicidad de alguien más, conoció a Moras, montó la suya, empezamos a pelear por nuestras mutuas aspiraciones.

Y en medio de todo, el cine. No había nada insuperable si el día terminaba con sus piernas sobre las mías viendo una película. Nos acomodábamos hasta que sus pies quedaban entrelazados con mis rodillas, entregados a cualquier mundo cercano o remoto que nos recetara la pantalla. Agarrábamos parejo. No había una película demasiado tonta ni demasiado extraña para nuestro sillón. Igual veíamos *Ikiru* que *Buscando a Nemo*, *Los tres García* que *Terminator*, y en medio lo que fuera. Todas las películas eran buenas con sus pies entre mis rodillas. Los balanceaba un poquito de arriba abajo y con eso me movía todo el cuerpo, como recordándome que ahí estaba. Así hasta *Indiana Jones* se me volvió un clásico.

Poco después nos conocíamos completos, entre otras cosas porque no había mucho que conocernos. No había mucho antes del otro, no había ni secretos difíciles ni hábitos irrenunciables, conocer a alguien así no tiene mucha dificultad.

El departamento de Tacubaya era una gloria. Y con Emiliano ahí me empezaron a entrar ansias rarísimas por volverme una de esas mujeres que hacen hogar, cuyos comedores huelen a que saben sazonar cebolla, cuyos baños están coordinados por color y cuyos trapos de cocina siempre están secos. Puras preocupaciones que yo me inventé y Emiliano no notaba. Ahorré meses para pagar mi mitad de los dos lavabos que se me había ocurrido poner, aunque no cabían y hacían que cada vez que trataba de salir del baño me pegara las pompas contra el toallero de atrás.

El toallero fue otro tema. Compré unas toallas gordas y pecaminosamente suaves, como las de los hoteles a los que nos llevaba de fin de semana el papá de Emiliano. Las toallas habían vencido al toallero anterior, que estaba puesto con unos clavos chiquititos sobre una pared de yeso a la que le entraban las chinchetas de las fotos de la recámara sin oponer ninguna resistencia. Me encargué de comprar un toallero nuevo, doble, que sujeté a la pared con dos clavos industriales, taquetes y superpegamento. Le robé a mi mamá su taladro poderoso que me hacía sentirme poderosa e instalé el toallero gigantesco con el que hasta hoy me pego en las pompas cada vez que entro y salgo del baño. Tras tanta herramienta y orgullo, Emiliano se había quejado de que las toallas estaban demasiado suaves y no secaban; del toallero ni se habló. Al día siguiente saqué las toallas y las lavé con cloro y agua hirviendo, luego les receté tres ciclos en la secadora industrial de la vecina. Salieron tiesas y listas para absorber el mar entero de la espalda de Emiliano. En la noche, mientras leía, escuché cómo Emi salía de la regadera y se restregaba las piernas haciendo unos ruidos como de orgasmo bien ganado. Se acostó junto a mí, desnudo, con la piel caliente y el pelo relamido como listo para ir al colegio.

—Están buenísimas esas toallas.

De victorias bobas así me alimenté años la satisfacción premoderna de sentirme *su casa*. Me gustaba hacerle hogar porque él me lo hacía a mí. Pagaba su cuota acariciándome el pelo en la tina, hablándome de Hitchcock hasta que nos amanecía trabados en una discusión sobre si *Vértigo* era mejor que *Extraños en un tren*. Me tapaba con sus piernas y luego con una mantita en las noches de sillón, moviendo sus pies contra mis rodillas, en esa posición de cine que nos dejaba listos para la pura felicidad. Se encargaba de que además de los pisos, los arcos y los baños, hubiera unos brazos y unos pies a los que yo considerara *mi casa*.

Me gustaba oírlo hablar porque siempre tenía historias. La familia de Emiliano no se parecía en nada a la mía. Ellos eran millones, no se podía patear una lata en la calle sin darle a uno de sus primos. Mi familia consistía en dos personas y media. Mi mamá no tenía hermanos así que yo no tenía primos; por mi papá, que era la media persona, sólo venían mis tías raras, que no eran nadie. Pero en una cosa éramos idénticos: podíamos entrelazar conversaciones hasta morir.

Los Cervera tenían una mitología más compleja que la griega: tíos con aventuras, tías con pasados inhóspitos por los que Emiliano y Pancho transitaban como por un panteón de amigos cercanos. Todo en el pasado había sido digno de recordarse, todo en la vida era un ideal inalcanzable, al que uno, al mismo tiempo, pertenecía y no. Podía pasar tardes enteras escuchando del tío que vino de Europa y fue cantante de ópera en la Met de Nueva York, para luego llegar a Acapulco a ganar competencias de clavados en la Quebrada. Sus historias eran como acordeones, se iban desdoblando, con participación de todos. Pancho apretaba un botón, Emiliano y Sandra podían contar historias que saltaban de un familiar remoto a otro sin parar, hasta que se nos hacía de noche con el café frío en la mesa donde nos habíamos sentado a comer. Yo escuchaba, como quien bebe agua dulce, mientras Paloma bostezaba. Yo me aferraba a la complejidad de la parentela de Emiliano como a un territorio mítico al que se podía ir de vacaciones. Luego repetíamos el chiste en casa de mi mamá, sentados alrededor de la mesa de su cocina, hilábamos fino hasta que se nos acababan las conexiones narrativas y la luz del día.

Cuando empezó a trabajar en los comerciales a Emiliano le entró miedo de volverse frívolo y como en acción retardada se puso a leer todos los libros de literatura y de filosofía que se había saltado en la universidad. De repente ibas al baño en la madrugada y te lo encontrabas todavía en la sala con la cabeza hirviendo, desentrañando la *Poética* de Aristóteles o pontificando sobre el último sacrificio de Schopenhauer. Era endiabladamente listo —el cabrón— y pasaba en un minuto de leer, a contar, a aplicar a la vida práctica y a condimentar todas sus conversaciones con conceptos complejísimos que acababa de absorber. Desde la teoría del conocimiento hasta las reglas de la República. En un descuido, en las fiestas te lo encontrabas evangelizando con el dios de Spinoza, orden universal, a la pobre de Paloma que lo miraba como a un extraterrestre.

—En ése cree Mari —le insistía. Eso le daba tranquilidad pensar desde que le dije que si tenía que creer en algo, creía en el espacio entre los planetas y en el ritmo con el que crece el pasto. Eso, según él, era el dios de Spinoza, cosa muy útil porque como no creía en el dios de su familia, por lo menos que creyera en el de alguien podía apaciguar a la Señora Sandra.

Se volvió experto en soltar grandes conceptos en pequeños paquetitos de sabiduría, digeridos y escupidos en cualquier conversación con un cliente o con su coordinador en una agencia. Los dejaba convencidos de que era punto más que brillante y les parecía muy lógico pagarle mucho más de lo que se merecía por ir por ahí vendiendo cosas que no eran exactamente Kierkegaard.

—Prefieren que los hagan sentir tontos a que los hagan sentir listos —descubrió un día. Y encontró ahí el secreto de su éxito.

Así como atacaba a Paloma en cuanto podía, Emiliano se rehusaba a conversar de intelectualidades complicadas con el único al que lo hubieran hecho realmente feliz: su papá. Cuando estaba con él, sólo sabía hablar de Fanta y de bares. De algún modo disfrutaba que su papá creyera que era menos de lo que era para así poder llegar a llorar en la noche porque su papá lo creía menos. La familia de Emiliano estaba llena de expectativas imposibles con las que él tenía una relación esquizofrénica: quería cumplirlas todas y al mismo tiempo mandarlas a la chingada. En esa familia no había forma de no ser menos. Su papá había nacido más o menos riquillo, pero en el transcurso de su vida útil se las había ingeniado para volverse multi, multimillonario. Tipo, de esos millonarios a los que invitan a cenar a Washington porque pueden evitar que se caiga la bolsa.

—Nadie es así de rico sin robarle a alguien y explotar a muchos alguienes —escupía mi mamá.

Y seguramente. Para mí era un misterio a qué se dedicaba el señor, pero desayunaba en el Club de Industriales y nos invitaba a todos a África. Cuando supe cuánto le había costado que yo durmiera entre elefantes, vomité. Después no pude verlo a la cara los siguientes tres meses, entre la vergüenza propia que me daba haber recibido ese trato y la ajena que me daba semejante despilfarro. Nunca volví a aceptar ni medio regalo. No era mala persona el papá de Emiliano, por lo menos no que se le notara. Trabajaba todo el tiempo, empleaba a millones de personas, no especialmente mal pagadas, según aceptaba a regañadientes hasta mi mamá. Lo único que quería el señor era tener hijos que llegaran más lejos que él, cosa complicada, porque para él *lejos* era un asunto financiero y pretender llegar más lejos que él hubiera sido obsceno. A Emiliano lo paralizaba semejante expectativa. Sobre todo si pensaba que su hermanito Pancho iba paso por paso siendo todo lo que su papá había soñado en un hijo: se había ido a la universidad y había traído de regreso a Paloma que era muy lista y muy guapa; junto a un papel que lo hacía graduado de la escuela más prestigiosa del mundo, lo cual hacía fácil para su papá contratarlo en su empresa. No había que ser muy cercano al señor para ver cómo cada día se le caía más la baba con Pancho y con eso conseguía ignorar que Emiliano quisiera hacer cine y se dedicara a vender papitas, cuando no trabajaba gratis en sets de desarrapados.

A Emiliano le iba bien con su agencia, era su propio jefe, rápidamente empezó a ganar suficiente dinero como para no tener que seguir pidiéndole nada a su papá. De todos modos, su papá le depositaba un dinero todos los meses que Emiliano le devolvía. Ninguno de los dos lo hablaba, cosa que confirmaba en Emiliano la sospecha de que no había nada que pudiera hacer en la vida que a su papá le importara, ya no digas le diera gusto. Yo me imaginaba una cosa más simple: su papá lo vivía como un desprecio. Pancho ganaba mucho dinero y sin embargo no andaba devolviendo el mucho más que su papi le disponía. Para su papá debe de haber sido un agravio que Emiliano le dijera: "Toma, vete, me va bien, ya no te necesito". Los dos se las ingeniaban para ver la situación como una grosería del otro: Emiliano creía que seguía recibiendo dinero porque su papá creía que era un inútil. Su papá creía que Emiliano le devolvía el dinero porque no lo respetaba y quería deshacerse del agravio de deberle algo. Para mí era más o menos claro que lo que pasaba es que eran idénticos y de tan idénticos, incompatibles. Al principio yo le decía a Emiliano que recapacitara, que su papá era un encanto, que qué más hubiera querido yo que tener un papá que ahí anduviera, ya no digas suficientemente involucrado conmigo como para decepcionarse de mí. Pero cuando me ponía a hablar de su papá, Emiliano se quedaba callado, callado, se llevaba una mano a los chinos que yo me empeñaba en dejarle largos, hacía un puño alrededor de ellos y dejaba caer el peso de su brazo, se le levantaba la cabeza como a una estatua griega y yo tenía que entender que debía callarme porque en realidad no entendía nada.

A mí me caía bien el papá de Emiliano, no lo podía remediar, igual que a Emiliano le caía bien mi mamá. Supongo que eran actos de rebeldía en contra de nuestras casas. Porque uno crece y se larga, pero nunca pierde el complejo adolescente. Emiliano hacía su gesto de *no entiendes nada*, pero luego se metía en nuestra cama, se acomodaba en mi pecho y lloraba en silencio por el desamor de su papá.

Por esas épocas remotas empezó con que iba a escribir el guion. Yo, ¿para qué les voy a mentir?, no le hice ningún caso. Me gusta la ficción, me gusta pensar en ella, me gusta que me dé lecciones, pero para pretender inventarla se necesita un sentido de la propia importancia que no entiendo y que me da penita en quien lo veo. Es una contradicción, porque la admiro. Pero la admiro en Woody Allen y en Tolstói y en Jane Austen, mentes deidosas que siento lejanas. Cuando alguien cercano a mí viene a decirme que escribió una novela o un guion —vamos—, que inventó algo que quiere que el mundo vea, me da cosita. Penita ajena, como que ¿quién te sientes? No conozco ese frenesí creativo en el que tantas veces vi a Emiliano entrar: despertar como tabla a las dos de la mañana porque extrañaba a sus personajes. Seamos serios: es una ridiculez. Escribo porque es lo que hago, pero no es lo que me llama como un chamán molesto que no me deja vivir. Para Emiliano muchas veces escribir era como respirar, se le salía de las manos, se le olvidaba comer. Y eso le daba gusto. Quizás era verdad ese cliché de que el temperamento creativo no es compatible con la realidad, quizás era verdad porque cuando Emiliano andaba pensando en el guion a veces dejaba la puerta del coche abierta y se bajaba en mitad de la lluvia y hacía cosas raras.

Me fui convenciendo de que había algo de falsedad ahí, ganas de ser especial, de creerse único e inigualable, de saberse dueño de una cabeza mejor que la de los demás. Era el mismo impulso que el de la lectura obsesiva y su regurgitación en momentos inapropiados. *Mira qué culto, mira qué brillante.* En estos tiempos de *sigue tus sueños* y *uno es lo que uno hace*, hay que ser especial. A mí no me urge ser especial. Es un trabajo de tiempo completo ser especial.

Quizás Emi sí era especial. Cantaba, por ejemplo. Ni bien, ni mal. Entonado pero sin echarle ganas. Llegaba cantando de la calle, de la oficina, de la regadera. Eso que en otros hubiera sido insoportable, en él era encantador, porque así es arbitraria la vida a veces. Emiliano corría por las escaleras del edificio cantando a José Alfredo. Se oía su voz acercarse desde la entrada hasta nuestra cocina: "Me están sirviendo ya, la del estribo. Ahorita, ¡ya no sé si tengo fe! Ahorita solamente yo les pido, que toquen otra vez '¡La que se fue!'". Y entraba a la casa, a taclearme sobre el piso de la cocina contra todas mis quejas de que iba a hervir el café y a darme un beso en el ombligo. En una de las primeras veces que me subí a su coche sonó en un radio retro una canción de Los Cadillacs que le gustaba: escuchó el primer acorde y se iluminó. Se aferró al volante y empezó a cantar con un abandono que casi me dio miedo. Como si cantara para él solamente, pero a todo volumen. Así vivía Emiliano: hecho para que lo observaran, haciendo todo para sí mismo. Me acuerdo de haberlo visto, como si viniera en otro coche, como si fuera un completo desconocido, me hizo querer tenerlo cerca para siempre de tan ajeno. "¡Glori-glori-a voa-morirme en tus brazos de luz, el amor no me deja pensar!", cantaba mientras bajábamos por una calle oscura, con tal euforia en la garganta que daba envidia de tan vivo. Cuando terminó la canción le bajó al radio y se quedó suspirando, feliz, como si hubiera hecho una travesura.

Otra vez me lo encontré en medio de un escándalo que salía de su teléfono, bailando Juan Luis Guerra en la escalera del edificio, con una desconocida. Le daba de vueltas a la chica que resultó ser la hermana de nuestro vecino y que no podía creer lo que le estaba pasando por haberse ofrecido a sacar la basura. Ay, Emi.

—No lo pude resistir —me dijo cuando soltó a la pobre incauta. Me tomó a mí de la cintura, sin dejar de bailar, haciendo que se me olvidara que para ese momento yo quería matarlo porque —en su entusiasmo cantarín— me había dejado plantada en la revista donde había quedado de pasar por mí. No pidió perdón. Se me olvidó decirle que me debía un perdón, porque él era especial.

A veces cuando estaba en medio de escribir algo que no le salía, venía a preguntarme: "Fíjate que no sé qué hacer porque mi personaje está enamorado de esta señora que no lo quiere, ¿no?, y al mismo tiempo tengo a la señora metida en un problema serio. Necesito algún método para que la señora le haga saber que es por esa bronca que no lo quiere, no es que de verdad no lo quiera, ¿sabes?".

¡No! No sé. Durante un tiempo hice mi esfuerzo: "¿En qué puede estar metida la señora?", me preguntaba. Después nada más ponía yo cara de *qué interesante* y me desafanaba citando alguna película o serie que hiciera uso de una cosa parecida. En los últimos tiempos simplemente le decía: "No sé, Emi, ni idea". Y veía cómo un hálito de desencanto se acomodaba entre sus pupilas.

En esa cabeza cabía tanto, pero tantas veces no lo que me estaba importando. Hacia el final, cuando dejó de caerme en gracia, me miraba como un perro golpeado, como si lo hubiera obligado a volverse ordinario, a preocuparse por el dinero, la renta y la vida diaria, como si fuera mi culpa ser tan básica, por haberle exprimido el amor a la locura de los huesos. Lo veía triste consigo mismo, conmigo, con querer tanto a alguien que no lo hacía mejor.

Empezamos a perder la claridad de antes, la frescura con la que una emoción se recibía como una droga que estimulaba en vez de sólo curar. Quererse era una inyección de alegría, no una pomada para quitar el rastro de los días que han ido pasando. *El niño me quiere.* Qué emoción pura, sobre una base limpia. Pero poco a poco la reemplazamos con algo más feo y mejor. Una base más fuerte, marcada por todo lo que sabíamos del centro del otro, por todo lo que nos conmovía detrás de sus ojos, todo lo etéreo, lo mágico, lo mundano, las tardes de sillón y cine moviendo las piernas. Junto a eso, el esfuerzo por arreglarse, el rímel corrido de los domingos, los dientes sin lavar, las rutinas de baño, las enfermedades inesperadas, los contagios inevitables, los calzones de encaje percudido, la piel conocida. Los halagos tenían que sentirse sinceros para contar y se volvían cada vez más difíciles de ofrecer. Las declaraciones de amor se esperan y no se agradecen. *El señor de la casa me quiere.* Pues sí, malo si no me quisiera. Me quiere pero también sé que a veces me odia y le duelen ciertas partes de quién soy tanto como le fascinan otras. Aprendimos a vivir con el otro, supimos entender qué es lo que queremos y lo que nos hace felices y lo que nos damos con gusto contra lo que nos quitamos sin querer. Uno se quita tanto cuando vive en comunidad, se lima tantas partes para embonar con el otro, hasta que decir *te quiero* es un alivio, porque es confirmación de que valió la pena el sacrificio. Te quiero a pesar de lo que hemos perdido, te quiero y aprecio los límites tersos de los que te has hecho para que quepamos en la misma cama.

Un martes a medianoche Emiliano se enterraba en mi cuello y suspiraba, más que hablar: "Te quiero, María. Te quiero. Soy de este cuello. Te quiero". Escondía las manos y la cara entre mi pelo y respiraba despacio como si quisiera morirse envuelto en lo que estaba sintiendo. En martes a medianoche, la efusividad era adrenalina pura. Sentía la sangre despertar. Tantos años juntos y la sangre despierta. Luego, otro martes en la tarde nos mirábamos de lado, yo decía algo malo y él suspiraba, con la misma fuerza del amor: "Qué desagradable eres a veces". Y entonces el *te quiero* del resto de la semana, otra vez un bálsamo. Nos fuimos acomodando en remolinos de intimidad que se alimentaban solos, de cosas que no hacía falta decir. Comprometidos sin hablar del futuro, acomodados en ese lugar del mundo al que pertenecíamos. Un amor inmejorable, enfermo, cotidiano, feliz. Demasiado bueno para ser verdad.

Y ahora, perdido. No construyó nada. Vivimos en un departamento rentado del que podemos irnos en cualquier momento, sin que quede rastro de que hubo ahí —o en cualquier parte— una vida compartida.

9

La Pedida de Paloma

Salgo a la calle corriendo, con los zapatos en la mano y sin pintar. Emiliano me está esperando mal estacionado en avenida Revolución. Trae el coche a reventar de globos plateados. Finalmente él fue por los globos y no sé cómo me convenció de ayudarlo a colgarlos por su casa. Hay algo de nueva normalidad en cómo me subo al coche y lo saludo como si no fuera él. Maniobro para encontrar mi lugar de copiloto y ponerme el cinturón entre tanta esfera celebratoria. El siguiente reto es bajar el espejo y echarme chapitas porque ya no estoy en edad de andar de cara lavada frente a mi exnovio. Lo veo preocupado, quizá porque está manejando sin poder ver absolutamente nada, quizá por otra cosa. Vamos en silencio durante más de cinco minutos. ¿Quieren oír algo obvio? Cinco minutos son una eternidad.

—¿Cómo estaba Pancho, nervioso? —pregunto finalmente, por decir lo que sea.

—Nervioso, sí.

No me da más, el tipo. ¿Para esto quería pasar por mí siete horas antes de la fiesta, para no dirigirme la palabra?

—¿Cuál casa vamos a decorar?

La casa de los papás de Emiliano tiene la casa grande y la

casa chica. La chica está al fondo del jardín y es como un galerón con bar donde se armaron todas las fiestas de los niños cuando eran niños, luego sus bacanales adolescentes cuando eran adolescentes y adultos y hasta hoy. Todo para que los desastres queden lejos de la casa grande que tiene la sala elegante de la Señora Sandra, donde son las fiestas correctas. La pedida no sé si se considera fiesta loca o ceremonia formal.

—La casa chica —me dice Emiliano. O sea, la idea es hacer una peda para celebrar el futuro matrimonio. Muy bien.

Después de otros segundos de silencio, me atrevo a preguntar sobre lo que no quiero saber:

—Me contó Paloma que rentaste un departamento.

—Sí —me dice a secas.

—Y ¿qué tal?

—Bien —pausa interminable—. Un poco solo.

—Pues sí. ¿Por qué no te quedaste en tu casa?

—Porque no es mi casa.

—La tienes tatuada en la espalda —no es metáfora. Como a los tres años de vivir en Tacubaya, Pancho regresó de Harvard muerto de nostalgia, se fueron de borrachera los dos hermanos y —literal— se tatuaron la fachada de la casa de sus papás en la espalda, con la dirección y todo, que porque su infancia y no sé qué.

—Ya no podía vivir ahí. Tengo treinta y un años —dijo Emi.

—Eso sí.

—Contra ese argumento...

—... nadie —le termino la frase. Contra la familiaridad, también nadie.

—Ese día que me llevaste a mi casa, a casa de mis papás —se tropieza Emiliano—, cuando entré a mi cuarto, mi papá estaba en mi cama. Lleva como cinco años durmiendo ahí.

—¿Por?

—Porque mi mamá no quiere dormir con él. Y él no quiere dormir con mi mamá.

No pregunté.

Emiliano me describe que sus papás no son la estampa de la perfección conyugal con un desamparo como de quien descubre que no existen los Reyes Magos. Contra toda predicción, comparto su tristeza. La Señora Sandra y el papá de Emiliano son de esas parejas que se besan en el desayuno y se ríen en las tardes, que caminan de la mano y se adivinan el pensamiento.

—Igual tu pa ronca o algo. O a tu mamá le gusta dormir con el aire acondicionado.

—Es más que eso —me dice. Le oigo en la voz que me agradece el intento de ingenuidad—. Creo que hubo alguien más, no sé bien de qué lado. No sé.

—Mejor no saber.

—Mucho mejor.

Con razón quiso Emi salirse de su casa, se había ido a tratar de recuperar la inocencia que nos habíamos quitado, no a perderla por completo. Le cuento que mi papá regresó. Me pregunta hasta cuándo y le contesto que mi mamá no le ha preguntado. Me encanta no tener que explicarle nada más. Después de algunos ires y venires sobre el estado emocional de nuestros papás, entendemos todo, nos urge cambiar de tema y Emiliano escoge el peor posible.

—Me dijo Paloma que rompiste el cheque.

—No quiero hablar de eso —digo con una sonrisa. Maldita Paloma, chismosa.

—No seas soberbia, Mari.

—No es por soberbia. No me hace falta y no lo quiero.

De pronto me hierve la sangre y no de bonita manera.

—¿No te hace falta? ¿Dónde está tu coche?

—No tenía dónde estacionarlo. Era una lata.

—No te alcanza para la renta.

—Claro que sí.

—Estás hablando conmigo.

—Me alcanza perfecto para la renta del departamento nuevo.

—¿Qué departamento nuevo?

—Tacubaya me queda muy grande a mí sola. Roberta me consiguió un departamento en su edificio —odio decírselo. Me dan ganas de llorar, pero me aguanto porque primero muerta que llorar por dinero enfrente de Emiliano.

—¿De veras te vas a ir de Tacubaya? —otra vez el desencanto.

—Ni modo, Emi —cierro el espejo del coche y volteo a verlo, porque ya no quiero hablar más de la realidad—. ¿Me quedó corrida la raya del ojo izquierdo?

Él trata de mover los globos, se estaciona.

—No sé. No veo un carajo.

Nos bajamos del coche entre risas, entramos a la casa chica cargados de helio y de fiesta. Dilucidamos un rato cuáles son los mejores lugares para los globos, yo empiezo a colgarlos mientras él infla los que faltaban. Hablamos de qué estoy escribiendo, que es sólo hablar de qué hemos visto en el cine, estamos de acuerdo en lo que no me gustó, pero a él le gustó la nueva de Judd Apatow, a mí no. Me cuenta de dónde sacó la comida para la fiesta y a qué hora va a llegar. Pasamos una hora de conversación sin incidentes. Sin mucho más. Es muy raro estar con él tanto tiempo, después de estar tanto tiempo sin él. Hay intimidad y distancia, como cuando estábamos con mi mamá o con sus papás, nos poníamos en ese plan de ser muy educados con el otro, como para convencerlos de que nunca nos habíamos visto desnudos. Éramos muy simpáticos y propios, y falsos como monedas de lata. Así estábamos ahora a solas, como si unos papás imaginarios anduvieran por ahí, obligándonos a no pensar en los espacios que de un día para otro ya no podíamos tocar. Con ese mismo tono educado y correcto, me trae una cerveza y me saca el aire.

—Tengo que contarte una cosa —me dice—. Invité a alguien en la noche —pausa para que yo trate de no caerme al piso—. Se llama Marina.

—Okay —contesto.

Siento mi bilis derramarse como le pasa a las abuelitas. No se me había ocurrido que pudiera haber una Marina. Me da coraje conmigo que no se me haya ocurrido, porque era obvio. Por eso estaba preocupado, por eso quería pasar por mí. Suelto el globo que estoy colgando y abro uno de los clósets que flanquean la casa chica, me pongo a buscar algo imaginario, nada más para que no me vea la cara. Me ataca el olor a lavanda que caracteriza a esta casa. Todos los clósets y los cajones de la Señora Sandra huelen a agua de lavanda. A veces cuando Emiliano regresaba de comer aquí toda su ropa se quedaba prendada de ese olor dulce. Olía como debe oler un hogar, cursi y acogedor, como si todo en la casa estuviera ahí de manera deliberada, pero al mismo tiempo sucediera como por magia, como si algo en el aroma del paso de sus habitantes por sus espacios lo fuera dejando. La realidad era que la Señora Sandra iba a la tienda y compraba el aroma en lata, pero era el aroma de su familia y de su casa, lo reconocía en la tienda como un sabueso y lo traía a sus clósets y a la ropa de sus hijos como si les entregara el olor de su misma piel. "Toma, hijo, a esto huele el lugar al que siempre puedes regresar, que existe cuando te vas, intacto, esperándote, a esto hueles tú. Lo reconocí de inmediato en el mundo exterior."

—Ey, ¿me oíste? —interrumpe Emiliano.

Sí, sí te oí, pendejo, te estoy ignorando.

—Sí. Te oí. Te dije okay.

—Okay.

—¿Vives con ella? —no sé por qué arranco con esa pregunta, será porque es la que más miedo me da.

—¡No! Para nada —se ríe, el tipo.

—¿No es por eso que te mudaste?

—Ya te dije por qué me mudé —pone tono de incomprendido, como si tan rápido se me hubiera olvidado el triste estado matrimonial de sus progenitores.

No es que se me haya olvidado, es que me da igual el estado matrimonial de sus progenitores. Sólo quiero saber si el niño se salió de su casa solo o con la chica nueva, quiero saber si es verdad que se fue porque quería crecer y todas esas cosas, o porque encontró un reemplazo que compre las toallas.

—¿Entonces no vives con ella?

—No. Hoy es la primera vez que salgo con Marina.

—¿La primera vez?

—La segunda. Salimos una vez hace años. Íbamos juntos en la Ibero. Me la encontré en una fiesta hace dos semanas, estuvimos mensajeando, la invité a esto. Y ya.

—Entonces ¿para qué me cuentas?

—¿Cómo que para qué te cuento?

—¿Necesito saber? ¿Necesitas decirme? ¿Estás tratando de lastimarme? ¿O qué?

—¡No! —y ahora pone cara de "cómo me atrevo"—. Te cuento porque va a venir. No quería que sintieras, no sé, que na' más llegara.

—No querías que María viera a Marina, así na' más.

—Es casualidad, lo del nombre.

—Está muy bien. Si sin querer empiezas a decirle María, quédate en Mar.

Ya tuve suficiente de esta conversación. Siento la cara caliente y el cuerpo frío.

—¿Entonces qué? —insiste.

—Pues qué bien. Que venga Marina. Porfa, no me la presentes.

—Ya se conocen. Ella se acuerda de ti. Dice que fue la actriz de un corto en el que trabajaste.

Marina, Marina. Claro que me acuerdo de Marina. Es una de esas mujeres que no se te olvidan. Una de esas mujeres impresionantes. Hablaba bajito y en lugar de caminar como que flotaba en unos piecitos diminutos. Al mismo tiempo era imposible ignorarla, una criatura que ilumina el cuarto al que entra. Era buena con todo el mundo, se sentaba en el pasto a comer para que el tramoyero usara su silla. El halo de su pelo rubio era como una cuadrilla de luciérnagas que la acompañaba a todos lados, tenía las manos delgadas, los ojos enormes, las piernas hasta los hombros, en la boca una súplica que decía al mismo tiempo: "Quiéreme, si me quisieras no querría nada más" y "No te necesito, no necesito a nadie". Por un segundo me había hecho ilusión pensar que Emiliano se había metido con ella porque nuestros nombres se parecían, en un intento patético por estar cerca de mí. Ahora que me ha obligado a acordarme de ella, no es el gran misterio por qué Emiliano está con Marina.

Sigo colgando globos en silencio. Emiliano se acerca a ofrecerme unas tijeras cuando me ve pelearme con el listón del último. Tarde, pero gracias.

—No te enojes —se da el lujo de ordenar.

—No estoy enojada.

O no estaba. Estaba nada más triste hasta que me dio esa instrucción. ¿Por qué no quiere que me enoje? ¿Qué sí quiere? ¿Que lo absuelva? ¿Que le diga que me da gusto por él? Estoy haciendo mi mejor esfuerzo por ser una mujer adulta, nada ardida, generosa. Me duelen hasta las muelas de hacer mi mejor esfuerzo.

—Dime algo —exige. Tiene esa mirada familiar de frustración que guarda sólo para mí. De pronto noto que está subido como en una actitud superiorcita. No tengo idea de dónde le sale, dado que es él el que anda con una güera y quiere que lo felicite, mientras yo sólo he tenido tiempo para el *post mortem* de nuestra otrora feliz relación. No quiero decir nada de esto. No quiero abrir esa puerta. Continúo con mi mejor esfuerzo.

—Han pasado dos meses. Es lógico que llegue una Marina.

—Uno tiene que estar feliz donde puede, si no puede estar feliz donde quiere.

—¿Quién no te deja estar feliz donde quieres? ¿Yo?

Se encoje de hombros. Sigue en ese plan de que le debo algo, como que ha decidido que aunque él se fue, soy yo la que lo dejó. Nos topamos buscando los ojos del otro desde lados opuestos de la casa chica. Camina hacia mí, pero no sabe bien qué hacer, termina por poner su frente sobre mi hombro. Lo siento temblar de derrota.

—Mari —respira.

Y llegan los de la comida a preguntarle dónde acomodarse.

En cinco minutos llega el DJ y en diez hay cientos de personas en la fiesta. Todo fue dirigido por Emi con una precisión que me tiene incrédula. Mientras yo organizo a las amigas de Paloma y les enseño sus lugares para el gran evento, veo llegar a Marina. Saluda a Emiliano de beso en la boca —primera vez que salen, mentiroso de mierda. Sigo clavada observándolos porque así son los ojos de masocas. Sí es una cosa nueva, lo que sea que tienen. Porque después de ese primer beso se les ve incómodos el uno con el otro: incómodos, emocionados, tartamudos, mariposas en la panza y en las pupilas: todas las cosas buenas de las cosas nuevas. Marina, por supuesto, siente mis ojos perforarle la espalda y viene a saludarme. Es un encanto imposible de resentir, la hija de la mañana. Primero me trata con cierta reverencia de la que derivo un gusto patético, porque claramente viene de que Emiliano le ha contado que acaba de salir de una relación larguísima y que le dé chance y que se tardará en dejarla entrar, etcétera. Luego no tenemos absolutamente nada que decirnos y se despide con esa sonrisa que es exclusiva de las novias nuevas: como que les da pena lastimarte, pero al mismo tiempo no pueden esperar a lastimarte muchísimo más. La veo caminar hacia Emiliano y gracias a dios la llegada de Roberta me rescata de seguirla.

Hace cuatro meses que no veo a Roberta porque los pasó en Veracruz, midiendo la temperatura de la costa cada tres horas. No tenía ningunas ganas de venir, pero le rogué con toda mi alma y llegó, tarde, lista para ejercer apoyo moral. Viene arrastrando a un novio rarísimo que no me saluda porque está "en contra de las normas sociales".

—Se va a suicidar con lo que va a pasar al rato —le digo.

—No le dije para qué era la fiesta.

Quién sabe de dónde saca Roberta a estos especímenes. Cada cinco, seis meses es uno distinto, generalmente son o mudos o gritones; emos con cara de que en cualquier momento sacan una pistola y rafaguean a toda la fiesta, o borrachos impertinentes que te meten mano cuando Roberta se va a la cocina. Tuvo uno que la persiguió hasta como dos años después de que terminaron. "Se lo encontraba" en lugares. Todos los días. Le decíamos Marcos-asesino-en-potencia porque tenía cara de malo, el pobre, la neta. No ayudaba que cuando sonreía se le notaba un esfuerzo y encima desplegaba unos dientes como puntiagudos. En fin que, con todo, terminaron siendo amigos porque Roberta es una inconsciente. "Me quería muchísimo, muchísimo. Ni modo de no ser su amiga." Dios bendiga a Roberta, se le puede acusar de todo menos de aburrida. Su único defecto grande es que odia a Paloma con pasión loca. Me mantienen entre dos fuegos con eso de que las dos personas más cercanas de mi vida estén tan radicalmente en contra de su mutua existencia. Y no es una de esas cosas como de que *en el fondo se parecen, por eso se odian.* No. Sin mí de por medio no coincidirían ni en la misma galaxia. De tan distintas, a veces me imagino que un día se harán amigas inseparables —como ese video del elefante que se hace amigo de un perro faldero— y andarán por la vida juntas, de la mano para todos lados.

A las ocho en punto Emiliano y yo recibimos mensajes urgentes de Pancho. "Estamos afuera." Es el grito de acción. Emiliano apaga las luces y yo dirijo cómo esconder y callar a todo el mundo, cosa realmente milagrosa dado que somos millones y ya empezó a correr el mezcal. Con todo, es tal la organización que hasta el novio de Roberta se cuadra sin chistar.

Como en película mala, Paloma está ocupada en vociferar que se muere de cólico y de hueva, y que porfa Pancho le jure que se van a ir súper temprano, cuando se le prenden las luces y nos ve a todos ahí parados recetándole el susto de su vida. Sus amigas, los amigos de Pancho, Emiliano y yo, nos levantamos al mismo tiempo. Somos los encargados de desplegar los letreros que forman la frase: "Paloma, ¡cásate conmigo!". Me gusta que Pancho la escribió como una orden y no como una pregunta. Para cuando Paloma se da cuenta de qué está pasando, voltea a verlo hincado, con el anillo de la bisabuela por delante, hablando de cómo no había nacido hasta la primera vez que la vio y cómo se quiere morir viéndola. Paloma se disuelve en llanto y se hinca junto a él a darle de besos, luego estira la mano para que Pancho le ponga el anillo, pero él no se lo pone. Se hace un silencio incómodo.

—No he dicho que sí, ¿verdad? —cacha entre lágrimas gordas.

—¡No! —grita Pancho.

—¡Sí! Claro que sí. Mil veces sí.

A partir de ese momento es una moqueadera descarada entre los mirones, empezando por mí que después de todo mi escepticismo estoy tan conmovida que hasta me tengo que sentar. Paloma se inclina sobre el oído de Pancho y él anuncia a la concurrencia:

—Ya se le quitó la hueva, y el cólico se lo aguanta.

Risas y más mocos. Están dichosos, como dos muñequitos de pastel. Los amigotes de Pancho se acercan a cargar a Paloma y la llevan en hombros por toda la fiesta. Son como la voz de arranque: ¡Venga! ¡Hora de tomar hasta vomitar! Yo me hundo en mi vaso rojo y en Roberta, cuyo novio se sienta en un rincón y por lo menos no molesta, cosa que lo vuelve uno de mis favoritos en su rotación. Mi único objetivo en esta fiesta es no pensar en Marina. Sólo pienso en Marina.

Veo que Emiliano la dejó encargada con sus primos para encaminar a la Señora Sandra hacia la mesa del DJ. Quiere que le pongan una canción para que los papás echen un discurso. Están los cuatro, suegros y consuegros, depende de a quién le preguntes. Los papás de Paloma son como versiones ligeramente menos bien compuestas de los de Pancho y Emiliano. Es muy lógica esta unión. Cada quien dice algo y luego dejan solos a los jóvenes. La Señora Sandra abraza a sus niños con abandono, luego se va caminando de la mano del papá de Emiliano hacia la sala de la casa grande, a convivir con los consuegros. Miro la unión natural de sus manos, Emiliano la considera falsa, yo no sé. No tiene por qué ser malo lo de los cuartos separados. No tiene por qué ser hipócrita o negar todo lo que se quieren y se han querido. Quizá sea conveniencia, quizás es que ya a estas alturas se hermanaron. De cualquier modo en la unión de las manos de los papás de Emiliano hay una historia de amor mítica.

Emiliano siempre decía que la manera en que sus papás se querían lo hacía sentirse excluido y al mismo tiempo seguro. Sabía que su papá quería tanto a su mamá que por más que ellos lo enervaran, él nunca la dejaría a ella y por lo tanto nunca se iría, como sí se iba el mío dejando a mi mamá. No sé cómo, pero siempre tuve claro que mi papá no me dejaba a mí sino a ella. Yo nunca tuve la insensatez de culparla, más bien me daba más coraje que dejara a una mujer tan padre. En eso, a pesar de los matices, no éramos cómplices, porque a mí me quedaba claro que la ausencia le dolía a ella bastante más que a mí. Supongo que para mí ella era más que dos papás, pero yo no podía llenar el hueco que deja un marido. Mi papá no me necesitaba suficiente para quedarse por mí, pero no era a mí a quien dejaba, sino a ella. Emiliano tenía la lógica familiar puesta al revés, a ellos sí los dejaría su papá, pero a su mamá, jamás. La nueva información del acomodo nocturno le estaba robando una de sus seguridades fundamentales. En el ideario de los hijos a veces es más fácil que las cosas sean más simples: que los papás se queden por algo, o se vayan por algo, que no tengan matices.

Hay una foto en la sala de la Señora Sandra que explica de dónde le viene esa seguridad y por qué le da tanto miedo perderla. Emiliano y Pancho están como de diez años, parados frente a la Señora Sandra. Ella tiene cada una de sus manos sobre el pecho de cada uno de sus hijos, en un gesto casual, muestra de que los defenderá del mundo todos los días. Emiliano está recargado en ella y en la imagen se respira un aire de paz general. En la pared de su cuarto, Paloma tiene una foto distinta pero igual. Está acostada sobre su papá en un sillón. Tiene veinte años pero podría tener cinco. Su papá la tiene envuelta con el brazo, con los ojos sobre su sien, como fascinado por su pelo, su cabeza, toda ella que en ese momento podría ser parte de él. Ella está viendo al horizonte, a la nada, protegida. Yo no tengo una foto así. No existe una foto mía en la que alguien me abrace sin que yo abrace de vuelta. En mis fotos de infancia estoy siempre junto a mi mamá, brazo con brazo, hechas iguales. No conozco ese abandono de protección. En fin, cosas que uno piensa cuando lleva tres mezcales y está atrapada en casa de su exnovio, con su nueva novia y su mamá.

Como si me leyera en el pensamiento que me está haciendo falta, Emiliano se me acerca y bailamos. Siempre bailamos muy bien, Emi y yo. Está sudadito de fiestear. Me gusta. Poco a poco se va yendo todo el mundo. Se van haciendo pequeñas minifiestas, unos congregados en la cocineta de la casa chica, otros en alguna esquina fondeando shots. Yo salgo a despedir a Roberta y me quedo con los futuros novios platicando de la nada, ayudando a Pancho a enrollar un churro delicadísimo, digno de la elegancia de su futura mujer.

—La compré legal en California —me aclara Pancho antes de que pueda ejercer mi desaprobación. No me importa que la banda se meta al cuerpo lo que les dé la gana, pero siendo hija de mi mamá, me es imposible dejar de repetir que en este país no cumplir la ley es ser parte fundamental del enorme problema. Tan rico el alcohol. Y su venta mata mucho menos gente.

Con esa discusión y otras mil igual de familiares rondándonos la cabeza, nos quedamos en triángulo con gente viniendo a despedirse de todos lados. No sé en qué momento se va Marina, pero para cuando me doy cuenta, Emiliano se acuesta en el sillón junto a Paloma y sólo quedamos los cuatro. Los de siempre. Como en otras épocas. Emiliano se acuerda de que le debe una golpiza a Pancho y se levanta a dársela. Es su tradición de festejo en eventos felices, darse de golpes. En sus cumpleaños se persiguen por donde sea que estén hasta que el festejado acepta su madriza celebratoria. Emiliano le da de puñetazos al futuro novio, puñetazos de verdad, que hacen que su prometida le grite que no se pase, que ya se está metiendo con mercancía suya, y ja, ja, ja, qué simpáticos somos todos, cuánto nos queremos, qué bien estamos.

Paloma se queda dormida, como siempre hace cuando fuma, mientras Pancho se va a bailar sin control con dos de sus amigos borrachos que ya hacíamos idos pero acaban de salir tambaleándose de la cocineta. Siempre confundo los nombres de los amigotes de Pancho porque no se portan como personas, sino como sus patiños, todos idénticos. Hace algunas horas, uno me echó todo un choro sobre lo mal que hacía Pancho en casarse ahora que otro de sus amigos se había ido a vivir a Nueva York, porque con ese amigo lejos, Pancho era el más guapo de la bolita y tendría muchas oportunidades. Podría haberme caído gordo el comentario, pero es difícil ponerse en contra de un hombre adulto que usa la palabra *bolita*.

En la esquina de la casa chica, como tantas otras veces, Emi y yo nos quedamos solos. Me da frío, Emiliano saca una mantita de uno de los clósets y yo comento que huele a su casa. Él me dice que nunca había notado que todo en su casa huele a lavanda, yo nunca le había dicho que yo sí percibía semejante cosa.

¿Qué más? Quiere saber. Le cuento toda mi historia de cómo me imagino a su mamá planeando a qué debe oler el hogar de sus hijos, buscándolo en el mundo para entregárselo. Emiliano se pone a llorar con total desconsuelo. Me cuenta de su mamá, de su papá, de todo lo que no sabe, de lo ingenuo y lo perdido que se siente, de cómo vivir en esta casa lo hizo sentir como un niño chiquito, quizá sí es un niño chiquito como yo siempre dije. Siente horrible de que vaya a dejar de existir el departamento de Tacubaya. Nos acordamos del arco, del baile, del sillón. Sigue llorando. De miedo, me dice. Tiene miedo de que no consigan el dinero para hacer su película, tiene más miedo de que sí lo consigan y vaya a tener que hacerla. Tiene miedo de equivocarse, tiene miedo de que lo juzguen, tiene miedo de que yo no esté para quitárselo. Todo le da miedo: su casa nueva, su novia nueva, que el tiempo pase.

—Me muero de miedo, Mari.

—Estás borracho, mi amor.

—Por algo será que te estoy diciendo la verdad.

Tiene la cabeza en mis piernas mientras yo le acaricio el pelo, la cara. Se abraza a mi cuerpo como a un salvavidas.

—Te extraño. Te extraño muchísimo. Eres mi mejor amiga, y no puedo verte y no puedo estar contigo —lo dice como un hecho. Y no puedo contradecirlo—. Es horrible esto. Es horrible, Mari.

Se aferra a mi cintura. Yo pongo mis dos manos sobre su espalda. Pasamos mucho tiempo así.

10

La Caja Gris y el sombrero

El fin de mes me aplasta entre cuentas impagables y finalmente tengo que tirar la toalla con el departamento de Tacubaya. Decepciono a Jaime Chico con que no puedo cuidar
a los niños porque el sábado lo paso, desde que amanece, con
el ansia de empacar todo sin ver. Empiezo por la cocina, guardo los platos que fuimos acumulando, cuatro hacen juego, los
otros seis quién sabe cómo terminaron aquí. Hay dos blancos
que Emiliano trajo de casa de Sandra cuando hicimos nuestra
primera cena de seis personas, uno de flores que le robé a la
vecina un día que trajo un pastel, los otros tres cayeron de
la dimensión desconocida a nuestra repisa. Los empaco todos entre periódico y plástico burbuja sin preguntarme más.
Luego voy por los cubiertos, que son todos parejitos porque,
cuando nos los regaló Paloma de aniversario de seis años, me
deshice de todos los de hojalata con los que habíamos estado
lidiando. Me arrepentí porque los de Paloma en aras de su elegancia tienen un peso en el mango y todo el tiempo se caen
de los platos lanzando comida por los aires. Luego los tópers,
los manteles individuales de mimbre rojo, los vasos de vidrio
pesado y los falsos de acrílico que se usan para que los borrachos los tiren sin culpa. En el fondo de la despensa encuentro

un pepsilindro todo amarillento en el que la cara de Hulk me gruñe como quejándose de lo mugroso y solo que está. Ya casi no queda comida porque he ido haciendo el esfuerzo de comerme hasta la última lata de atún en los últimos días con tal de no cargarla. Quedan nada más la salsa Valentina, la inglesa, la Maggi; una caja del cereal sano que le gustaba a Emi y los botes de azúcar, harina y arroz.

Todo queda limpio y organizado en cajas. Para cuando llego a la sala voy perdiendo el ímpetu del orden y guardo todos los libros sin ver qué son o si los quiero. Sí los quiero. Lo mismo con las películas, todas vienen, buenas, malas, regulares. Me rehúso a ver esta mudanza como una oportunidad de volverme un ser más luminoso que ordena su existencia y hace un análisis de lo mucho que le sobra en la vida. No. Estoy en medio de soltar una cosa grandota, no tengo interés en molestarme haciendo un ejercicio de desapego con lo chico. Todo viene. Lo voy aventando al fondo de una caja que me provocará una hernia cuando haya que bajarla, al rato que llegue santa Roberta con el camión que rentó para ayudarme. Los cojines de la sala los meto en bolsas de basura con los alebrijes de la mesa de centro envueltos entre ellos. El baño ocupa una cantidad de bolsas que francamente sorprende. No es posible lo que uno es capaz de acumular. Nada más las medicinas, con mis botes de Metamucil en medio, llenan una caja completa. Dejo la recámara para el final porque casi todo va en maletas: ropa, cremas, barnices de uñas, las minicajitas de música que compramos en cada viaje en el que nos topábamos una y demás baratijas de todo tipo.

Sólo me despego de los muebles y eso porque no me queda de otra. Menos de la mitad vienen conmigo al edificio nuevo, los demás no caben. Le mandé fotos de los abandonados a Emiliano por mail, con la fecha de la mudanza, a ver si reclamaba alguno, contestó solamente con un enigmático: "Gracias". Quedaron vendidos al mejor postor en Facebook.

Todo me recuerda a Emiliano. No hay un objeto en esta casa

que haya permanecido completamente mío. Hasta las luces de navidad alrededor del marco de la ventana de la cocina, que traje de mi primera casa cuchitril hasta ésta, son un poco de él. Recuerdo a Emiliano cambiándole los focos a la serie durante años en vez de comprar una nueva.

—Me recuerda a ti. No puedes evitar mejorar hasta lo inmejorable con tu paso —me dice en mi recuerdo cuando me agarra desprevenida descolgando la viejísima serie de foquitos blancos.

Todo es de dos. Hasta la pasta de dientes fue una decisión compartida. Por eso guardo sin ver, sin revisar nada, espantándome sus intromisiones. Cuando veo que se me van a terminar las cajas empiezo a tirar cosas a la basura despiadadamente. La primera víctima es justo la serie de foquitos de la ventana. A la basura. Las fotos que había mandado imprimir para enmarcarlas. A la basura. Sus pares de calcetines abandonados en el fondo de un cajón. Adiós. Cuando acabo, el cielo de la tarde está azul marino, pinta las paredes desnudas y los rincones polvosos con una luz melancólica, que necesita alguien menos amargo para ser apreciada. Santa Roberta llega diez minutos después y pasamos lo que queda del día subiendo y bajando cajas como en penitencia.

—¿De dónde sacaste tantísimas cosas? ¿Para qué las quieres? Tienes un problema, tú —me va hostigando escalón por escalón.

Llevamos todo menos la cama al departamento nuevo, que está en el piso de abajo del de Roberta, en un edificio de esos que eran nuevos hace diez años y se ven mucho más viejos que los de hace cuarenta. Tiene los techos bajos y las ventanas de aluminio. Las paredes son de tablarroca y es como vivir en el mismo departamento que todos los vecinos. La ventana del baño da directo al puente de Mixcoac, vaya, si me diera por ser sociable, podría saludar a los pasajeros de los coches que se atoran en su tráfico implacable. Con todo, no hay nada real de qué quejarse: es chico, pero yo soy una sola persona chiquita y no es como que no quepa. Es feo pero no horroroso. Es barato, cosa que me urge. No hay que verle más. Aunque sea imposible no notar que la cocina está a dos pasos de la recámara y en ella todo es de plástico. Me la imagino poniéndose igual de amarilla y triste que el pepsilindro de Hulk.

—¿Segura que no te quieres quedar a dormir? —me dice Roberta, que está tratando de no decirme que soy una consentida de mierda porque nota que miro todo con desencanto—. Mañana te acompaño por la cama y a entregar las llaves.

—No. Ya quedé con mi mamá —le digo.

—Na' más te vas a ir a deprimir de dormir en esa casa con todo tirado y la cama rodeada de nada.

—Es mi última noche.

—Ahí vas. Lo que quieres es ir a regodearte en el horror de que ya no tienes casa, en la realidad y en metáfora. *Sufro. Sufro. Qué felicidad.*

—Que no.

—Sólo te dejo ir si me dices que no te mueres de ganas.

—Qué ganas ni qué ganas.

Me mira con sus ojos cafés redondísimos, llenos de un escepticismo con el que se nace. No me puedo enojar con santa Roberta sólo por conocerme mejor que nadie. Además, lleva seis horas subiendo y bajando escaleras con mis pertenencias. Así que nada más la ignoro. Sí tengo ganas de dormir en mi casa arruinada, sola, despidiéndome. ¿Y qué?

Roberta me deja en la puerta de Tacubaya y subo por las escaleras de piedra, exhausta. Peleo con mi llave, entro, prendo sólo una luz para que se note el vacío. Recorro todos los rincones con las manos y la nariz: la madera oscura que hay en las estanterías de la sala, los pisos de pino gastado que se encuentran en diagonales perfectas por todo el pasillo. En el baño pongo los pies descalzos sobre el mármol frío. Finalmente pego el dorso de la mano en el arco de la entrada, idéntico que él. Soy como Tito dejando que mis manos toquen todo lo que les va dando la gana, las esquinas de las molduras, el toallero inmenso y los dos lavabos. De últimas me pego en las pompas al salir del baño y me parece correcto que ésa sea la despedida de mis sentidos con este espacio.

Finalmente llego al clóset de la recámara a guardar lo que falta de mi ropa. Abro todo, me encuentro con los disfraces de malos, con los vestidos de damas de las bodas de las primas de Emiliano; en el fondo de los cajones, cantidad de calzones y calcetines descoloridos. Levanto la última cajita del fondo, donde guardo los trajes de baño y un sombrerote de playa con el que parece que me voy de lado. De pronto me ataca un pedazo de fieltro café hecho bola contra la esquina de la repisa.

Es un sombrero de Indiana Jones que le compré de broma a Emiliano en una esquina del centro. Esa noche se puso sólo eso y nos revolcamos por toda la casa con chapas en la cara y burlas en la lengua. A la basura, digo, casi en voz alta. Pero me golpea el día entero de andar fingiendo. Indiana, Indiana. Indiana es valiente y bueno. Indiana es el héroe de los niños valientes y buenos. No es de idiotas infantilizados, Indiana, sino de almas padres, limpias, vivas. Un fan de Indiana Jones tiene ganas de alegría. Eso tenía Emiliano, ganas de alegría. ¿Qué más hace falta tener? Corro por mi celular y busco su nombre, pero no quiero hablarle. Ese maldito sombrero me acaba de poner en plan dramático. Quiero verlo. Considero llamar a Paloma, pero Paloma me va salir con racionalidades que en este momento no me interesan. Llamo a Pancho.

—Hola, Pancho ¿Qué onda? ¿Oye, me pasas la nueva dirección de Emiliano? —así casual.

—Claro, ahorita te mando la ubicación por mensaje —y listo. Para cuando llega, ya estoy subida en mi taxi.

Me acuerdo de la fiesta de Paloma. Emiliano con sus manos aferradas a mi cintura, sus lagrimones manchando un vestido que acabo de tirar sin piedad. Me extraña. Me extraña. Pero no necesita extrañarme. Nos hacía falta separarnos, pero ya fue suficiente. Somos del otro. Ya sabe vivir solo, ya escribió su guion. Es hora de terminar con esta pausa y llevarme a Indiana de regreso. Igual podríamos seguir viviendo separados un tiempo, salir como novios, tener a la mitad el principio tradicional que nos faltó. Se me abre una sonrisa involuntaria de pensarlo. Su nuevo departamento está en el primer piso de una zona residencial. A dos cuadras de una primaria, rodeada de casas chiquitas llenas de familias con dos niños de uniforme. Me esperaba un loft en el último piso de un lugar mucho más pretencioso. Este Emiliano no deja de dar sorpresas. Es que este Emiliano es una maravilla. Con razón este Emiliano es el hombre de mi vida. Me voy revolucionando sin control, como espuma me sube una emoción limpia por las piernas.

El taxi da vuelta en su calle, me bajo en la esquina y corro hasta la puerta bajo la luz de un farol amarillo. Me siento personaje de comedia romántica dando brinquitos hacia el amor. Su edificio es bajo, busco su timbre entre la hiedra que cubre la reja, detrás de ella hay una ventana iluminada, ¿la de él? Me asomo. *Sí, la de él.* Está acostado en el sillón de su sala, en una actitud íntima que reconozco con el estómago: tiene las piernas entrelazadas con las rodillas de Marina, haciéndolas subir y bajar con su cuerpo completo, mientras la luz parpadeante de una película cambia las sombras de sus caras. Hubiera sido mucho mejor verlos desnudos, sudando contra la pared. Esto me hace cerrar los ojos mucho más rápido y fuerte, como los niños chiquitos en las películas de miedo, hasta que veo luces rojas de haber apretado tanto los párpados.

Se me baja la espuma de las piernas, la siento secarse en el aire frío que acabo de notar. Vengo con una playerita sin mangas que me queda enorme, en shorts y tenis. Mi uniforme de mudanza. No necesito un espejo para saber que éste es el peor atuendo que uno puede traer puesto para toparse con este nivel de desencanto. De todos modos, una fuerza maligna, que no es mía, mueve mi mano hacia su timbre y toca por varios segundos más de los necesarios. Ya no los estoy viendo pero me los imagino parando la película, preguntándose quién será, ¿la pizza?

Debería correr pero la misma fuerza que no es mía me ha puesto bloques de cemento en los pies. Quiero verlo. Quiero que abra la puerta y del otro lado esté su cara, su sorpresa, su nariz. Pero obviamente nadie me abre la puerta porque desde hace como cuarenta años existen unos aparatos mágicos que se llaman *intercoms*. Lo que pasa después de mis timbrazos es que la voz de Marina, aguda y rítmica, pregunta: "¿Quién es?".

—Hola… soy María —la siento voltear a decirle a Emiliano quién es, lo siento a él poner cara de "qué puto oso, ¿que hace aquí María?".

—Ah, a ver espera —suena ese berrido gordo que hacen los intercoms cuando abren a distancia—. Es la primera puerta de la izquierda.

Empujo la reja, Emiliano ya está esperándome ahí con la puerta abierta y una sonrisa de buen anfitrión.

—¿Qué onda, Mari?

—Hola.

—¿Qué pasó? ¿Todo bien?

—Sí. Te traje esto —le entrego el sombrero de fieltro café que estoy haciendo trapo entre mis manos.

—¡Indy! —está haciendo su mejor esfuerzo por pretender que todo esto es normalísimo, el pobre.

—Me lo encontré en la esquina del clóset al final de la mudanza.

—¿Ya te mudaste?

—Sí, hoy —señalo mis fachas como prueba.

—¿Y qué tal? Es horrible mudarse, ¿no?

—Estuvo bien.

Silencio. Escucho a Marina moverse en el fondo del departamento.

—¿No quieres pasar a conocer? —pregunta Emiliano como una amenaza.

—Bueno —contesta la fuerza maligna, porque me odia.

Me da el tour más exprés del mundo, entre otras cosas porque ya aprendí a defenderme de la fuerza y me rehúso a entrar a los espacios que señala. Después de saludar de beso a Marina, me quedo en la sala y sólo me asomo desde ahí mientras Emiliano me va diciendo, *ésta es la cocina, éste es el cuarto, y acá en éste puse medio mi oficina, o según yo mi oficina.* Me había tardado en tener un momento en la vida que me hiciera entender literalmente la expresión "trágame tierra". Es exacto. Quiero que el mundo se parta en dos y me desaparezca.

—Está padrísimo.

Está decorado por él, casi sin cosas, pero con un gusto sospechosamente impecable. Este cabrón.

—Bueno, ahora sí ya me voy, na' más pasé a traerte eso —en mi cabeza tengo un tono ganador, como si le hubiera traído su teléfono o alguna otra cosa que realmente le hiciera falta, después de haberle avisado que iba a venir, etcétera. Pero en realidad mi tono es desesperado, grita: *estoy fingiendo que no vine a declararte mi amor cuando es más que obvio, porque si no qué carajos hago aquí sin avisar y trayendo un sombrero que de inmediato evoca intimidad, etcétera".* Camino hacia la reja y sé que Emiliano me está viendo porque no lo oigo cerrar la puerta del departamento hasta que estoy en la calle.

El taxi que me lleva de regreso a Tacubaya se pregunta si debe llevarme al hospital porque la violencia de mis sollozos quizá lo amerita. Me arrastro por las escaleras, mi regodeo melancólico reemplazado por franca desolación, hasta que entro al departamento vacío y suena mi teléfono. "Emiliano" brilla en mayúsculas sobre mi pantalla.

No contestes, no contestes.

—Bueno —doy un asco que no veas.

—¿Qué onda, Mari?

134

Su tono cansado es el principio de una conversación espantosa que empieza con él pidiéndome perdón de que no me pude quedar o de que no me pudo invitar, se hace bolas y yo no tengo fuerzas para llenar los espacios.

—Ya se fue Marina, perdón que no te hablé antes.

¡Deja de pedirme perdón!

—No, ¿cómo crees? Perdóname a mí por ir, te debí haber hablado. Qué vergüenza.

Odio el agua que se me agolpa en los ojos. Quiero ser otra persona, quiero ir ganando esta maldita carrera en la que hasta el momento Emiliano me tiene arrasada. Quiero volver a esa sensación de que yo lo dejé aunque él se fue, y por lo tanto puedo exigirle que regrese cuando me dé la gana.

Cada palabra que va dejando atrás, de tan bonito modo, me deshace. Lo siento dividido. Jaloneado entre dos frentes: en uno nuestra historia y la deuda que tiene con su belleza, en el otro un horizonte limpio al que no pertenezco, que es Marina, pero es mucho más que ella.

Justo cuando pienso en Marina, Emiliano empieza a explicármela: por qué estaba ahí, qué película veían. Su justificación es mucho peor que la realidad.

—Va a salir en la peli.

—¿Cuál peli?

—La mía.

—¿La vas a hacer?

—Creo que sí.

—¿Les dieron el dinero?

—Sí. Llevo varios días a punto de hablarte para contarte.

—Emi. Felicidades.

Es la primera cosa cierta que le digo el día de hoy. Me da gusto, me da gusto de veras.

—Pues sí. Marina va a tener un papel, entonces estábamos estudiando —se ríe—, va a ser una peli muy chiquita. Pero está padre.

—Está increíble.

Me vuelve a pedir perdón. Es el peor de todos porque se disculpa por haberse puesto tan borracho y tan dramático en la fiesta de Paloma. Fue un impulso. Se deslinda de responsabilidad.

—Muchas gracias por traerme el sombrero —termina.

—De nada. Perdón por llevártelo.

—No. Créeme que entiendo.

No. No le creo que entienda. Pero no digo nada porque me muero de miedo de que Emiliano suelte la educación etérea con la que ha manejado toda esta llamada y me obligue a tener una conversación de verdad, me pregunte qué hacía en su casa, qué esperaba. Me obligue a decirlo. Pero colgamos sin decir la verdad, habiéndola entendido.

Le mando un mensaje. "Felicidades por la peli. Qué emoción." Me contesta con muchos iconitos felices.

Pienso en poner una película, pero todo me parece frívolo. Me acuesto en mi cama rodeada de nada y me obligo a dormirme. Tengo la ventaja del sueño. ¿Cómo hacen los insomnes para no morirse de tristeza?

Por desgracia ni durmiendo puede uno escapar de su propia cabeza. Mi inconsciente me receta unos sueños tan literales que si tuviera un psicoanalista, como Paloma, se hubiera podido tomar el día libre. Mi cerebro no es sutil. Manda puro mensaje claro y despreciable. Sueño que Marina está embarazada y Emiliano me invita a ver al niño. Marina tiene la panza transparente, cosa que es muy normal en mi sueño, así que se puede ir a verlo ahí dentro de su mamá, por eso invitan gente. Por fuera su departamento es el mismo que acabo de conocer, pero en el momento en que cruzo la puerta, por dentro es una mansión digna de la Señora Sandra. Preciosa, cálida, llena de recovecos acogedores y deslumbrantes. "Claro", pienso en mi sueño, "es que ella sí supo hacerle casa. Es lógico que mi casa sea tan fea a pesar de mis terribles esfuerzos y la suya tan perfecta así como al pasar. Porque está en la personalidad, no en el esfuerzo." Lo pienso como un hecho, con esa emoción sorda con la que uno asume cosas terribles en los sueños. Marina es una mujer correcta, amorosa, que quiere tener hijos sin preguntárselo, que admira su genio creativo, que lo ama sin restricciones ni reproches. Por eso hace hogar con su presencia, no como yo, que soy una egoísta que lo menosprecié y voy dejando vacío a mi paso en lugar de un olor a popurrí hecho en casa. En el centro de la sala está Marina con su panza, dentro de la cual se puede ver al bebé precioso y rosa que le crece dentro, sonriendo todo el tiempo. Al unísono, en mi sueño, mi entraña se encoge hasta ser una sombra despreciable.

Despierto sudando, con frío entre las piernas. Me levanto y veo las sábanas ensangrentadas, se me olvidó que me iba a bajar la regla, las manchas rojas me dan gusto un segundo, viniendo de la mancha negra que me tenía tomado el cuerpo durante mi sueño. En fin, que ya ni la cama queda como refugio en este espacio vacío. Es hora de irme.

Espero a mi mamá sentada en las escaleras de afuera, la abrazo como a un salvavidas. Me ayuda a llevar mi colchón hasta la camioneta, bueno, eso de que me ayuda: me observa con ahínco. Me acompaña a la casa nueva y me ayuda a guardar todas mis cosas. Por ahí de las ocho de la noche me deja instalada y lista para la acción en el nuevo departamento que ella bautiza "La Caja Gris". Le hago una sopita de fideo antes de dejarla ir porque la veo triste. No me quiere contar pero intuyo que el señor está empezando a dar muestras de hartazgo, la primera señal antes de la huida. ¿Cómo puede ese infeliz dejar a esta señora que hace más y mejor hogar que nadie? Vamos, mi mamá hace mejor hogar que la mismísima Marina. Mi papá es un imbécil.

Me meto en mi cama. Noto que todo en La Caja Gris huele distinto menos mi cama, que huele a Emiliano, cosa que no tiene sentido porque las almohadas son nuevas y las sábanas están recién lavadas. De todos modos, algo de su esencia me llega bajo las cobijas, se me pega, ¿o será que lo traigo pegado a él irremediablemente?

<hr>

Decido empezar un diario para dejar registro de la transición.

Lunes 13 de octubre
La cocina de La Caja Gris está muy cerca de mi cama, así que me distrae de su olor. El refrigerador me despierta tres veces en la noche haciendo un sonido insultante que parece decir en un susurro: "Vete, vete, recién llegada".

Martes 14 de octubre
De día, el refri se disimula mucho con el ruideral que hacen los vecinos y los coches del puente de Mixcoac. Triunfo en mi pleito con la regadera que se rehusaba a dar agua caliente. En la mañana me tengo que lavar el pelo en el fregadero de la cocina para llegar a mi entrevista, pero en la noche me doy un baño feliz y declaro que esta regadera es el mejor lugar de La Caja Gris.

Miércoles 15 (lo de octubre es obvio)
No se puede vivir dentro de la regadera. Lástima. No puedo dormir, hay ruidos raros. El refri me asusta. Su rugido es de una beligerancia sospechosa.

Jueves 16
Tengo que escribir dos críticas. Escribo una, muy negativa y furibunda. Tengo que buscarme un trabajo que me saque de esta casa. Paso el resto del día buscando la marca de refri más callada del mercado. Varios foros me informan que la marca de refri más callada es una que tiene garantía LG de silencio extremo, pero todos sus refris son de puertas francesas y no

caben en la cocina de plástico de La Caja Gris. Necesito uno de puertas separadas con el congelador arriba. Es increíble la facilidad con que uno puede obsesionarse con una cosa en la que nunca antes había pensado.

Viernes 17
Hago ensalada de papa para comer, sobra para los siguientes seis meses. Tengo miedo de abrir el refri y guardarla porque mi hora de dormir está muy cerca, y cuando uno abre la puerta encabrona a su motor y se enciende con esfuerzos redoblados. Se echarán a perder las papas.

Por otro lado, José Miguel me entrega mi cheque del mes. Nada me hace más feliz que mi cheque del mes.

Sábado 18
No vienen los niños porque les toca estar con su mamá. Voy a comprar el refri de la marca silenciosa que cuesta tres mil pesos más de lo que tenía presupuestado, pero la señorita me dice que está de oferta y dura hasta ese día. Tarjetazo. Comeré arroz blanco y sopas Maruchan el resto del mes. El refri se prende en la noche con furia redoblada. Sabe que se larga. Desconectarlo es la alegría de la semana.

Domingo 19
Con la esperanza de ingerir algo fresco me invito a desayunar a casa de Roberta. El plan falla. Lo único que tiene es pan blanco sin tostar y huevos revueltos con cátsup. Roberta nunca está en su casa, así que lo de La Caja Gris la molesta mucho menos que a mí. Ni nota que su refri también es malo de Malolandia. Pasa el día burlándose de mi desesperación. No me hace gracia.

Lunes 20
Dos días para que llegue el refri nuevo.

Martes 21
Un día para que llegue el refri nuevo.

Miércoles 22
El señor Manuel de Walmart trae mi refri nuevo. Le quita todos los plásticos, todas las etiquetas y lo acomoda en el nicho en el que cabe al milímetro. Me felicita por mi acertada compra. Éste es el refri pequeño más silencioso en su larga experiencia entregando refris. Se lleva el maldito anterior y su motor. Lo avienta en su camión sin cuidado alguno, se destartala al caer. Tipazo este Manuel.

Jueves 23
No puedo dormir, el nuevo refri hace un ruido distinto pero igual de insoportable. Paso la noche llorando bajo mi almohada, donde me ataca ese maldito olor que na' más no se fue con su dueño.

Dejo el pinche diario.

11

La Bestia

Este esfuerzo de andarse buscando a uno mismo es de tiempo completo. Porque la duda es si uno está huyendo de quien es realmente o si uno se está persiguiendo porque no se conoce de inicio. La cosa pasa por Emiliano, pero al mismo tiempo no tiene nada que ver con él. Son los cambios del mundo. Tengo treinta años, pero de pronto me ataca una indefensión impropia en la edad adulta. El problema es que me hice adulta por contraste con algo en donde de pronto no hay más que un agujero. Y todo —más que tristeza— me provoca ansiedad. Me siento como una hoja en blanco, pero no brillante y recién cortada, sino abandonada en el estante de una papelería, con las esquinas amarillitas. Una mujer de treinta años que es una hoja en blanco es una boba, no una mujer llena de frescura. Y eso me siento: una boba. Una boba sin identidad.

"Hola, soy María", digo a veces, como para convencerme. Me duermo llorando, amanezco llorando, todo entre mis sábanas que, por más que lavo y cambio, huelen a Emiliano. Las horas de en medio están divididas en dos, un minuto y un minuto: uno ocupado en alimentar a La Bestia de desasosiego que se come todo lo que hago, el siguiente en tratar de pretender que La Bestia no existe. La Bestia se pasea por mí, rugiendo, a veces con furia, a veces con desolación. Come de mis dudas y mis arrepentimientos. Cuando Emiliano me manda un mensaje, o yo le hablo, o Paloma me lo menciona con cuidado, sólo sirve para recordarme que lo quiero y que no es mío. Sobre La Bestia, el contacto no tiene ningún efecto. Porque La Bestia no es extrañarlo a él, sino a la idea de lo que me hice por referencia suya. La Bestia no entiende razones. Anda rondando mientras escribo, mientras trabajo, mientras veo para escribir y trabajar, es como tener el cerebro al diez por ciento de capacidad, porque La Bestia tiene al resto ocupado con puras preguntas bárbaras: ¿quién soy si no soy la pareja de Emiliano? ¿Qué película me gusta sin hablarla con él? ¿Qué música disfruto si no es porque la asocio con algún momento que nos acompañó? ¿Qué estoy haciendo en el mundo si no es *ser su casa*?

Bueno, ¡para ya!, le digo a La Bestia. *Somos mujeres independientes, no necesitamos a un hombre de referencia para entender nuestro lugar en el mundo.*

No, contesta La Bestia, *no necesitamos a un hombre. Lo necesitamos a él.*

Y como la dejo, se sigue con todo: *Los diez años que compartiste con él son los diez años de la vida en los que uno se hace quien es. ¿Por qué él no te necesita para ser quien es? Debería necesitarte. ¿Qué hiciste mal?*

No sé, le contesto. *¿Ves?*, me acaba, *no sabes nada sin él.*

Déjame en paz, le pido a La Bestia. *Tengo hambre*, le digo a La Bestia. *Tengo que escribir cosas inteligentes y entregar artículos buenos*, me quejo con La Bestia.

Yo te dejo, pero no en paz, me contesta La Bestia, *porque uno no puede tener paz si uno no sabe quién es,* me compadece La Bestia. Para este momento es la noche y me pongo a llorar. La Bestia se conforma con lágrimas cuando el resto de mi neurosis no consigue alimentarla. Y a la mañana siguiente, otra vez.

Así toda la semana desde el incidente del sombrero. La vida diaria pasa por debajo de La Bestia: tengo que levantarme, bañarme, ir a la radio, limpiar el piso, prender la computadora. Todo bajo sus rugidos. Me sorprende que el tiempo pase, como si nada, sin que lo ensordezcan tanto como a mí.

<hr />

José Miguel me llama a su oficina. Tiene en las manos una impresión de mi crítica sobre una película hindú que a todo mundo le ha parecido encantadora. Yo no supe qué opinar.

—Sí, exacto, ésa es la bronca —me dice—. Se siente como que no tienes nada que decir.

No puedo explicarle este asunto de que La Bestia no me deja acordarme de qué me gusta y qué no me gusta. Es una cosa particularmente trágica cuando uno se dedica a ejercer su opinión. Recojo el papel que José Miguel me extiende y me dirijo a volver a intentar.

—¿Qué te pasa? —me detiene—. ¿Estás llorando?

Le oigo pánico en la voz de tener que lidiar con semejante cosa.

—No —me toco la cara para estar segura, porque estos días nunca se sabe. No. Todo en orden.

—Tienes lo ojos súper rojos —me da ternura que su tono cambió del miedo a estar lidiando con una colaboradora llorosa al miedo a estar lidiando con una colaboradora pacheca. Tiene miedo de niño ñoño, de enterarse de que fumé y tener que regañarme o —mucho peor— tener que pretender que no le importa porque él es *cool* y esta revista es *cool*. Pobre Pepe Mike. Lo estoy metiendo en un aprieto. De pronto pienso que ojalá tuviera los ojos rojos a las diez de la mañana por pacheca, la realidad es mucho más vergonzosa.

—Ayer lloré mucho —le digo.

—¿Por?

—Porque vi *Casablanca* —es la verdad. Ayer le puse *Casablanca* a La Bestia porque veces se apacigua con películas de lágrima.

—¿Por qué lloraste con *Casablanca*? —pregunta José Miguel.

—¿Cómo?

—No es así de súper llorar, si tiene final feliz.

—¿Estamos hablando de la misma *Casablanca*?

—Sí. Ingrid Bergman se va con su marido, se escapan de los nazis. Todo bien.

—Deja al amor de su vida a morirse de soledad en un bar de Casablanca.

—N'ombre. Bogart se queda contento con Louis. Y ella quiere a su marido. A su modo.

—¡Migue! —lo azuzo. A los dos nos sorprende la familiaridad con la que me sale decirle "Migue". Vuelvo a tocarme la cara, encuentro en ella una sonrisa medio boba. Por un segundo se calla La Bestia porque mi cerebro está ocupado en procesar el shock de que José Miguel me dé una sorpresa. Es digno de sorpresa encontrar un alma tan en paz con las reglas del mundo, que es capaz de ver un final feliz en el triunfo del matrimonio sobre la pasión. Pobre, debe considerar su divorcio como la desgracia más grande. Ya con la cabeza libre por primera vez en días pienso que sí me gustó la película hindú, sí es encantadora, aunque se cae un poco al final y el estilo es un poco tradicional para lo que necesitaba la historia.

—Ahorita reescribo la crítica. ¿Te la paso como en media hora?

—Muy bien.

Doy media vuelta y me encamino a mi cubículo.

—Oye —me detiene—, ¿quieres ir a entrevistar a Inés Aguirre?

José Miguel se está luciendo conmigo el día de hoy.

Inés Aguirre era la vocalista y compositora de una banda de Rock en tu Idioma en la remota época de los primeros dos miles. Roberta y yo nos subíamos a su cama y cantábamos junto a Inés sobre la incomprensión, sintiéndonos las reinas del universo por conocer. A últimas fechas, ya libre de sus jeans deshilachados, sus medias trenzas con gel y sus labios púrpuras, Inés se ha vuelto compositora de música para cine y me ha consagrado como su fan más aguerrida. Inés escribe unas melodías tristísimas y preciosas que mejoran enormemente todas las imágenes que acompañan; en el caso del motivo de mi entrevista, mejoran la película de una directora argentina que filma historias tremendas, tremendas, llenas de mujeres malas y hombres que hablan ronquísimo.

En el instante en que me paro en su estudio compruebo que Inés Aguirre es tan espectacular y sutil como su música. Apenas escucho el murmullo de La Bestia sugiriendo que Emiliano estaría muerto de envidia de estar aquí. Ignoro a La Bestia. Las manos ligeras de Inés se mueven a toda velocidad, mientras habla de su amor por el cine y su fascinación por el talento de la directora argentina, me recuerda a mi mamá cuando algo la entusiasma. Paso muchos de los veinte minutos que puede darme de entrevista declarándole mi amor. Pero también me da tiempo de que me cuente cómo piensa en las melodías a partir de los espacios entre los personajes, cómo le gusta estar en el set y pedirle a los actores que le hagan *playlists* con la música de sus alter ego. Tenemos una de esas conversaciones que sólo se pueden tener con gente inteligente y generosa, que te hace sentir tan brillante como ella.

Su ingeniero de audio suena una campanita y le dice que ya llegó Aguch. Ése es mi *cue* para saber que se me acabó el veinte. Me levanto muerta de ilusión de llegar a mi casa y escribir sobre la euforia que me ha dado comprobar que alguien puede ser tan bueno como te lo imaginaste.

Aguch entra al estudio. Es un compositor de música electrónica que está grabando un dueto con Inés de su canción dosmilera más icónica. Inés me lo presenta como Agustín Meza. Desde que da un paso hacia mí y me da un beso inapropiadamente largo, noto que está encantado de conocerse.

—Dime Aguch, mis amigos me dicen Aguch —le hace ilusión pensar que está teniendo un efecto importante sobre mí llamándome su amiga. Yo dejo que lo piense, qué más me da. Por la pura estampa es un hombre acostumbrado a tener un efecto importante a cambio de la más mínima de sus atenciones.

Cuando oye que vine a entrevistar a Inés, insiste en que me quede hasta que terminen y lo entreviste a él también.

—No trabajo en ningún medio que hable de música —le aclaro.

—La guardas para cuando yo también me baje a hacer cine. En todo caso, es un pretexto para platicar contigo, ¿qué tú no quieres platicar conmigo? —está a punto de guiñarme el ojo. No termino de saber si su actitud de Pepe Le Pew me provoca carcajada o lujuria.

—Siéntate en la cabina —me casi ordena. No se puede contra semejante seguridad. Me quedo a escuchar su canción: es una versión más melancólica que su origen roquero, me gusta. Dos horas después estoy tarareando entre nubes cada nota y puedo entrevistar a Aguch con aplomo. Todo el evento es como un enorme filete que mantiene a La Bestia muda todo el tiempo que estoy ahí.

Aguch es ese tipo de hombre guapo que sabe que es guapo y lo ha sabido siempre, desde que se lo decían sus tías, sus nanas, las maestras del colegio, luego sus compañeras de la secundaria, finalmente el resto de la gente a la que quiso hacérselo notar. Es un tipo de guapura que viene con un aura de falta de contradicción y, por lo tanto, un poco de megalomanía. Está terminando de grabar su primer disco independiente, colabora con Inés porque tienen la conexión personalísima de que es hermano de su ingeniero de sonido, que a la vez es su esposo. Sin embargo, Aguch habla de su proceso y de su visión como si ya fuera un estrella internacional con un séquito de fans que le rinden pleitesía a su genio musical. Se da una importancia bárbara en todo lo que dice y para la mitad de nuestra "entrevista" quedo unida a la larga hilera de gente que le da por su lado, quizá porque da flojera desencantarlo.

Es un trabajal desencantar gente y si no la conoces y la estás entrevistando para "La Nada Publicaciones", es francamente de mala educación. Así que me inclino hacia él con seriedad periodística y le pido que, por favor, por favor, me cuente más de su propuesta electroalternativa y demás.

Su música es bonita, me parece increíble que algo tan bonito haya salido de alguien tan simple. O quizá ése es el motivo de su belleza, su facilidad. Lo veo hablar y hablar como un encantador de serpientes, opera en un nivel de seducción superficial y sería fácil levantarlo y ver la mugre. Pero ¿para qué? Su monería es la alfombra mejor aspirada del mundo, ¿qué importa si abajo de todo la casa tiene el piso podrido?

No sé cómo, pero termino contándole a Aguch del sombrero de Indiana y del Ajax y de todo, mucho más de lo que debería. Casi, casi le presento a La Bestia. Pero me detiene una cosa rara, unas ganas de impresionar que no reconozco, pero ejerzo.

—¿Cómo pudo alguien dejarte a ti? —me dice. Y ahora sí me guiña el ojo y *ahora sí* yo suelto una carcajada.

—No me dejó, yo lo corrí —miento. Creo que sí es mentira. En todo caso, no importa.

—¡Eso, chingá! —grita Aguch, triunfal.

Mi falsa entrevista con Aguch dura horas, hasta que mucho tiempo después de que Inés se despide, el asistente de su marido nos echa del estudio con cara de hartazgo. Nos damos las buenas noches con grandes abrazos, por encima del cuerpo dormido de La Bestia.

⚯

El sábado, Jaime Chico me trae a los niños junto con Vero, que se ha vuelto parte del clan. Odian mi nuevo departamento tanto como yo, un dios inventado los guarde. Tito lo mira todo con profunda displicencia.

—Es más feo que el de mi papá. Y el de mi papá es horrible.

—¡Tito! —lo regaña Yvette. Pero no lo contradice. Lo único que me ofrece, en el tono de consuelo más divino, es que el de su papá no tiene una tele tan grande como la mía y mucho menos un proyector. Ya no la quiero decepcionar diciéndole que las dos cosas son herencias de Emiliano. Tenemos el gusto de que lo que a ella le interesa de nuestras tardes no se ha perdido con el cambio de locación. En La Caja Gris hay una pared, un proyector y una película de la semana. Cosa que ha quedado bautizada por los niños como "El Pantallón". Como no se ponen de acuerdo vemos dos: *Los Goonies* y *La historia sin fin*. Estos niños de veras no tienen papás responsables de su educación fílmica. Las obviedades más grandes los dejan con la mente expandida y los ojos como platos.

Le aviso a Jaime de la doble función dándole permiso de quedarse más rato con la novia. Se pone eufórico como si el director del Arcos lo hubiera dejado salir temprano de la secundaria. Llega en la noche cargando felicidad como ramos de flores entre los brazos. Los niños están dormidos en mi cuarto porque después de tanta aventura ochentera en El Pantallón, pasaron tres horas jugando a volar en Falcor y a encontrar tesoros por las escaleras del edificio; luego les hice una jarra inmensa de leche con chocolate que los acabó.

Jaime y yo nos sentamos bajo la luz azul del proyector. Platicamos por primera vez en años. A pesar de todo lo que lo veo últimamente, ésta es la primera vez que realmente *lo veo* desde hace mucho. Le ofrezco vino, pero prefiere terminarse la leche con chocolate que quedó en la jarra de los niños.

—Me hace muchísimo daño, pero me encanta —dice limpiándose los bigotes negros de choco milk.

Me cuenta de su trabajo, de lo gordo que le cae su jefe, lo bien que se lleva con su cliente fulano y de Marta, la mamá de los niños. A la menor provocación, la mamá de los niños. Todo pasa por ella de manera práctica, sin deseo alguno, sin añoranza alguna, está ahí en todo, con un grado de asepsia que de inmediato me da una tristeza profunda en su nombre. Cuando le pido que me cuente qué pasó, lo tiene todo perfectamente planchado:

—Tú sabes que siempre me han gustado las mujeres controladoras —por un segundo no sé si valdrá la pena que me dé por aludida; se ríe como si me leyera el pensamiento—. Marta es así. Es una mujer a la que le gusta tener problemas que arreglar, al grado de que empezó a gustarle inventarlos. Agarraba cualquier cosa, la amasaba hasta desintegrarla, era capaz de arreglar el mundo con las manos, por eso es tan buena mamá, pero yo ya tuve mamá, no quiero tener otra.

Siento una conexión cósmica con la pobre exmujer de Jaime Chico. Con razón sigue hablando con la tía Moni. Yo sigo hablando con Pancho; si tuviera dos hijos con el señor me sentiría con pleno derecho de hablar con Moni y con quien fuera. Jaime me cuenta la historia de su rompimiento y es tan única como idéntica a todas las demás.

Yo no le cuento la mía. Pero Jaime me da la mano y me dice sin ningún aire de pretensión, como quien le pone un curita a un niño con una raspada:

—Lo vas a dejar de extrañar, vas a ver.

—No quiero dejar de extrañarlo, lo quiero de regreso.

—¿Y por qué no regresan?

—Porque está con la rubita.

—Igual deja de estar.

—Igual deja de estar y de todos modos no quiere estar conmigo.

—Igual tú no quieres estar con él.

—Igual.

—Nunca se sabe. Nunca se sabe nada, mi Mari.

Nunca se sabe nada. Él no parece tener problema con esa falta de certidumbres. La calma de Jaime Chico es inevitable. Ojalá la vendieran en frascos.

—Cuéntame de la niña —le pido.

—¿Qué niña?

—Tu chica.

—¡No le digas la niña!

—Lo único que sé de ella es que tiene veinticuatro años.

—No manches. Qué asqueroso suena. Ya cállate. Se llama Lore.

Cuando habla de su novia se le enciende algo en la cara, pero chistoso, no en los ojos. Es que como si tuviera una estrella de deseo en la frente. Me da envidia. Me cuenta cómo Lorena le hace falta, como una galleta, le da síndrome de abstinencia no verla, pensar en tocarla es un motor que se enciende, tenerla envuelta en él es arrancar a toda velocidad. Me acuerdo de ese impulso. Aunque me queda lejos, de hace diez años. Pensar en tocar a Emiliano me arranca el motor, pero de inmediato me estrella contra la puerta del garaje. Me pasa también una cosa nueva oyendo a Jaime Chico hablar de su deseo: despierta el mío. Antes de que La Bestia me ataque, la pisan las piernas largas de Aguch. Jaime se ríe de mis cachetes, de pronto rojísimos. Cinismo reírse de que ve en mí por un segundo lo que él trae en la cara cada sábado que entra por mi puerta.

Los niños despiertan, Jaime los encamina a su coche. Tres horas después me llama y me dice que dejó a los niños con su mamá porque Lore lo invitó a una fiesta.

—Me siento culpable porque te dejé el motor prendido. Vente y buscamos a quién subir a tu coche.

—Te quiero por guarro.

Me pinto la boca de rojo y salgo lista para la acción. Lo malo, claro, es que la acción es una fiesta de veinteañeros en azotea. Yo desde adolescente me *sentía* vieja para este tipo de eventos, pero ahora ya *soy* vieja para este tipo de eventos. Y Jaime ni se diga. Su novia pega un grito y corre hacia los brazos de uno de sus amigos. Jaime me da la mano y me lleva hacia la mesa del alcohol.

—Estamos fuera de lugar en esta fiesta —le digo.

—Obviamente —me contesta. Pero su respuesta trae un *chaser* de tequila que nos va haciendo hueco.

Como que hay un motivo por el cual aquello de sexo, drogas y rock and roll va junto. Ya borracha me pierdo entre la música ensordecedora y uno de los amigos de Lorena me pone el brazo en la cintura como una palanca que me mueve a donde sea. Venga el alcohol, el brazo del amigo, la abstracción de los sentidos, la maravilla de un respiro. Cerrar los ojos contra un aire lleno de humo entre hielo seco y gente que, después de cierta hora, ignora las reglas de no fumar que puso el anfitrión. Sudor, cercanía, expresiones de amor que no significan nada, bailar con los brazos en el aire, vacío en el corazón.

Todo perfecto hasta que el amigo del brazo saca unas rayas blancas y unas pastillas rojas. Eso es ilegal. No tengo ganas de echar mi discurso. Es hora de irme de esta fiesta. Jaime Chico está envuelto en su novia como una sábana y no sabe más de sí mismo, mucho menos de mí. Pido un taxi y, en el asiento de atrás, mi motor encendido está furioso, sobre todo cuando se acuerda de que su destino es llegar a dormir en las sábanas esas que huelen a lo perdido.

El tequila me convence de que saque mi teléfono y llame a Aguch. Son las tres de la mañana, pero me contesta. En el instante en que escucho su voz, alerta, rodeada de una fiesta idéntica a la que acabo de dejar, me muero de pánico. Lo oigo gritón y me oigo medio balbuceante y qué espectáculo más patético querer meterme con el primer hombre que me guiña el ojo. Le digo que no, que me perdone, que todo mal. Se ríe, como un ronroneo. Cuelgo. Se me queda el cuerpo caliente y el vilo. Y el teléfono entre los dedos. Un rato.

Y después de un rato La Bestia me dice que llame a Emiliano. Y llamo a Emiliano. ¿Saben por qué, niños? Porque el tequila es una droga y las drogas destruyen.

Me contesta por instinto, completamente dormido. El taxi da la vuelta sobre el puente de Mixcoac mientras Emiliano hace un esfuerzo por hacerme plática entre sueños. Le cuento de la novia de Jaime Chico, de *Los Goonies* y de *La historia sin fin*. Eso lo despierta. Platicamos todo el trayecto. Me oye pagarle al taxi, me oye subir hacia mi departamento, me oye reírme a carcajadas de todo lo que me susurra.

Oye también a Aguch gritar: "Aquí estoy, María. ¿Ahora qué vas a hacer conmigo?".

Aguch está, con toda su guapura, parado en la puerta de mi casa. Tengo un *flashback* como de caricatura al momento en el estudio en el que le di mi dirección para que me mandara su disco en vinil. Luego lo llamé a las tres de la mañana y ahora aquí está, con el motor no sólo prendido sino haciendo arrancones.

Y en mi oreja, Emiliano:

—¿Quién está ahí? —me dice con una furia callada.

—Un güey que conocí. No sé qué hace aquí —le susurro.

—Yo sí sé.

Aguch camina hacia mí y me saluda con su beso ese largo.

—Bueno, te dejo —dice Emiliano en mi oído.

—No, espérate —pero ya colgó.

Veo bien a Aguch. Trae un sombrero y lentes de sol a medianoche, los pantalones arremangados hasta abajo de las rodillas y un suéter de cuello de tortuga. Sólo alguien con ese cuerpo puede funcionar con esa mente. Se quita los lentes, me levanta las cejas y me echa una sonrisa ganadora. Le brillan los ojos y la delgadez de su barba. Cuando alguien es tan guapo es difícil entender qué más es. Lo meto a mi casa y se sirve lo primero que encuentra, mientras yo le digo que me espere tantito y voy a mi cuarto a seguir haciendo estupideces.

Le mando un mensaje a Emiliano que dice: "Perdón, no tenía idea de que este tipo estaba aquí". Y luego otro "No va a pasar nada". Contengo la respiración mientras aparecen esos puntitos siniestros junto a su nombre. Finalmente contesta: "No importa, María. Está bien". Y luego: "Lo que va a pasar ahí, pasa aquí todos los días". Y que lo diga para molestar no lo hace menos cierto.

No tenía la más mínima intención de hacer nada con Aguch, pero en vista del éxito obtenido, ahora sí que tengo ganas de tocarle espacios que él mismo no sabe que tiene. La Bestia sale de mi cuarto, corre hacia Aguch y se le echa encima.

No he besado a alguien que no sea Emiliano en diez años. Es lo único que puedo pensar cuando me acerco a Aguch, le quito el vaso de las manos, me las aprieta, se inclina sobre mí. Cuando le paso los dedos por la cara, su barba corta se pega a la improbable suavidad de su piel y es como tocar las nubes. Me da un beso en la frente de manera cursilísima, como quien quiere convencerme de que es un hombre serio, a pesar de que se apersonó en mi casa a las tres de la mañana. Yo sólo quiero volver a besarlo, cerrar los ojos y volver a besarlo. Darle la obligación imposible de borrarme la letanía que me susurra La Bestia, sin tregua: *lo que va a pasar ahí, pasa aquí todos los días.*

Todo pasa por comparación, es tan raro tener manos nuevas encima, que de pronto me dan ataques de risa que tengo que suprimir. Un olor nuevo, los dedos delgados, los labios secos. De pronto me corre por la cabeza Alejandra Guzmán cantando "Hacer el amor con otro". Y luego la pinche letanía. Tengo que apagar mi cerebro.

Aguch le echa todas las ganas del mundo, arranca tierno, luego se pone pasional, yo estoy en mi cabeza más que con él, aunque a veces sus ojos me llaman al presente. Me siento poderosa, luego débil, luego otra vez endiosada. Un desastre de contradicciones. Busco un condón. Aguch termina en cinco segundos entre grandes resoplidos y agradecimientos. Luego se da a la tarea de hacer que yo termine. Se le agradece la intención, pero no el método. Va a toda velocidad cambiando de manos a lengua, como un superhéroe mal informado sobre el orgasmo femenino.

Despierto al día siguiente con la cabeza caliente, caliente y el cuerpo frío, frío y el estómago doblado en seis partes desiguales, y el mundo difuso lleno de un sol que me ataca.

Me siento chinche, digo que "nunca más" para mis adentros y para mis afueras, y cuando Aguch me escucha, me dice con una confianza realmente entrañable: "Bueno, me consta que, por lo menos un rato, te la pasaste bien". No me da la cruda ni la gana de dejarle intactas las ilusiones. Me le acerco muy linda, le devuelvo el beso en la frente de la noche y le digo bajito: "Me la pasé bien muchos ratos ayer, pero ése en el que estás pensando, no".

Se pone muy serio.

—¿No?

—No.

Me quedo tranquila pensando que le estoy haciendo un bien, igual se lee una *Cosmo* y mejora un poco su técnica en aras de la siguiente pobre incauta que caiga víctima de su aplastante, aplastante belleza. Aguch me mira, se sacude lo que acaba de oír, un poco como un perro después de que un desconocido le rasca el lomo. Luego declara, poniéndose sus lentes: "Pues me quedas a deber la revancha". Nada puede contra la autoestima de Aguch. Es una maravilla.

Nos despedimos de muchos besos, prometemos llamarnos sabiendo que mentimos. Se va de mi casa y siento como que un peso se me quita de encima. Quiero que todo se me olvide hasta que las sábanas que quito de mi cama para echarlas a la lavadora me sueltan un aroma a Aguch y de golpe matan a La Bestia. La primera vez en diez años que mi cama no huele a Emiliano. Es una fiesta.

Pongo sábanas limpias y en la noche, cuando me acuesto sobre ellas, ahí está otra vez Emi. Es oficial que ese maldito olor a él viene de mí. Pero hubo un segundo de paz, de otro aire, de esfumar a La Bestia. Un segundo que me pongo a perseguir.

12

La Persecución

El tiempo se me vuelve largo y corto a la vez. La semana la paso clavada en trabajar lo más posible, como en fase maniaca, sumo revistas y blogs a mis colaboraciones mensuales, me ahogo en imágenes y letras. Relajo mucho mi disposición general al beneplácito de todo tipo de cine. Me gustan poquísimas de las decenas de películas que veo a la semana. Me entra desprecio por la juventud y todo lo que Hollywood produce para ella, monitos idiotas para infantes idiotas, muerte al *comic book*, etcétera; me entra un aire de superioridad moral frente a las historias de amor, en plan de "¿ustedes qué saben?, mentirosos, facilistas"; se me ahonda mi natural intolerancia a los artistas pretenciosos y sus paleros, "tomas de veinte minutos ¿quién te crees?, mamón del mal". Cuando algo me gusta, generalmente un *thriller* nórdico de terror, lleno mis elogios exagerados de fatalismo, "nadie verá está película porque el público informado ha muerto". Por lo menos he dejado de sufrir de falta de opinión. Me sobran opiniones, en general contundentes, cabronas y a veces simplemente injustas. Mi cuenta de banco lo agradece: la furia anti-casi-todo me consigue trabajo en publicaciones que nunca me habían hecho ningún caso, comprobando mis peores sospechas de que la amargura y el desdén adolescente son un combo de lo más ganador en un crítico. Hasta ahí la chamba.

Los fines de semana son bipolares porque en unas horas van de la inocencia pura al deschongue franco. Las dos cosas convergen en la inmadurez básica que me permite andar por el mundo en los últimos tiempos. Los días de sábado son con los sobrinos raros y los amigos que han ido sumando a nuestro plan (no sé cómo pero el sábado pasado había ocho niños en El Pantallón); son sábados de películas de infancia, la suya y la mía, como viajes al pasado que se prestan al escape: *La Guerra de las Galaxias, E. T., El Rey León, Willy Wonka* de los setenta, *El mago de Oz*. Un día Vero insiste en ver *Nosotros los Nobles*, y se revuelca de risa el resto de la tarde, mientras Tito enfurece. La semana siguiente, porque un amigo de Tito no para de llorar, claudico y les pongo *Indiana Jones*. Me encanta que lleguen, con sus almas recién estrenadas a sorprenderse con lo evidente y a sorprenderme con lo que yo nunca había notado.

Las noches de sábado son de Persecución, ando en pos de esos segundos de sábanas sin recuerdo. Fiestas y extraños. Viajes al futuro donde el olor de Emiliano ha dejado de existir. Almas más traqueteadas, pero también funcionales para aquello del escape.

El sexo casual no es lo mío, pero como ando en plan de encontrar qué sí es lo mío, caigo ahí. Me sorprende lo fácil que es. Empiezo saliendo con Paloma, con Roberta, luego con los amigos de Paloma, luego con los amigos de Roberta, luego con los amigos lejanos de esos amigos. Salgo con Salvador, el de la oficina; luego con sus primos, luego con los amigos de sus primos. Es fácil encontrar gente de fiesta, es facilísimo hacer amigos mientras no sean de verdad. Y nunca falta a quién traer de regreso conmigo a La Caja Gris al final del esfuerzo. Todo sea por no pensar. A veces reintegro a Aguch a la rotación, le voy descubriendo atributos a veces entrañables, a veces abyectos debajo de la piel, pero generalmente nos quedamos encima de ella porque es piel de buenísima calidad. Además de que yo me he salido de mi cabeza y él se ha leído su *Cosmo* y no hemos vuelto a tener ningún problema con eso. Quizá, si yo tuviera otra edad y el recuerdo inalcanzable del amor atacándome de más lejos, me daría por decidir que estoy enamorada de él, del mismo modo en que Roberta decide que está enamorada de todos. Es fácil confundir cercanía y comodidad con amor, pero no cuando uno tiene el coeficiente sentimental ocupado con la obsesión de algo que se le perdió.

Tengo el corazón roto. Y tener el corazón roto es como andar borracho, pero como borracho de dos copas de vino, o sea, desinhibido, medio impertinente, pero no súper atento al hecho de que uno está borracho. Con la sensación de que no hay nada que perder porque si uno sobrevive a esto, podrá sobrevivir a lo que sea. Y aquí anda, sobreviviendo, así que todo bien. Si a ese estado de borrachez espiritual se le agregan unos tragos de verdad, la cosa se pone guapa con todo: se pierde el miedo a las formas sociales, se le habla a desconocidos como si fueran hermanos, se liga con hombres inapropiados y con Aguch (que está en su propia liga).

—Yo sólo quiero ver si sacas el olor de mi exnovio de aquí —les digo casi a todos en algún momento de la noche. Unos se ríen, otros pretenden que no oyen, uno se sintió con razón y se fue con su camiseta hecha bolas entre los brazos. Yo lo digo por borracha, de broma, en serio. Lo digo porque es la verdad, aunque haya más verdades involucradas.

Incluso los diez años que pasé tocando sólo a Emiliano, los pasé también pensando en qué se sentiría tocar a todos los demás. La mayoría de las veces sin *ganas* de tocarlos en la realidad, todas las veces sin *intención* de tocarlos en la realidad. Es solamente cómo está cableado mi cerebro (y sospecho que el de la mayoría de la gente). Desde la edad en que entendí que la gente se tocaba, lo primero que acude a mi —si quieren perversa— cabeza cuando veo a alguien en edad de ser tocado, es qué tendrán bajo la ropa y qué les gustará hacer con lo que sea que tengan. Me pregunté que se sentiría tocar a mi maestro de filosofía que pesaba 150 kilos; me pregunté qué se sentiría tocar a su delgadísima mujer; me pregunté qué se sentiría tocar a varios amigos de mi papá y a todos los cineastas y actores a los que he entrevistado en mi vida. Me pregunté por todos los novios de mis amigas, hasta por Pancho, a quien imaginé con asco como lo más cercano al incesto. Es un reflejo mental, un segundo de imaginación perversa que muy pocas veces tiene resultados placenteros. El carnicero que mata con humanidad, por ejemplo, tiene las manos largas, llenas de callos, y los dientes de junto a los colmillos separados y negros; no es precisamente la estampa del deseo. De todos modos a veces cuando lo veo me imagino si sus manos sobre mi cintura estarían tan ásperas como se ven sobre su cuchillo. Me pregunto si la negrura de sus dientes es algo que se puede probar con la lengua, o si sorprendería con un aliento dulce entre los labios. En el otro extremo, veo a Aguch y no peleo con la pregunta inmediata de mi imaginación: su barba entre mis muslos ¿daría cosquillas o sería tan aterciopelada como cuando lo saludo de beso? En fin, puros ataques mentales que uno no querría comprobar, pero no puede evitar. Es un instinto que empezó al día siguiente de la primera vez que toqué a Jaime Chico y no se me ha quitado en un solo encuentro, casual, amistoso o profesional.

Lo que sí me resulta profundamente nuevo es la posibilidad de comprobar mis imaginerías. Las manos del primer bartender que llevo a mi casa, después de Aguch, se sienten exactamente igual de húmedas que como me las imaginé cuando lo vi servirme mi primer mezcal, pero en un giro inesperado están tibias. Sus labios, gruesos como esponjas, son firmes y fríos. Huele a cáscaras de limón y sabe a azúcar mojada. Idéntico y completamente distinto a lo que hubiera pensado. La semana siguiente me imagino que la barba hípster del fotógrafo de cine que se sienta junto a mí en la barra de la cervecería se sentirá gruesa como un bosque entre mis dientes, esa parte es completamente cierta; pero su cuerpo delgado es mucho más suave de lo que mi cabeza había diagnosticado antes de sentirlo entre mis brazos; su aliento igual de amargo; sus muslos mucho más pálidos, cubiertos de pelo casi rubio cuando su antes mencionada barba es negra como el carbón. Está lleno de sorpresas. Todos están llenos de sorpresas. Buenas y malas, a veces al mismo tiempo. También sus grados de conocimiento sorprenden. A veces el más guapo y mujeriego de los hombres sabe, como uno esperaría, intuir sólo con verte dónde tocarte con mejores resultados. A veces los más agresivos pierden toda su bravuconería y se abrazan a ti en un rincón de la cama sin saber qué paso seguir, como adolescentes vírgenes. A veces los más dulces dicen las cosas más sucias y una inesperada cantidad intercambia el "buenas noches" por un "te quiero" falso e innecesario.

Cada uno tiene sus cosas. Cada uno es gente que, vista más de cerca, si estuviera en la cama de la persona correcta, podría quedarse para siempre. Yo no soy la persona correcta. Habrá manuales de psicología pop que digan que es porque ando en plan Perseguido, sin capacidad de abrir las puertas de mi corazón y así. Pero yo creo que más bien estoy comprobando lo difícil que es toparse con alguien que se vaya quedando sin que te des cuenta. No sé. No tengo suficiente experiencia con estas cosas como para saber. Lo claro es que en La Persecución ninguno de los cuerpos que toco se sienten míos, a ninguno lo extraño cuando se va, pero a todos les agradezco el instante de cercanía. Unos son muy simpáticos, unos son muy buenos, unos son unos cabrones, todos andan medio heridos y, como yo ando partida en dos, nos hacemos bien.

A veces, casi siempre, sólo los toco por contraste, comparándolos con la familiaridad del cuerpo de antes, comprobando que no se me olvida. Otras veces, las mejores, me llenan la

159

piel y la sonrisa al mismo tiempo y los siento entre los dedos el resto del día, mientras transcribo la entrevista de algún actor, o mientras manejo entre luces rojas y mentes desesperadas en el tráfico de la ciudad, o mientras caliento las sobras de cena que me como pensando en ellos, en la parte de ellos que será siempre mía y cuya conexión con el resto de sus partes, las verdaderas, las de todos los días, no tiene que preocuparme.

Para recuperarme de esos sábados de escape, paso los domingos de cruda física y a veces moral en casa de mi mamá. Son domingos de no dar explicaciones, de freír cebolla y batir huevos con azúcar y platicar en la mesa de la cocina hasta que se hace de noche a nuestro alrededor y me dejo apapachar a oscuras, mientras mi mamá me cuenta de las cosas importantes que ve en el mundo. Así voy sumando horas y días hasta que volteo y han pasado dos meses, luego cinco, luego siete. Mi nueva rutina es medianamente indigna de mi edad, pero por lo menos ha funcionado para acribillar a La Bestia. Ese Emiliano etéreo, que no me dejaba saber quién soy, se va muriendo, ayudado por la cantidad inapropiada de contacto que me empeño en tener con el de verdad. Porque, claro, no he mencionado la parte más torpe de La Persecución: llamo a Emiliano sin vergüenza ni control. Sin tregua. Ni para él ni para mí.

La nueva rutina de nuestro trato empieza dos días después de que Emi escucha a Aguch llegar a mi casa y me manda ese mensaje siniestro que a veces me retumba junto a la imagen de Marina, lisa y desnuda, sobre él: "eso pasa aquí todos los días". Ninguno de los dos vuelve a mencionar ninguna de las dos cosas. Decidimos "ser amigos". Y así se abre una nueva brecha de distancia marcada por la simulación. Intercambios tiesos en lo que nos contamos cómo va todo, sin contarnos un ápice de cómo va realmente.

Lo llamo en uno de tres planes:

1. Plan de exnovia cabrona: generalmente cuando hay otro hombre en mi casa, o cuando entrevisté a alguien que él admira y nos caímos bien, o cuando siento que tengo algo con qué molestarlo y adelantarle unos metros a la carrera de quién está mejor que el otro. Él tiene con qué contraatacar porque su vida va en ascenso, está cumpliendo su sueño de autor cinematográfico, etcétera. Se está preparando para filmar, está tratando de cerrar el trato con algún actor, o decidiendo entre dos buenas opciones que han hecho algo impresionante en una audición. Después de dos o tres minutos de eso, colgamos y me queda una zozobra hueca que me dura hasta que la lleno con el cuerpo de alguien más.

2. Plan de exnovia cargante: cuando despierto con un hoyo en el estómago y otra vez no sé quién soy sin él y lo necesito. Estas llamadas generalmente empiezan conmigo hablando muy bajito, están llenas de *te extraños*, siempre correspondidos; de *te quieros* que lo mismo; de *quiero vertes* donde la respuesta de él siempre es vaga y se me encaja hasta hacerme sentir tan estúpida y tan sola que cuelgo y llamo a Roberta para que me recuerde por qué siempre lo ha odiado.

3. Plan de hermana: a veces simplemente extraño a mi mejor amigo. A veces tengo algo que decirle, algo que entenderá mejor que nadie. A veces me acuerdo de que antes que mi exnovio, Emiliano fue mi familia. A veces veo algo en la calle que me recuerda algo inocente que sé que le daría risa inocente. A veces sé que uno de mis perseguidos ha sido un gravísimo error y me gustaría contárselo para que me consuele. A veces simplemente quiero acordarme de que alguna vez tuve una interacción normal con este ente con el que ahora no tengo más que intercambios llenos de silencios tristes. A veces estas llamadas funcionan. Emiliano me cuenta de Pancho, yo le cuento de mi mamá, nos tranquilizamos con la certeza de que siga existiendo en el mundo alguien a quien no hay que darle demasiadas explicaciones. Hablamos de cine, de los

niños, de la gente que ha ido conociendo, de las dudas que ha ido teniendo. Son llamadas fáciles, a veces eufóricas, que terminan con la convicción de que hemos aprendido a convivir después de un horrible naufragio, que pasan con cada vez menos frecuencia, que se olvidan en el instante en que tenemos cualquiera de las otras.

El problema, claro, es que el plan en el que estoy cuando lo llamo es desconocido para él, a veces incluso para mí. Y él, para agregarle complicación al asunto, también tiene distintos planes en los que contestar:

1. Plan de exnovio indiferente: que está trabajando, o jugando, o en general con la cabeza puesta en otro lado, un lado mejor en donde no hay pasados molestos.

2. Plan de exnovio confundido: que se pone celoso y taciturno, que me cuenta de la rubita por joder, que declara su amor incondicional un segundo y al siguiente cuelga sin decir adiós.

3. Plan de conocido equis: que te saluda como si no hubiera pensado en ti en mil años, pero le da gusto que le hables. Que te explica cosas de su familia como si no la hubieras visto nunca, o te cuenta como novedades cosas de sí mismo que tú le hiciste notar a él por primera vez. Que te hace sentir loca por actuar como que alguna vez lo conociste mejor que nadie.

Nunca se sabe qué plan mío se topará con qué plan de él. Hay combinaciones particularmente desastrosas, por ejemplo exnovia cabrona con conocido equis; exnovia cargante con exnovio indiferente; exnovia cargante con exnovio confundido (uno creería que son compatibles, pero en realidad sólo dejan dolor en el aire); y el peor de peores: hermana que llama a su familia y le contesta su conocido equis. Esa combinación da más rabia y más desolación que ninguna.

Lo único claro es que los resultados de nuestro contacto se hacen más y más ruinosos. Y mi reacción, por un motivo de masoquismo/negación/cabronería/necedad/etcétera, es seguir tratando. Lo llamo cada vez más, sobre todo cuando empieza a dejar de contestarme. Una parte irracional de mi cerebro (una parte que no había conocido antes de Cuando Terminó y que aparece con cada vez más insoportable frecuencia) toma las riendas de mis dedos cada dos o tres días y lo llama en los peores momentos, con ahínco que se incrementa en proporción directa a su hartazgo.

Y con eso nace un cuarto plan de llamada, que dura poco pero es francamente espantoso: Plan de mamá regañona. Ah, ¿cómo?, ¿este cabrón cree que puede no contestarme? ¿Cree que puede simplemente estar harto de mí? Tras todo lo que he hecho por él, ¿ahora qué? ¿Cree que se puede hacer el que no me conoce? De ninguna manera.

Hacia el final de La Persecución, Paloma empieza a verme de lado y no necesito que me explique por qué. Sé sin que me lo diga que ya le da pena ajena mi incapacidad para superar a mi exnovio. Sé sin que me lo diga que piensa que eso de andar de fiesta a nuestra edad ya qué oso: que okay que Emiliano y yo nos saltamos la época de andar de fiesta por andar de amor, pero ni modo y que él no anda llevándose a su casa lo primero que encuentra. Sé, sin que me lo diga, que le cae bien Marina, porque es su nueva concuña y así nos hicimos amigas nosotras, y Paloma es un encanto que no puede remediar ser encantadora. Aunque en nombre de la amistad hace su mejor esfuerzo por convencerme de que no han convivido y que le parece un poco mamona y un poco nefasta. Cuando habla de ella le sale la verdad por los hombros porque aprendió en su escuela de monjas a decir mentiras muy derechita, así que cada vez que estira la espalda y saca los pechos se prepara uno para oírla decir patrañas. Poco a poco me va diciendo de todo sin decírmelo. Marina odia que Emiliano hable conmigo. No me importa. Pancho siente que estoy injustificadamente aferrada al pasado. No me importa. Emiliano ha empezado a contestarme sólo por culpa. No. Me. Importa.

Hasta que llevo una semana llamándolo todo los días sin respuesta, como poseída, sabiendo que con cada llamada me alejo más y más. Al final de esa semana Paloma se sienta frente a mí con una taza de té y los ojos muy abiertos.

—Tienes que dejar de hablarle a Emiliano.

—Ya sé —me río.

—Ya es patético, Mari.

—Ya sé —me sigo riendo. Porque sí lo sé. Pero al mismo tiempo esa parte nueva e irracional de mi cerebro se ha vuelto cada vez más participativa y ha creado toda clase de argumentos—. Más patético querer hablar con él y aguantarme como si tuviera trece años y estuviera llamando al niño que me gusta y no treinta, llamando a un tipo que lleva diez siendo mi referencia.

Me sigo en una diatriba de patadas de ahogado durante la cual Paloma simplemente mueve la cabeza de un lado para otro.

—¿Qué quieres? ¿Quieres volver con él?

—Sí —digo como por reflejo.

—¿Por qué?

Ya no sé. Ya no sé por qué terminamos ni por qué debemos estar juntos, ni por qué lo necesito así. Sólo sé que me falta un pedazo que nadie llena, sólo sé que ando de borracha espiritual, sólo sé que ese maldito olor a Emiliano sale de mí y ya me cansé de estar llena y vacía de él al mismo tiempo.

—Mari. Terminaron por algo —Paloma ha empezado a hablarme como un paciente del psiquiátrico.

—¿No crees que sólo nos hacía falta una pausa? ¿Que estuvimos tanto tiempo juntos que nos hacía falta separarnos para volver a estar juntos?

—No.

—¿No?

Lo dice con tal contundencia que me echa pa' atrás.

—No se hacen bien. Él ya aceptó eso.

Y aunque ésa es la cosa que me ha dicho mil veces sin decírmela, me cae como patada de mula: semejante, evidente, verdad. Y remata con ésta:

—Mari, neta, ponte en su lugar.

Ése es el problema, que me pongo en su lugar y no entiendo, no entiendo cómo puede estar sin mi. Mi Emiliano no podía. No entiendo cuál es éste que sí puede. Me hace sentir como que no lo conozco y me obsesiona no conocer de pronto a la persona que conocí y a quien dejé conocerme hasta las puertas del infierno. Claro que quizá yo tampoco soy la María que él conoció. La que él conoció no tendría esta ansia de reconocerlo. En esa revolución ando, cuando los ojotes de piedad mezclada con penita ajena que tiene Paloma clavados en mí me comprueban lo que he ido sabiendo cada vez más, con cada llamada dispar: ese Emiliano que anda por el mundo, no es el mío, es uno nuevo, uno que no conozco.

Lo llamo por última vez para contarle. *¿Cómo ves Emiliano, que ya no existes? Que ya no existimos. Qué tristeza, ¿no?* No me contesta. Porque ya no es ése al que podía contarle mis tristezas.

Entonces dejo de llamar por fin. No tiene caso llamar sin tregua a un desconocido.

13

El fantasma y el show

No hay etapa de destejer todo lo tejido, sólo de echar las puntadas a un cajón lleno de polilla. Simplemente se acaba el contacto.

Dejar de hablar con quien alguna vez fue tu familia se verá como un acto de barbarie en el futuro. Es una de esas evoluciones que el hombre no ha terminado de completar. Las relaciones románticas que se terminan son relaciones muy íntimas, no sólo porque pasan por el cuerpo sino porque pasan por el conocimiento profundo del alma. Llega un momento, ese momento en el que la confianza da asco, y uno se corta las uñas de los pies frente a otro ser humano, que se alcanza solamente con la familia de verdad. Son vínculos que no deberían romperse con nada y que a veces ni siquiera pasan por la familia de verdad. Nunca me cortaría las uñas de los pies frente a mi papá, por ejemplo. Pero frente a Emiliano he hecho cosas mucho peores. Con todo, separar de tajo una relación de pareja es lo normal. No está bien eso. Cuando has llorado tus frustraciones en la entrepierna de otra persona, es un desperdicio que se valga que esa persona te deje de saludar por la calle. Lo compartido debería celebrarse en vez de dejarse atrás. *¡Qué maravilla esos cinco minutos en los que nos conocimos* *mejor que nadie! ¿No te parece? ¡Qué maravilla ese segundo en el que éramos lo único que existía sobre las estrellas del otro!* Debería haber reuniones anuales, como las reuniones de la secundaria en donde los exnovios se junten a recordarse lo importante que fueron en la vida del otro.

En fin. Ya llegará la sociedad a esa conclusión tan evidente, pero mientras llega yo tendré que aguantarme mis ataques de síndrome de abstinencia, suprimir ese milímetro de corteza cerebral que insistía en marcar el número de Emiliano y paliarme la soledad con trabajo. Incluso si no ayuda.

Uno de mis nuevos chambismos es escribir para un blog dedicado a la nostalgia de los años ochenta y noventa (enterarme de su existencia me hizo sentir acompañada: aparentemente casi todos los adultos de mi edad que pueden darse ese lujo viven añorando su infancia). Las pelis del cineclub me dan la mayoría de los artículos, pero me piden uno sobre televisión y nostalgia y no lo puedo resistir. Me receto maratones de *Los años maravillosos*, *Dawson's Creek*, *Friends*. En esos shows todo el mundo conoce a las personas de su vida muy temprano y se quedan siendo las personas de su vida para siempre. Winnie Cooper, la vecina de al lado, la que formó todo en el niño Kevin. Joey Potter, la niña del otro lado de la laguna, que dormía en la cama de Dawson, sin que se le ocurriera tocarlo. Ross y Rachael que no se dejan ir ni a jalones. Pura nostalgia. En esos shows nadie *emilianea* y deja de contestar el teléfono por más de dos capítulos consecutivos. Ya sé que no es la realidad. Es claro que la permanencia de la gente en un programa de televisión es un problema de casting y no de verosimilitud, ni modo de botar a un actor a la mitad de su contrato porque, en general, la gente termina y no se vuelve a hablar. No. Hay que escribir un capítulo en el que Winnie Cooper le jura amistad eterna a Kevin y se la cumple. ¿Será que veo en estos shows realidades tan entrañables porque creo que Emiliano debería seguir siendo mi familia? ¿O más bien creo eso porque estos shows me programaron desde niña a que la felicidad debe venir de una persona con la que uno mantiene una relación tortuosa pero enternecedora desde el primer momento de su existencia? ¿Me enamoré de Emiliano porque era él, o porque encajaba en una cierta narrativa que sentí como destinada al Globo de Oro? Da igual. La cosa es que el director de casting de mi show se aburrió de Emiliano y lo echó del programa. ¿O más bien será que se aburrió de mí y me echó a mí del programa?

¿Será que el protagonista del programa es Emiliano? Sus guionistas están con todo esta temporada, con la novia nueva que es actriz del trabajo nuevo y la exnovia loca. Si éste es el show de Emiliano, yo no puedo ya ni ser audiencia, así que más me vale concentrarme en el mío.

En aras de subir mis ratings, acepto que Aguch reaparezca en mi horizonte y me lleve a una de las —me informa, legendarias— fiestas de Inés Aguirre.

Inés heredó la casa de su abuela en una zona de Las Lomas abandonada por los ricos, pero para siempre impresionante. Aguch me recoge con el tiempo justo para que a la medianoche crucemos un jardín gigantesco y penumbroso hasta llegar a la casa. Su fachada sesentera está presidida por una fuente seca y una hiedra que crece sobre el ventanal de la entrada, como en un set abandonado de *La pobre señorita Limantour*. Adentro, en el piso de la sala, sobre una alfombra blanquísima y mantas de *cashmere*, están sentados en círculo: Inés, su marido y una rotonda de gente imposible de describir como un colectivo unificado. Uno no entiende cómo llegó a juntarse este grupo de gente, salvo cuando nota la cosa fundamental que tienen en común: se sienten impresionantes bajo la luz tenue de la chimenea. Desde que pongo pie en la alfombra, de la mano de Aguch, quien me enternece tratando de quitarme los zapatos con aires de performance, me ataca la sensación de que esa fiesta casual es un esfuerzo, un esfuerzo que esta gente hace quizá todos los días por convertirse en la versión de sí mismos que vieron en alguna película. Todos aquí estamos tratando de hacer nuestro show más interesante. Quisiera huir, pero ya me caí a la madriguera y no hay tracción en las paredes que me permita volver a trepar hacia la luz. Además, ¿quién sabe? A veces lo que hay al final de la caída sorprende para bien.

Todos los invitados de Inés están sentados en el suelo bebiendo vino y escuchando música suave mezclada con rap de DJ Jazz que escuchan —me informan— de manera irónica. Dos o tres documentan para Twitter, Instagram y Snapchat toda ocurrencia de la concurrencia, medianamente seguros de que están dejando documentos de artistas de salón dignos de *Vanity Fair*, en plan Frida, Siqueiros y demás. Aguch me presenta con el círculo: dos fotógrafos, dos DJ, Inés que es música, su marido que es su ingeniero de sonido, tres actores/escritores, una directora de cine a la que entrevisté hace algunos años, un editor de sonido que es el hombre más guapo que he visto de cerca (y eso que Aguch está sentado junto a mi cuello) y al final su novia que es banquera. La amo por ser el error semántico de la reunión (¿quizá junto conmigo?). Me detengo a platicar con la hermana de Inés, una de las actrices-escritoras-estudiantes de literatura. Es delgadísima y va vestida con un traje de hombre y zapatos Oxford sin calcetines. Preciosa, el tipo de mujer con la que se sueña ser. Está envuelta como en una estola bajo el brazo de su marido, igual de delgado que ella, con una playera en V cuyo escote casi toca su ombligo. Pregunto de quién es la casa y me entero de la historia de la abuela, que se la heredó a Inés y a su hermana para que "la vivieran al máximo". Hasta donde entiendo, las hermanas interpretaron semejante instrucción viviendo en la casa con más de la mitad de los presentes, como en comuna. Hablamos de cine y de libros y de música, nos bebemos la extensa cava del abuelo y ellos se fuman toda clase de cosas que me pasan por enfrente, mientras Aguch —que ya me tiene vista— las rechaza en mi nombre diciendo que yo no creo en las drogas ilegales. No creo en ellas. Como si fueran Santa Claus.

A las dos horas de convivencia no me he fumado nada pero ya me bebí todo, sobre todo el Kool Aid de esta reunión y estoy hablando *ex cathedra* sobre Kant y Leibniz y el resto de los filósofos que mi exnovio dejó en mis repisas. Me recargo sobre la mesa de centro que el marido de Inés construyó usando viejos discos de vinil, y ella me acaricia el pelo hasta desenredarlo sobre un LP de Timbiriche. Hay polvo y decadencia por todos lados. En algún momento me pregunto de dónde saca dinero esta gente, ¿todos tendrán una abuela con herencia? Inés gana dinero con su música, pero junto a ella está sentado Tinas que acaba de llegar y me cuenta que es ilustrador sin contarme de qué y yo siento que eso no puede ser una vocación muy lucrativa. Cuando me preguntan qué hago yo, digo que soy crítica de cine y que —no sé de dónde me sale esto— tengo un cineclub para niños. Eso segundo les encanta y a mí también. Paso toda la noche bebiendo vino que sabe caro, mientras tengo conversaciones que se sienten profundas, pero quizá son sólo borrachas. Encabezo una animada discusión sobre el estado del feminismo mundial que le daría gusto a mi mamá. Y de ahí nos seguimos en caída libre, mitad argumentos, mitad pretensión hasta que quedamos pocos neceando con arreglar el mundo, el país, Hollywood. Aguch me escucha con una atención feroz, dobla la pierna y se desdobla sobre mí. Sin importar de qué esté hablando, sobre todo si digo alguna estupidez, Aguch está puesto en plan seducción. Me doy cuenta de que no he pensado en el innombrable en casi tres horas (récord), cuando de pronto tengo un flashback a las noches de fiesta en la casa chica de los Cervera. Paloma, Pancho, Emiliano y yo conviviendo hasta amanecer, hablando de nada. La diferencia radical es que en esas noches me sentía rodeada de cariño, de amistad, de beber para prolongar la euforia, no para provocarla. En este círculo me siento

rodeada de la más absoluta —si bien intencionada— soledad. Gente que se ha impuesto el deber de ser interesante sin
preguntarse para quién. Todos han visto más mundo que yo,
pero en general hablan de él con condescendencia. Si el tape-
te blanco carísimo sobre el que estamos sentados de pronto
volara, nadie se daría cuenta porque estaríamos demasiado pre-
ocupados por impresionar, como para notar algo realmente
impresionante. Todos aquí andan de Persecución.

Y yo aquí sentada junto a ellos, probando a ver quién soy,
peor que el más perdido. Les río sus chistes a carcajadas, en-
sayando una desconexión como de muerto viviente. Siento
cómo me río y me río, con una risa hueca que desde fuera
debe verse como felicidad. Supongo que somos la imagen de
lo que un adolescente se imaginaría como un grupo de adultos impresionantes, artistas de pelo lacio, mujeres vestidas de
hombres, hombres de suéteres delicados y pies descalzos que
te besan el cuello, mientras te sirven vino y te elogian el alma
a rabiar sin conocerte de nada. "Noto que eres una princesa",
me dice uno, "una princesa guerrera." Yo vuelvo a reírme y a
recargarme en Aguch que me abraza orgulloso de estar con *la
princesa guerrera.*

A buena hora, la hermana de Inés y su marido se levantan,
cada uno toma la mano de dos miembros del sexo opuesto y
se meten por separado a cuartos distintos.

"Es noche de prestado", me dice Aguch. *Lo que le faltaba al
evento,* pienso. "Pero no te preocupes, tú vas a ser nada más
mía", sigue Aguch. *Quiero irme a dormir*, pienso.

Nos vamos quedando solos, Inés se va a uno de los cuartos
seguida de su marido y Tinas, que va de su mano. En algún
momento me estiro como gato sobre la alfombra y Aguch se
enreda en mí. Pero no nos tocamos más. Mi cabeza se acomoda lejos, lejos de él, en un lugar seguro y feliz, de texturas
familiares. Siento sus brazos como si fueran los de un oso de
peluche suave como esos que tiene Paloma en su cama, traí-
dos de esa tienda en Nueva York donde Tom Hanks brincó

en el piano. Estoy en una burbuja cálida, me duermo con una sonrisa.

Al día siguiente, la mañana está azul y recién llegada. Despierto entre humo, siento el calor de alguien junto a mí, estiro la mano para tocarlo, sólo rasco el aire. No hay nadie ahí. Me levanto sola. Aguch duerme en el sillón de la inmensa sala, a veinte metros de distancia. ¿A quién buscaba mi brazo? A nadie. A un fantasma. Me da gusto estar sola. No quiero más perseguidos.

—Ayer fui como 46 personas distintas —le cuento al fantasma—, unas me cayeron mejor que otras.

El fantasma no me contesta. Na' más camina junto a mí por el jardín frío hacia la puerta, sin estorbar.

—Estoy sola —le cuento al fantasma, que tiene algo de Emi, pero no es él de verdad. A él ya no lo quiero cerca. Creo que por fin me pasó el tiempo. Perdí las ansias. Olvidé a La Bestia. He agregado capítulos interesantes a mi show, pero ya es hora de volver a la programación regular.

Ya me cansé de andarme buscando. Por ahí ando. Ya apareceré.

14

Hace dos meses salí de mi casa y noté que había una estampita del INEGI en mi puerta. *Censada.* "Gobierno mentiroso", escuché a mi mamá decir en mi cabeza. Nadie pasó por mi casa a censarme. Nadie sabe cuánta gente vive aquí y si es dueña de la casa o no. Estado civil: soltera, en Persecución. Número de habitantes: vivimos aquí, yo, a veces La Bestia, todavía no llegaba el fantasma. ¿Como cuántos contamos? Nada de eso me lo vino a preguntar nadie. Sin embargo, ahí estaba mi estampita de *censada.* Me sentí excluida de la métrica nacional y, con enorme dificultad, lo olvidé por completo a los tres minutos.

Hoy, martes, amanezco con culpa en el estómago y me tardo en entender por qué. No he hecho nada en las últimas semanas que deba darme culpa o ansiedad, de hecho hace tres días volví a comer espinacas, o sea, que ando muy orgullosa. Pero entonces me acuerdo de dónde me viene la culpa: hace dos meses, desde la estampita, que no veo a Roberta. La semana pasada me dejó un mensaje amorosísimo diciéndome que le urgía hablar conmigo y no he sido para contestarle. Lo bueno de las amistades largas es que es difícil que el tiempo les pase por encima. A pesar de todo —y ha sido mucho el todo— entre Roberta y yo hay intimidad fraguada a tal yelmo que basta con tocar la puerta con cara de "ya vine" para que, sin importar el tiempo, nos queramos como las hermanas en las que nos convertimos hace muchísimos más años de los que queremos acordarnos. Le mando un mensaje, pero no se iluminan las palomitas del chat, así que antes de ir a la oficina paso por su casa.

—Soy tu amiga malagradecida y desaparecida, ¿ahí estás? —grito pegada al timbre. Pasa un ratito hasta que oigo unos pasotes acercarse a la puerta. Me sorprende que al abrirse me recibe un tipo: alto, panzón, con cara de buena persona.

—¿Eres María, verdad? —me dice. Y me da un abrazo de lo más pachón y agradable.

No es tan raro que Roberta de pronto tenga un tipo abriendo su puerta, lo que es raro es que él sepa quién soy y sea un encanto. Y más raro que detrás de él venga ella, con una sonrisa beatífica en la cara y me salude sin soltarle la mano.

—Te presento al INEGI —dice—, INEGI, María.

Me acuerdo de pronto de que en los últimos meses de repente Roberta me ha mandado dos o tres mensajes que dicen que va con el INEGI a algún lado, pero pensé que me hablaba del órgano gubernamental, que estaba haciendo alguna investigación con ellos, que era un asunto de trabajo. Pero no. Me hablaba de este sujeto apacible y buenazo que ahora me sirve café, mientras se le abre la bata y no le importa. Me cuentan cómo es que acabó aquí y me entero de que este muchacho es también la explicación de la estampita de mi puerta. El INEGI se apoda así porque trabaja haciendo encuestas para ellos. Conoció a Roberta cuando tocó el timbre en su calidad de empleado del INEGI y le preguntó cuántos años tenía, su religión, su escolaridad, su nivel socioeconómico. Luego, viendo a su sujeto directo a los ojos, mostró devoción particular por la pregunta aquella de: "estado civil". Roberta no perdió el tiempo y rápidamente lo invitó a pasar por el proverbial cafecito, tacita de azúcar, limonada. Sobra decir que los datos del resto del día no fueron recolectados. Tras varias horas de "encierro y sexo salvaje", citando palabras del INEGI mismo, palabras que Roberta le ríe mientras me sirve leche y besa su cuello peludito, los recién enamorados (porque eso estaban para el final de día) terminaron la jornada corriendo por el edificio, y luego por la colonia, pegando estampas de censado en todas las puertas que el INEGI se saltó. Los datos poblacionales de la San Pedro de los Pinos tienen un hueco que marca el día que su censista (¿censador?) se perdió en los pechos de Roberta de una vez y para siempre.

Me encanta la historia del INEGI. Me encanta la euforia con que los dos la cuentan atropellándose y luego se piden perdón por interrumpirse. Me encanta Roberta con la cara chapeada y el pelo revuelto, dejándose consentir por un tipo que la tiene en un estado de euforia que no le he visto desde antes de la pubertad.

⌁

El siguiente sábado, a las ocho de la madrugada, me despierta Roberta llamando por tercera vez para sacarme de la calidez almidonada de mi almohada.

—En nombre de nuestra amistad, María, te voy a pedir una cosa.

—No.

—Ven hoy a Xochimilco conmigo, con el INEGI y con otros amigos.

—No.

—Te vemos ahí a las doce para subirnos a la trajinera a la una.

—No.

—Okay. Hasta el ratito.

—Okay.

Nada me da más flojera en el mundo que pararme, bañarme, plantar a los niños y a Jaime Chico, subirme al Metrobús

177

hasta donde termina y de ahí a un taxi que me deposite en Xochimilco. Pero me atacó con eso de que "en nombre de nuestra amistad". Además Roberta está enamorada y me ha aguantado a mí con mi desenamoramiento insoportable y lo menos que puedo hacer es el esfuerzo de pasar tiempo con el INEGI. Así que ni modo, me arrastro hasta las trajineras. Así es el amor.

Cuando voy por la penúltima parada del Metrobús me llegan dos mensajes de Roberta: "Porfa puedes pasar por Bodega Alianza y comprarte unos cuatro o cinco Trajikits". Y luego: "Te los pago acá".

Adquiriendo olor a santa, paso por los famosos Trajikits. Aprendo que consisten en tres caguamas, cinco bolsas de papas surtidas, dos Big Colas y una patona de Bacardi Blanco. Con la compra de más de dos, te viene de regalo una bolsa de hielo. En fin, todo lo que Bodega Alianza considera necesario para sobrevivir embarcado en una trajinera.

Cargada de mala comida y mal alcohol, mi taxi me deja en Xochimilco encajándome un cuentón que reduzco regalándole al amable taxista dos de las caguamas. Cargar cuatro Trajikits se dice más fácil de lo que se hace. No veo nada mientras camino al embarcadero y cuando cruzo el estacionamiento casi me atropella un coche, con cuya reversa su dueño está librando un pleito a muerte. Cuando los Trajikits ruedan por el suelo y el interfecto se baja a preguntarme si estoy bien, se me ilumina la cara de reconocer a nada menos que al mismísimo José Miguel.

—¿Qué haces por acá? —le pregunto mientras me pide perdón en mil tonos y me ayuda a restablecer la integridad de los kits con un cuidado que conmueve.

—Me habló mi amigo Pedro en la mañana, que viniera muy urgente. ¿Tú?

—Me habló mi amiga Roberta que lo mismo.

—Ah, pus Roberta es la novia de Pedro.

—¿El INEGI se llama Pedro?

—¿Le dicen el INEGI a Pedro?

Le cuento la historia que Pedro no le había contado. Se ruboriza con lo del "sexo salvaje" que yo le cuento por joder, porque sé que lo ruborizará. Me cuenta que fue con el INEGI a la universidad, que es su mejor amigo, su Roberta, vaya. Nos reímos de lo chico que es el mundo y de las consecuencias terribles que puede tener querer a los amigos, vamos, hasta termina uno en Xochimilco, en sábado, cargado de caguamas y demás. Caminamos hasta el embarcadero llegando más cerca de la una que de las doce. Roberta está fúrica, a pesar de que ella llega siempre una hora tarde a todos lados. Pero cuando la veo de arriba abajo entiendo todo y las caguamas de los Trajikits vuelven a rodar por el suelo.

Roberta trae un vestido blanco hasta el piso y el INEGI está vestido de traje con una flor en la solapa. Están junto a ellos la mamá de Roberta, pálida y verde como el agua del lago y un señor con los ojos grises del INEGI que le palmea la espalda esgrimiendo una sonrisa que está a punto de partirle la cara en dos. Están todos parados en la punta de un trajinera que dice con flores blancas: "Arriba los novios".

Estamos en la boda sorpresa de Roberta y el INEGI. La mandíbula de José Miguel está rascando el piso, para alguien como EHMAP este grado de espontaneidad es demasiado. Yo inmediatamente pienso en Paloma que, ya con el anillo en el dedo, perdió la prisa del matrimonio, le empezó a dar flojera salirse de casa de sus papás y lleva ocho meses planeando empezar a planear su boda. Sin mencionarnos a mí y a Emiliano que nunca terminamos de estar listos para el matrimonio, tras casi diez años de vivir juntos. Mientras, Roberta se levanta un sábado a las siete de la mañana, junto al hombre que conoció hace tres meses y decide que éste será su gran día. Así las cosas.

—Muchas gracias a todos por venir —anuncia Roberta con voz efervescente—. Pedro y yo estamos muy emocionados de que nos acompañen hoy, que decidimos casarnos.

—¡Uh, hu, hu, hu! —grita el INEGI como apache mientras la levanta de la cintura y todos los invitados aplaudimos para colocar nuestra sorpresa en algún lado.

Roberta corre hasta mí y me abraza.

—¿Cómo ves?

—Me arrepiento muchísimo de no haber comprado el quinto Trajikit.

—¡Eeeehhh! —chilla Roberta con los puños apretados y los ojos cerrados y los dientes eufóricos—. ¡Estoy feliz!

Me subo a su tren, no voy a ser yo quien le agüe la fiesta con mi desaprobación. Nos subimos todos a la trajinera matrimonial. Me da pena descubrir entre los invitados al pobre de Marcos-asesino-en-potencia. En la cara se le ve que cuando escuchó la voz de Roberta en la mañana, pidiéndole que se presentara a verla con urgencia dentro de unas horas, creyó que estaba recibiendo la llamada de amor que el pobre lleva toda la vida esperando. En vez de eso quedó involucrado en la sorpresiva boda íntima del amor de su vida. Se le acentúa en las facciones lo de asesino-en-potencia y dan ganas como de pasarlo por un detector de metales antes de abordar.

La línea de terror que la pobre mamá de Roberta tiene acomodada entre las cejas es de antología. Lleva como diez años en el proceso de aceptar que le salió una hija rara, pero esto ya es el pináculo de su desvinculación. Cuando vio las bolsas de papas y las Big Colas acomodadas junto a la mesa del juez casi podía escucharse el estrépito de desazón que corría por su cabeza. Pensé en Roberta bajo su influencia: sus atuendos brillantes de Zara, sus caireles acondicionados a la perfección, su delicadísima fiesta de quince años. Ahora trae un vestido de día de campo en su boda, el pelo revuelto y la boca sin pintar. Igual de contenta, eso sí. Cambiaron los tiempos, señor don Simón.

La trajinera zarpa con los novios y sus invitados a bordo. La ceremonia empieza cuando llegamos a la mitad del lago. El juez es un hombre alto, regio, con un traje mejor planchado y coordinado que el del novio. Echa un discurso precioso sobre la complicidad de amor, la amistad como bandera fundamental en el matrimonio. De cómo dos personas que se casan adquieren un testigo para sus vidas, un compañero con quien cruzar por el mundo indiferente, alguien que sabrá mejor que nadie quiénes son, qué los aflige y qué los consuela, para siempre. Yo enjugo doscientas lágrimas disimuladas. José Miguel mira al horizonte. Los dos, supongo, pensando en el cómplice que perdimos.

Tras una de sus frases más ganadoras, la mamá de Roberta me cuenta que en su tiempo libre el señor juez es poeta. Trabaja con ella. Tenía que ser elemento suyo este señor. Se le pasa la mano de lírica, de pronto usa la palabra "lisonja" para describir lo que un esposo le debe a una esposa en días de esfuerzo. Y la palabra "apostura" para decir que Roberta se ve guapa el día de su boda. El INEGI pone varia cara de *what*, pero el fondo del mensaje se recibe al final como el mejor posible discurso de boda que se haya pronunciado. De hecho, tiene tal éxito que, entre la fiesta de las firmas de los novios, los testigos, el "los declaro marido y mujer", los amigos del novio levantan en hombros al señor juez entre hurras y vivas y así, sin pensarlo demasiado, lo avientan al lago. La mamá de Roberta pega un grito ensordecedor. El señor juez resurge manoteando como perro mojado de entre las asquerosas aguas y le mienta la madre a todo el mundo perdiendo todo su lirismo. No se contenta ni cuando el mejor amigo del INEGI se avienta por él y lo trae en brazos hasta mí. Se sabe que yo siempre me estoy muriendo de frío y cargo con un chalecito gigantesco a todos lados, así que quedo a cargo de arropar al señor juez. Mientras, ponemos a secar su saco y su camisa junto al comal de la trajinera de las marchantas que están haciendo las memelas del banquete. Pobre señor juez, tan propio, tan bonito que habló, todo para quedar temblando en camiseta con los pelos llenos de lo que sea esa sustancia aceitosa que flota sobre el honorable lago de Xochimilco.

¿El resto de la fiesta? Fiesta. Música y baile y masa frita. La única contrariedad viene cuando los primos del novio amenazan con tirar a Roberta por la borda, pero José Miguel los detiene y todo vuelve a su camino por el rumbo de la felicidad. Se pone el sol sobre el lago mientras todos bailamos al son de la euforia de los novios. José Miguel y yo hablamos horas de cine y de libros y de su exesposa y de su hija. Fuera de la oficina es simpático, José Miguel. ¿Quién lo viera? Cuando se hace de noche los dos echamos discursos hablando de la infancia de los novios y de cómo están hechos el uno para el otro. Me siento dentro de mi piel, con una paz fácil que hace mucho no cargaba conmigo.

Los novios y yo vamos juntos de regreso a su casa en un taxi. Están exhaustos, se mueren de ganas de regresar a su Caja Gris, la Caja Gris en la que se conocieron y se enamoraron. Hasta me hacen ver la mía con mejores ojos.

Me despido de ellos en la escalera, los veo irse tan contentos. Roberta va caminando con unos pasos cortitos con los que se mece de un lado a otro. Así caminaba de niña, cruzando el patio junto a mí. Cómo hemos crecido y cuánto hemos cambiado y al mismo tiempo qué idéntica y tan de siempre es la armonía de los pasos de mi amiga.

En cuando entro a mi casa llamo a Paloma. Quiero oír su voz de consternación frente a la noticia de que Roberta le haya ganado la carrera hacia el altar.

Me contesta una voz que no reconozco.

—¿Pancho?

—No, Mari, soy Emiliano.

El estómago me da un salto. Siento el pulso de un dolor viejo, de una herida que había empezado a desvanecerse.

—Paloma dejó su teléfono en mi mesa, ahorita regresa.

—¿Dónde estás? —le pregunto, porque oigo un ruideral bajo su voz.

—En la fiesta del *wrap* de la filmación de la peli.

—¿Ya terminaste?

—Ya. Por eso contesté. Vi que eras tú y quería contarte.

Y como yo no sé qué contestar a eso, a que de pronto quiera contarme cuando hace tanto dejó de querer hacerlo con tanta contundencia, no contesto nada.

—¿Tú dónde estás? —me grita para cortar el ruido de su ambiente y el silencio del mío.

Estoy a punto de contarle dónde estoy y de dónde vengo. De hacer un esfuerzo por corresponder la naturalidad inesperada con la que me está molestando. Pero algo me detiene. Ya le conté todo al fantasma. El fantasma y yo tuvimos una conversación de lo más placentera sobre la boda inesperada de Roberta. El fantasma ahí anda rondando, lo cargo a todas partes, pero ya no me estorba. El que me está estorbando en este momento es él, el de verdad. La cosa con Emiliano es que ya me acostumbré a que se me aparezca el fantasma, y ya no me da miedo. Pero el de verdad sí me turba, es como que se me aparezca Beetlejuice lleno de gusanos.

—Felicidades por la filmación, Emi. Dile a Paloma que me marque. ¿Va?

—Va —pone una cantidad de decepción molestísima en esa palabra tan chiquitita.

—Va —le digo—, adiós.

Después de despintarme, tomarme mi vaso de Metamucil y dejarlo sucio en el fregadero de la cocina, me meto a mi cama. Mis sábanas no huelen a nadie más que a mí. Cuando despierto entre ellas al día siguiente, son mías. Cuando, después de tres semanas de desayunar con él en la cafetería de la oficina, beso a José Miguel por primera vez, no hay Persecución. Cuando lo invito a dormir no es para borrar a nadie. Se me descubre que El Hombre Más Aburrido del Planeta está lleno de misterios limpios y se me entrega como un bálsamo. No quiero nada más.

15

Niños y sus papás

El fantasma no se va, pero deja de acechar la sala y se dedica a arrastrar sus cadenas por cuartos de mi cabeza en los que no paso mucho tiempo. Es como un líquido que me recorre el cuerpo, no se me nota, sólo yo sé que lo cargo. Me alimento de los distendidos planes de boda de Paloma; los pleitos y reconciliaciones de Roberta con el INEGI, sus apariciones en mi puerta, bañada en llanto a las tres de la mañana, luego sus invitaciones a desayunar (es decir, verlos tocarse inapropiadamente mientras trato de comerme mis huevos con cátsup); comidas de domingo en casa de mi mamá, asediadas por los horrores de la injusticia de género y los chistes de mi papá que yo he empezado a reírle más que ella; encuentros en El Pantallón con Jaime Chico y los niños; la placidez de José Miguel como el primero en la fila que no sabe que el fantasma existe.

Un sábado, Tito amanece con la frente hirviendo y Jaime tiene que plantar a la novia para quedarse a cuidarlo. Yvette quiere venir a la casa de todos modos y viene sin Vero y sin ningún otro colado. Entra sola y con cara de conspiración.

—Te toca escoger la peli. Ve al librero —alcanzo a medio decir cuando ella ya está escaneando todos los títulos con ambición.

Regresa cargando una cajita como un tesoro: *Y tu mamá también*. Ahí está. Desde que cruzó el umbral, la niña, se le notaba que iba a tratar de aprovecharse de mi nobleza.

—Ésa no se puede, Yv. Tienes nueve años.

—¡Diez! ¡Voy a cumplir diez!

Hago un recorrido mental por la peli. Diez. De todos modos me parece demasiado chaparra para lo que recuerdo con claridad. Creo que su mamá me colgaría del dedo gordo si se enterara de que dejé que su niña viera a Diego Luna, con la lengua de fuera, quitándole las bragas a la española.

Digo un No Categórico, el único No del día que las tías raras pueden permitirse. Así que cuando Yvette vuelve a recorrer todo el librero y todo iTunes y todo Netflix, para terminar de regreso en el librero con un triunfal DVD entre las manos, ya no tengo derecho de veto a pesar de lo que me trae: *La edad de la inocencia*. Es mi culpa, porque yo hace unas semanas le dije que era buena, con una lágrima contenida en las pupilas, y la escuincla notó que había algo oscuro y digno de descubrirse ahí. También me parece inapropiada para sus añitos, pero pienso que no entenderá las partes terribles y se quedará con la época y los bailes y los vestidos.

No, no. Poco a poco me acuerdo de por qué, dicho por el mismísimo Scorsese, ésta es su película más violenta. Para la segunda mitad, cuando Daniel Day Lewis abre el guantecito de Michelle Pfeiffer y le besa la muñeca con desesperación, empiezo a pensar que los charolastras besándose en calzones serían, con todo, mucho menos graves para la mentecita impresionable de esta niña.

Para cuando ruedan los créditos, Yvette está resoplando de furia.

—Pero ¿por qué? ¿Por qué no puede subir a verla? —repite, traumada con la escena final, en la que después de haber sobrevivido al amor imposible más cruento, cuando ya pasaron los años y los obstáculos, Daniel Day Lewis es incapaz de volver a enfrentarse con Michelle.

—¿Por qué? Lleva años pensando en ella, que la vea —se empeña Yvette. No tengo respuestas que no la agravien todavía más.

—Pues es que si la ve, va a ser la comprobación de que desperdició su vida, de que, en efecto, como ha temido siempre, vivir sin ella fue vivir una farsa —Yvette me mira con ganas de matarme—. También, igual prefiere quedarse con la mujer de su memoria, y no enfrentarse con la verdadera que quién sabe si sea peor o mejor que la que él recuerda —no. Tampoco eso la convence—. A veces, Yv, pase lo que pase, enfrentarse con el amor perdido sólo puede salir mal.

No. Considera todas mis explicaciones malonas y a medias. De pronto me detengo a examinar que llevo una hora embaucada, por la precoz hija de Jaime Chico, en una conversación sobre la relación entre el amor, la responsabilidad y el placer. Eso sí que nadie me lo hubiera podido augurar cuando tenía la misma edad que su niña y lo veía desde mi banca del Arcos con ganas de besarlo. Total que tras todo mi esfuerzo, nada. Sólo logro que la niña cambie su enojo por desprecio. Desprecio, casi, casi, por los seres humanos todos y su natural indefensión.

—¿Por qué todo es tan difícil? —me pregunta. Yvette tiene la fortuna y la desgracia de ser más lista que el hambre. A pesar de que los adultos de su vida ejercen con gran disciplina las reglas del divorcio civilizado y no se lo cuentan, ella sabe perfecto qué pasó con sus papás, cuánto le duele todo a su mamá, dónde y con quién está su papá cuando los deja conmigo.

Para cuando terminamos de hablar tengo que hacer que me prometa, en el nombre del cine, que no me acusará repitiendo qué película vimos, ni nada de lo que la tía Mari le contó. Me lo promete. Luego me da un abrazo larguísimo.

—¿Puedo hacer mi fiesta de cumpleaños aquí?

—¿Cómo?

—Mi cumpleaños es en sábado, nos toca con mi papá. Pero mi mamá dice que él no va a saber organizar mi fiesta sin ella. Se han mandado veintidós correos discutiendo quién tiene razón.

—¿Cómo sabes eso? —pregunto. Ella se encoge de hombros—. Si tu papá se entera de que viste su teléfono te va a matar.

—Él me lo prestó para jugar Fruit Ninja.

—¿Entonces quieres hacer tu fiesta aquí? ¿En La Caja Gris?

—Sí. Fiesta de pantallón. Nos pones pelis y ya. Facilísimo. No tienes que hacer nada. Yo te ayudo a recoger todo después.

Me mata con eso último, sobre todo porque lo dice en serio.

—Déjame hablar con tus papás.

Se va triunfal y yo me quedo agradecida porque cuando estoy con ella, el fantasma no jode. Puesta frente a la obligación de explicar por qué todo es tan difícil —por lo menos un rato— me creo que lo sé.

⸻

Pero no lo sé. Le cuento a Paloma que estoy saliendo con José Miguel y guarda prudente silencio. Durante diez segundos. Luego se suelta:

—¿EHMAP? O sea, ¿EHMAP?, María —entorna los ojos hasta el cráneo—. No, amiga. Uno no puede andar perdiendo el tiempo a tu edad. Tienes treinta y dos años.

—Me queda claro.

—Pues no parece. A los treinta y dos años uno no puede andar con gente que quién sabe. Uno tiene que andar con gente que algo para el futuro.

—No ando con él. Nada más lo veo de vez en cuando.

—Pues peor. Ya no dije nada cuando te dio por ir aventando el jamón y ordeñando a la vaca gratis —creo que está mezclando metáforas y lo que quiere decir es regalar la leche, nadie compra la vaca, etcétera, pero no la interrumpo porque viene con todo—. Vamos, ¿cuántos meses perdiste haciendo así ondas de fin de semana a ver si se te olvidaba el pendejo de mi cuñado? Al que, por cierto, debiste haber arrastrado a la tienda de vestidos blancos hace mil años, también, así por lo menos te debería dinero cada mes. Pero ni eso, y ahora, ¿qué? Tu jefe divorciado. Por algo lo abandonó su mujer. Ah, y encima no andas con él. Por dios, María, ya ubícate.

Así sigue en caída libre de reprobación, mientras yo la oigo como a una cascada. Paloma es como la mamá cargante que no tuve, puesto así me cae en gracia la desesperación de sus regaños. Si alguien la oyera, sin verla, creería que está a punto de gritar que si sigo así se va a morir sin tener nietos.

Aunque no sea pa'l futuro, yo ando adicta a José Miguel porque es un lago en calma, como una tina tibia y sin burbujas en la que uno puede meterse a no sentir nada. Eso estoy pensando mientras lo veo levantarse de su cama un domingo cualquiera. Suena su teléfono en la cocina y para ir a contestarlo se viste completo, de camiseta, calcetines y zapatos. Yo me quedo en sus sábanas que se lavan de más y están llenas de boñiguitas de algodón y siempre huelen mucho a Vel Rosita. El teléfono cambia por el timbre. Oigo que abre la puerta. Me quedo muy quieta, escuchándolo hablar con alguien. Que si es temprano, que si habían quedado en otra cosa. *¡Es la exmujer abandonadora!* Por un segundo me entra paranoia como de meterme al clóset, pero en ridículo, como en chiste de Pepito, en un plan de "la esposa llegó y la novia estaba desnuda en la cama". Aunque es estúpido porque están divorciados y demás, pero hay algo en José Miguel que no tiene Jaime Chico, es un divorciado que carga a todos lados con los modos de su mujer. Por las dudas, corro a ponerme calzones y camiseta. Vuelvo a meterme a la cama y sigo oyendo las voces adultas en la cocina. Rápido dejo de entender qué dicen porque me distraen unos pasitos acercándose a la recámara, apenas se oyen sus pies sobre la alfombra casi sin tocarla. Es América, la hija del matrimonio a la que sólo he visto en la oficina. Abre la puerta y me encuentra en la cama de su papá con el pecho casi desnudo y el pelo revuelto.

—¿Me puedo subir? —pregunta con toda naturalidad, como si no viera la diferencia entre su mamá y yo. Una mujer desnuda y caliente en la cama de su papá. Da igual, ella pregunta si se puede subir y listo. Yo debería decirle que no, o taparme, o consultar a las autoridades que mandan sobre su personita. Pienso en interrumpir los susurros que vienen desde la cocina arreglando cosas prácticas: cuándo va a venir por ella, cuántas galletas se puede comer, cómo va la venta de la casa a la que la llevaron cuando nació. ¿Qué se hace? ¿Le iré a echar a perder la vida si la dejo subirse a la cama con una completa extraña? ¿O será peor el trauma de llegar a casa de su papá y no tener derecho a hacer ahí lo que le dé la gana? Pienso que a mí, con mi papá y sus múltiples desconocidas, lo segundo me hubiera parecido mucho peor. La niña tiene los brazos levantados hacia la cama y me ve con los ojos grandísimos, el aliento dulce como una caña en un vaso de ponche.

—Sí —le digo—, súbete.

Sus manitas regordetas jalonean las sábanas y yo la ayudo a escalar la montaña que es la cama de los adultos cuando uno tiene tres años.

—¿Cómo te llamabas? —pregunta.

—María.

No pregunta ni qué hago aquí ni quién me patrocina, no está en edad de molestarse con etiquetas. Mi nombre le basta para abrazarse a mi cuerpo con una entrega que no reconozco.

Cuando José Miguel entra al cuarto y se topa con las novedades, veo el instante en el que se derrite. No se me ocurrió que no eran los sentimientos de la niña los que había que cuidar. Después de esa mañana, José Miguel pasa varios días empeñado en un "te amo" que no puedo corresponder.

¿Por qué todo es tan difícil?

⸻

Me distraigo planeando la fiesta de cumpleaños de Yvette. Hablo por teléfono con su mamá tantas veces y me cae tan bien, que la siguiente vez que veo a Jaime Chico me dan ganas de

190

cachetearlo. No es una fiesta gigante, vienen diez amigas de Yvette (sólo cinco, se me informa, son realmente sus amigas, pero las otras van en el salón y ni modo de no invitarlas). Tito tuvo permiso de invitar a dos pero invitó a tres y también ni modo de cancelarle, su pobre hermana es feliz de condescender con Tito hasta el día de su cumpleaños. Entre su mamá y yo decidimos que para no separar los grupos, las películas que vamos a poner deben ser aptas para todas las edades, lo cual vuelve la respuesta evidente: maratón de Pixar. Todo muy bien hasta que se corre la voz y la cosa tiene el efecto secundario de que se apunten una bola de adultos. Jaime Chico con su novia, a la que sacó del clóset hace apenas dos semanas, así que su presencia viene con el drama necesario; Marta, la mamá de los niños, que trae como apoyo moral a la tía Moni, hermana de Jaime Chico; José Miguel que no quiere pasar todo el fin de semana sin verme; y la última colada es Paloma que quiere ver *Toy Story 3* en El Pantallón. Si no tuviera las ocho preocupaciones de las sillas, los platos, el pastel, las palomitas de colores, etcétera, tendría otras ocho mucho menos divertidas, así que me caen de maravilla. Además, cuando llegan los niños se acaban el pasado y el futuro. Los niños viven en el instante y te arrastran a él. Como tienen el cerebro chico no les caben ocho preocupaciones al mismo tiempo, ni la neurosis que vendría con ellas. Nunca me habían gustado los niños, pero esto de que me apacigüen sin tener ninguna responsabilidad sobre ellos se me ha vuelto un descubrimiento. Que sean felices o educados, o buenas personas, depende de alguien más. Yo sólo tengo que escogerles la peli correcta y ver que durante unas horas no se maten, ni entre ellos, ni en el mundo. Me siento como una abuela desobligada y, como siempre tuve alma de vieja, me viene bien ser abuela. Encima ahora que he abandonado La Persecución y ya no los veo cruda, me importa menos cuando de pronto pegan un grito.

Yvette pidió cinco pelis, una tras otra, sin tregua. Previniendo el aburrimiento inevitable de la concurrencia, organizo

juegos, y una mesa de manualidades y así. Además de un bu-
ffet interminable de comida chatarra en la cocina. Los niños
entran y salen de El Pantallón. Pero Yvette es la única loca
que se está quieta en el cine las cinco funciones completas.
La veo iluminada por la luz del proyector y me da ternura.
¿Será mi culpa haberla vuelto una víctima más de la ficción
cinematográfica?

Al son de "al infinito y más allá", José Miguel y Jaime Chico
se beben cinco cervezas cada quien y para el final de la noche
se hacen amigos inseparables. Los oigo susurrar en una esquina. *Cosas de hombres divorciados*, me digo. Cuando se despiden
oigo que Jaime le dice: "Adiós, Pepe Mike". Dios los hace...

La novia de Jaime se va temprano y con su ausencia vuelve
la paz. No por ella ni por Marta que la verdad estaban conviviendo de lo más armoniosamente, sino por la tía Moni que
se creyó su papel de protectora-de-Marta/increpadora-univer-
sal-de-la-noviecita y estuvo toda la mañana lanzándole mira-
das matadoras. Siempre son las tías Monis del mundo las que
empeoran los pleitos que no las involucran.

Paloma, que dizque quería ver la peli, se aburre a los veinte minutos y pasa el resto de la fiesta enseñándole su Pinte-
rest nupcial a Vero y juzgando a José Miguel en silencio. Cada
tanto encuentra mi mirada del otro lado del comedor y na'
más niega con la cabeza. En fin, que la entrada de Yvette a la
segunda década de su vida más o menos puede considerarse
un éxito. Sobre todo porque ella la pasó bomba. En la noche
se despide de mí con los ojos rojos y virolos. Feliz. Oficial-
mente, una víctima más.

Cuando todos se van, José Miguel se queda dizque a ayudarme a recoger la sala, pero más bien se pasea de una esquina
a otra hasta que lo invito a dormir. Tons ya se pone contento
y comedido. Hombres.

—Qué bien me cae tu amigo Jaime.

—¿Verdad? Es un encanto.

—Oye, por cierto, ¿conoces a Emiliano Cervera?

Ahí está la pregunta, La Pregunta.

—Más o menos.

—Fueron a la misma prepa —sigue José Miguel—, me dijo Jaime. El Arcos, ¿no?

—Fuimos juntos un rato, sí —de pronto me acuerdo de unas caricaturas de Jesucristo que mi abuela me obligaba a ver a espaldas de mi mamá: "¡Mentir por omisión es mentir!", lo oigo declarar.

—Jaime me contó que eran amigos los tres —*amigos*, dijo Jaimito, también a él le gritaría Jesucristo de caricatura por mentiroso omiso.

—¿Le puedes pedir una entrevista? —sigue José Miguel.

—Sí.

—Bueno. Perfecto.

—Perfecto. ¿Un entrevista sobre qué?

—Hizo una película que entró al festival de Berlín, es el único mexicano que entró. ¿Te latiría ir a Berlín?

Me debato entre demasiados sentimientos encontrados: ganas de ir a Berlín, amor por Jaime Chico que no me obligó a dar explicaciones que no tengo, orgullo de que Emiliano entró a Berlín, tristeza de cómo me estoy enterando, rabia de que me dé tristeza, confusión de que sinceramente no sé cómo contestar ni a si lo conozco ni a si quiero ir a entrevistarlo a Berlín, y culpa. Culpa de no contarle a José Miguel nada, de que él no me conozca a mí, de no querer que me conozca porque me gusta la tina en calma y no quiero sacarle el tapón.

—¿Cómo ves? —dice José Miguel con una sonrisa.

Veo como que hay una conspiración universal que se empeña en ponerme este tipo de pinches trampas.

16

Lo que tú tienes es hambre

El domingo pasado comí en casa de mi mamá, que estaba de pleito con mi papá. Se cortaba el ambiente con serrucho. Al señor se le olvidó comprar el postre que me gusta y mi mamá engendró en pantera, por algo que claramente no tenía nada que ver con el postre. Entré a mi cuarto y vi que él planeaba dormir ahí. Muchas malas señales que llegan a su destino manifiesto la mañana de hoy.

Mi mamá me habla con la voz gris y me pide que lleve la comida porque no quiere cocinar. Cuando llego, está sola. Se le volvió a ir este cabrón. Es como tener cinco años otra vez. Otra vez sentir esa decepción sorda que no duele y no sorprende, pero inhabilita. No es que me tire al suelo, nada más me alenta los pasos, como si de pronto el mundo estuviera cubierto por unos metros de harina. Me hundo un poquitito con cada movimiento. Como siempre, lo único que quiero es que mi mamá no lo sufra. Como siempre, eso no depende de mí. Y como siempre que me pasa cualquier cosa en los últimos tiempos, mi instinto es pensar en el fantasma.

—Mi papá se fue. Se fue otra vez, ¿lo puedes creer?— le cuento al fantasma, mientras empujo la puerta que mi mamá me dejó entreabierta.

Me la encuentro llorando sentada en la mesa de la cocina. Cuando me ve, no le paran las lágrimas, pero se encoge de hombros, entorna los ojos y me hace cara de "Ya sé. Ni que fuera para tanto, ¿verdad?".

—Lo que tú tienes es hambre —le digo. Y me pongo a cocinar.

Comemos y hablamos, sentadas a la mesa de la cocina, hasta que se nos hace de noche parloteando y manducando todo lo que encontramos. Al principio, mi mamá llora intermitentemente, pero mientras más come y más habla, más vuelve en sí.

Primero una sopita de calabaza espesa, espesa, arranca la conversación:

Yo: Entiendo por qué se va, pero nunca entiendo por qué lo dejas regresar.

Mamá: Mijita, no siempre se va. A veces yo lo corro.

Yo: No entiendo cómo lo sigues queriendo.

Mamá: Pues porque es tu papá, mi cielo.

Yo: O sea, ¿es mi culpa?

Mamá: No es culpa de nadie. Na' más así es la familia. Uno no se deshace nunca de su familia.

Yo: (*que no dejo el monotema*) Emiliano era mi familia, míralo qué bien se ha deshecho de mí.

Mamá: ¿Cómo se va a deshacer de ti? No digas tonterías.

Yo: ¿Tú crees que sigue siendo mi familia un tipo con el que no hablo nunca?

Mamá: Sí. No tiene nada que ver si hablas o no hablas. Te trajiste una parte de él en ti, esa parte es tuya. Y la que tú le dejaste a él, es suya. Si él quiere ser un imbécil que no la usa, será su problema. A ti no te quita nada. Tú úsalo a él hasta que ya no te haga falta.

Yo: ¿Te parece bien que ande parloteando con el fantasma?

Mamá: Exactamente.

Yo: Qué sabionda me estás saliendo como para llevar cuarenta años llorando por el mismo señor.

Mamá: (*tampoco se trata de exagerar*) Treinta y cinco.

Mientras se cuece el lomo, abro una lata de aceitunas y caemos en:

MAMÁ: Esa invitación de boda de Paloma es de vergüenza, es arcaica, mijita. Casi pido las sales cuando la abrí. Los nombres de los papás en los dos lados participan del matrimonio. Eso ya ni en mis épocas se usaba.

YO: Paloma y su boda son de mucho más atrás que tus épocas.

MAMÁ: ¿Qué dijo de que de repente le ganó Roberta?

YO: Al principio se puso furiosa. Pero luego le conté de las caguamas y el Trajikit y ya se le quitó cualquier dejo de envidia.

MAMÁ: ¿Qué tal va ese matrimonio, eh?

YO: Roberta y el INEGI. Pues mira, les ha dado por pelearse a gritos que se oyen hasta mi casa. Luego, cuando se calma la cosa, Roberta me manda mensajes con iconitos de perdón, falsa alarma y fotos de los dos prensados del labio del otro.

MAMÁ: Me habló su mamá de lágrima de que se había casado con él.

YO: Pobre del INEGI, su suegra le tiene un odio irracional.

MAMÁ: ¿Es buena gente?

YO: Buenísima gente.

MAMÁ: Ya saca el lomo, ¿no?

YO: (encajándole un tenedor) Le falta.

MAMÁ: (saca un quesito panela y un cuchillo) ¿Entonces vas a ir a Berlín?

YO: Pues, ¿cómo ves? ¿Crees que puedo entrevistar a Emiliano así na' más? ¿O es rudeza innecesaria?

MAMÁ: ¿Para ti o para él?

YO: Para mí.

MAMÁ: Ve y no lo entrevistes.

YO: Voy a ir pagada o por la radio o por *CineAdictos*. Me van a acreditar como miembro útil de la prensa, no puedo no entrevistar al único mexicano de la selección.

MAMÁ: Eso que ni qué.

YO: Además, ya pasó mucho tiempo.

MAMÁ: Tampoco tanto.

Yo: Cortamos hace más de dos años (*cuando lo digo me sorprende que sea verdad*).

Mamá: ¿Hace cuánto que no hablas con él?

Yo: Meses. Desde la boda de Roberta que me contestó el teléfono de Paloma.

Mamá: ¿Cómo es posible?

Yo: (*me río*) Te digo que se le ha hecho muy fácil vivir sin mí.

Mamá: (*enfurece*) Porque es un mentecato. Siempre ha sido un mentecato (mentecato *es la palabra favorita de mi mamá para enfurecer*).

Yo: Pues será el sereno, pero él pudo vivir sin mí y yo no he podido vivir sin él.

Mamá: ¿Cómo no has podido? Aquí estás, viviendo sin él.

Sirvo el lomo con salsita de jugo de naranja (previo Losec, porque a mi mamá ya le dolió la panza).

Yo: ¿Sabes qué es lo chistoso con Jaime Chico? Que es como si no hubiera pasado el tiempo. Lo único que se pasó fue la calentura adolescente.

Mamá: ¿Ya no te gusta? Está muy guapo todavía.

Yo: Muy guapo. Medio panzón, a mí siempre me han gustado los hombres con panza. Cuando éramos chicos me acuerdo de que abrazarlo daba ansias porque estaba muy huesudo.

Mamá: Y ahora, ¿qué da abrazarlo?

Yo: Nada.

Mamá: ¿Nada?

Yo: Nada. Gusto. Estamos como inmunizados. Te juro podríamos tener un supertórrido encontronazo, podríamos ir a meternos a un motel sin sentir nada, na' más por la pura nostalgia, pero nada.

Mamá: Será por eso que no lo hacen.

Yo: Pues sí.

Mamá: Cómo te quería Jaime Chico. Lo recuerdo paradito aquí en la puerta con esos chocolates horrorosos que me traía, como la estampa del amor.

Yo: Yo cómo lo quería a él, ¿verdad?

MAMÁ: Como loca.

Yo: Y ahora nada. Tan amigos.

MAMÁ: Qué delicia.

Yo: Mientras, ver el nombre de Emiliano en algún lado, se me encaja.

MAMÁ: Es distinto, mija.

Yo: Es distinto (*cambiando de tema urgente*). Y es distinto también con Jaime y la novia y Marta. No sabes qué chistoso estuvo verlos juntos. Anda enamoradísimo de su novia, pero con su mujer es otra cosa. Como que le tiene más desprecio, pero también más confianza.

MAMÁ: ¿La mujer quiere volver con él?

Yo: Yvette dice que sí, pero yo creo que más bien ella quiere que regresen.

MAMÁ: Mi cielo.

Yo: Sí. Te la comes. Además se quiere hacer la grande, como que no le importa, pero claro que sí.

MAMÁ: ¿Qué tal estuvo su fiesta?

Acabamos con el lomo, empujadito con tortillas. No sé como llegamos a:

MAMÁ: No, la bisabuela llegó de Líbano, no de España. A los quince años llegó acá, sin hablar una palabra de español. Venía traída para casarse con un viudo muy rico que tenía dos hijos, y que se fue a Líbano a encontrarse una esposa joven. En el barco de regreso a México el viudo se enfermó y se murió. Y ella, en calidad de su prometida, en vez de regresarse a Líbano dijo "Yo a México". Creyó que iba a llegar a encontrar dos pequeños hijastros de los que tenía que hacerse cargo. Cuál no sería su sorpresa cuando llega a México y se topa con dos hombres. El hijo chico tenía su edad y el grande tenía veinte años. Bueno el grande, en el instante en el que la vio...

Yo: Se enamoró de ella.

MAMÁ: Perdido. Y se casaron.

Yo: ¿El hijo se casó con la prometida que traía el papá?

Mamá: ¡Ésos son los bisabuelos!, exactamente. Pero ésa no es la parte verdaderamente buena de la historia. El hermano chico era muy apegado al papá y nunca los perdonó. Y mi bisabuelo se quedó triste de perder a su hermano toda la vida. Al mismo tiempo, mi bisabuela había dejado a su hermana chica en Líbano, a la que le llevaba dos o tres años. Y era su adoración. Bueno, pues imagínate esto: los hermanos se reencontraron años, años después, cuando estaban viejitos ya. Y a que no adivinas quién resultó ser la mujer del hermano chico.

Yo: (*incrédula, como en twist de telenovela*) ¿La hermana de la bisabuela?

Mamá: Que el hermano chico se había ido a Líbano a traerla para evitar que la prometida del papá se casara con su hermano. Pero no le dijo a nadie y para cuando llegaron a México ya se habían casado. Y no sólo eso, sino que en el viaje el hermano chico se había enamorado de la hermana. Total, que años vivieron todos extrañándose y cuando se reencontraron y se enteraron de toda esta historia se mudaron al mismo edificio, pero no en parejas. Vivían las dos hermanas reencontradas en un departamento y en el de enfrente lo dos hermanos reencontrados. Hasta que se murieron todos ya chochitos, chochitos, casi al mismo tiempo. Se murió uno y luego todos los demás en dos años.

Yo: Como periquitos australianos (*mi brillante intervención a la épica historia de la bisabuela*).

Mamá: Qué bárbaras esas dos niñas que se vinieron a México así, sin hablar una palabra de español y a ver qué les tocaba, ¿no?

Yo: Increíble. Y la idea de que los hombres fueran por ellas como por caballos.

Mamá: Eso sigue pasando todos los días (*mira a la ventana como pa' ni pensar en eso*). Mira qué bonita salió la luna.

Yo: ¿Ya salió la Luna? Ya me tengo que ir.

Mamá: Bueno. Buenas noches, mija.

Yo: (*levantándome*) ¿Vas a estar bien?

Mamá: (*dándome un beso*) Claro.

Yo: (*volviéndome a sentar*) Oye, ahorita que lo pienso, ya no me contaste qué pasó con Claudia ¿la tuvieron que mover de albergue?

Mamá: Uy, no sabes qué horror.

Mi mamá pela una manzana en una sola tira.

Mamá: ¿Cómo que lo que te gusta es que no dependan de ti? Yo pensé que con tanto niño alrededor te iba a entrar mamitis. No vayas a no tener hijos.

Yo: No empieces a meterme prisas. Suficiente tengo con Paloma.

Mamá: Te tengo que decir una cosa. El otro día entré a una tienda y compré unos tenisitos para bebé. Con las suelas moradas. Estaban preciosos, no lo pude remediar.

Yo: ¿Cómo crees?

Mamá: Para mi nieto (*me mira con cara de a ver si es cierto*).

Yo: ¿A mí qué me alegas? Yo sí quiero tener hijos un día. Lo malo de los hijos es que necesitan tener papá.

Mamá: Con el aburrido ese con el que andas, ¿no quieres tener hijos?

Yo: No.

Mamá: ¿Entonces pa' qué andas con él?

Yo: ¡Paloma!

Mamá: Bueno, ya encontrarás con quién. O si no, pus tenlos sola.

Yo: Bueno, no es algo que vayamos a resolver ahorita. Ya me voy (*me levanto y le doy beso*). Qué bonitos están esos platos, oye. No te había dicho.

Mamá: Qué bonita la vajilla, ¿verdad? La compré en Superama. Es china.

Yo: Uf, el otro día vi un documental sobre la cerámica que empezaron a importar los ingleses de China en el siglo, ¿qué era?, XVII. No sabes qué cosa.

Pongo café.

Yo: Pues como la tía abuela del papá de Emiliano que, imagínate, era inglesa y su novio inglés la convenció de venir
a hacer la América, igual, a los diecisiete años, de bebé. El
inglés le dijo que se la traía a América y ella pensó que a
Nueva York. En vez de eso la colocó en la selva de Quin-
tana Roo, donde al mes de llegada el marido se peleó con
unos de los piratas con los que tenía trato traficando madera, y le encajaron dos cuchillos, dejando a la inglesita sola y
embarazada en mitad de Chetumal, que la mataba de calor.
Pero salió lista y trabajadora y se súper enamoró de Cozu-
mel y de toda la zona. Terminó haciendo riquísimos a sus
hijos porque se fue aliando para comprar kilómetros y kilómetros de la costa que luego se volvió Cancún.

MAMÁ: ¿Ves? Ella tenía mucho más complicada la cosa de ser
mamá soltera.

Yo: Eso que ni qué.

MAMÁ: Si ella pudo…

Yo: ¿Ya me ves así de caso perdido?

MAMÁ: Es que no te hace falta pareja, pero hijos, sí. Los hijos
salvan. Imagínate ¿qué hubiera sido de mí sin ti?

Yo: Igual te hubieras hecho de un novio mejor que mi papá.
Se te hubiera olvidado más rápido si no hubieras vivido
con un recordatorio.

MAMÁ: Te di muy mal papá, ¿verdad?

Yo: No. Te diste mala pareja a ti. Y sí te ha hecho falta, ¿ves?
(*veo mi teléfono*). ¿Son las ocho de la noche? Ya me voy.

Unto unos panecitos con mantequilla y azúcar, los meto al
horno hasta que se tuestan y les queda encima una costra
dorada y perniciosa.

MAMÁ: No, es que no fue directo el marido de Claudia el que
investigó dónde estaba. Fue el tipo de Hacienda el que la
acusó. Porque cuando nos aprobaron los fondos, esa ban-
cada los tuvo que aprobar y ahí vio la lista de las refugiadas.

Pero este cabrón hizo todos los nombres públicos porque es cuñado de Claudia y quería que se regresara con el hermano pegalón.

Yo: Entonces, ¿adónde se tuvieron que llevar a Claudia?

Mamá: A un albergue en Monterrey. En lo que inicia el juicio de la custodia de los niños, porque eso es lo que la mata de susto, que el marido le gane a los niños.

Yo: ¿Y cuántas mujeres están ahorita en esa casa? O sea, ¿a cuántas tienes que reubicar porque éste imbécil hizo pública la lista?

Mamá: Tenemos treinta y siete, tenemos que mover a veintitrés que estarían en peligro más inmediato de que las encuentren. Las otras o ya tienen órdenes de aprehensión contra los maridos, porque ya ganaron sus juicios o lo que sea, o ya el marido no se considera peligroso ni las va a venir a buscar.

Yo: Pobres. Qué horror.

Mamá: ¿Ves? Comparado, tu papá no es mala pareja.

Yo: Sí, bueno. Comparados con el mar, los charcos no ahogan. Pero de todos modos mojan.

Mamá: Pues sí.

Yo: ¡No empieces! Hace rato estabas hecha un mar de lágrimas.

Mamá: Pues sí.

Yo: ¿Ves? Lo que tenías era hambre.

Mamá: Ya son las diez, ya mejor quédate a dormir.

Yo: Qué horror, ¿neta? No, sí me tengo que ir, no traje nada.

Mamá: Pues ya vete entonces.

Yo: Ya me voy.

Mamá: Oye, pero entonces: ¿qué vas a hacer?

Yo: ¿De qué?

Mamá: De Berlín.

De últimas, tecito de canela, mientras lavamos los trastes:

Mamá: Hay más tiempo que vida, mija. Uno nunca sabe hacia dónde van a cambiar las cosas.

Yo: (*no sé cómo, pero ahora acabé llorando yo*) Sí, en el futuro quién sabe, pero la cosa es que hoy tengo treinta y dos años. No tengo un centavo ahorrado, no tengo una pareja que me sirva de testigo, no tengo la vida resuelta.

MAMÁ: ¿Quién tiene la vida resuelta a los treinta y dos años? Qué aberración.

Yo: Tú ya me tenías a mí. Ya vivías en esta casa. Ya sabías más o menos qué iba a ser de tu destino.

MAMÁ: Que no, que nadie sabe qué va a ser de su destino. Mira a John Lennon.

Yo: ¿Qué le miro? ¿Que lo mataron cuando estaba a la mitad de su mejor momento, y que si estuviera yo en mi mejor momento de todos modos algún cabrón hijo de la mañana podría matarme y que, por lo tanto, es mejor na' más no preocuparse?

MAMÁ: No. Bueno… eso también. Pero es que no lo mataron en su mejor momento. El pobre se perdió del mejor momento. Hace como tres días vi en el periódico una foto de Yoko Ono abrazada, pero, así, aferrada al brazo de Paul McCartney, hechos unas pasitas los dos. Al pobre de Lennon lo mataron cuando estaban a la mitad de un pleito y una distancia horribles. Nadie le hubiera dicho que años después iban a estar todos tan abrazadotes. Pero así pasa con el tiempo. Le quedaba la mejor parte.

Yo: ¿Tú crees que con el tiempo tú y mi papá, Emiliano y yo estaremos hechos unas pasas todos abrazadotes?

MAMÁ: Quién sabe. Pero igual sí. Todo se arregla con el tiempo. Eso, o deja de importar.

Yo: ¿Cuánto tiempo?

MAMÁ: No sé. El que sea. Deja de preguntar necedades, mija. ¿De dónde saliste tan preocupona? ¿Qué te preocupa tanto?

Yo: No sé. La vida.

MAMÁ: No, la vida no tiene que preocuparte. ¿Sabes qué es la vida? Esto es la vida. Estar aquí sentadas, con este tecito, lavando trastes. Ya con eso la tenemos mejor que el noventa por ciento de la población. ¿Qué te preocupa de la vida? Mira qué bonita nos ha tocado.

Yo: ¿Esto es la vida?

MAMÁ: Esto.

Yo: Pues sí (*enjugo la última lágrima.*). En general, qué bonita.

MAMÁ: ¿Ves? Lo que teníamos era hambre.

Nos da así la una de la mañana. Me quedo a dormir. Voy a Berlín.

17

Cosas de todos los días

En tercero de primaria la miss Marce nos hizo escribir en una hojita nuestros datos generales. Ya no me acuerdo por qué. Supongo que era uno de esos ejercicios de identidad o de autoestima de los que mi generación hizo tantos, por eso tantos de nosotros andamos por el mundo tan creídos. En fin, que la hojita tenía que decir nuestro nombre, el de nuestros papás, si teníamos hermanos y hasta el final nuestra religión. Mi mamá tiene enmarcada la hojita en su clóset porque yo en religión escribí: "librepensadora". Quién sabe de dónde habré sacado semejante cosa, yo creo que de la presión general de mis compañeros que tenían todos muy claro qué escribir en esa raya. Noventa por ciento católicos. Uno que otro budista, porque eran los noventa y a sus mamás les había dado por el Dalái Lama. Laura Ramírez Castro era cristiana renacida, su papá salía en la televisión los domingos en la mañana curando pecadores. Roberta puso: "Mi mamá es católica", de plano no quiso comprometerse. En fin, que yo fui librepensadora porque me quedaba clarísimo, con la mamá más matacuras de la historia, que católica no era. Y cualquier otra cosa, tampoco. En general la religión nunca fue asunto mío ni de mi casa. Antes de dormir mi mamá me leía mitología griega, que era divertida porque todos los dioses eran unos perfectos cabrones; luego tuvimos nuestra época de leyendas y mitos prehispánicos, desde los hombres de maíz mayas, hasta la historia de Coatlicue, que tenía un cinturón de serpientes y había tenido un hijo de una pluma. Vamos, que desde muy chica me quedaba claro que la gente había creído siempre en muchas cosas y no todas podían ser La Verdadera. En la secundaria me volví adicta a Carl Sagan, que hablaba del universo y del tiempo en términos tan cercanos y a la vez tan superiores a lo humano, por encima de las caricaturas de Jesucristo de mi pobre abuela que se murió convencida de que nos iríamos al infierno, que nunca me volvió a hacer falta una creencia en algo que no fuera el mundo mismo. De ahí Emiliano, que quería que yo creyera en algo, sacó lo del dios de Spinoza y de Einstein: "María cree en el orden que mueve a las estrellas".

Me conmueve acordarme de una foto de Paloma en su primera comunión, hincada con su misal y su rosario, muerta de miedo de tener que confesarse. La religión le enseña a los niños a tenerle miedo a unas cosas muy raras; aunque por otro lado pienso que los niños le tienen miedo a todas las cosas que no entienden y el espíritu universal está difícil de entender. Yo me acuerdo de que a veces cuando veía un crucifijo me daba miedo que dios me castigara por no creer en él, lo cual te habla de la lógica sofista que permea la infancia. Quizá sería bonito ser capaz de encontrar tranquilidad en la idea de un dios que te cuida. Hay gente que cree en los ángeles y qué envidia. A veces me siento como cuando tenía trece años y pensaba en el universo. En lo impensable que son las cosas que pasan todo el tiempo. Que el agua de los ríos caiga por el mismo cauce desde hace cien mil años. Que las hojas hagan fotosíntesis y los estómagos conviertan las lechugas en energía. Que el cerebro humano haya llegado a aprender todas esas cosas y tantísimas más; que haya inventado unos símbolos compartidos entre completos extraños que nos permiten entender cosas que alguien entendió cientos o miles de años antes de que nosotros fuéramos promesas en el deseo de nuestros antepasados. Me sentaba a la mesa de la cocina a azuzar a mi mamá con que todo era negro y yo no importaba y ella no importaba, y en el cielo todo era tan inmenso que era nuestro, pero al mismo tiempo no nos tocaba. Nadie nos cuida. Hay gente a la que eso le da angustia, a mí me da tranquilidad. Porque si nadie nos cuida, tenemos que cuidarnos nosotros. Me pongo intensa y declaro que la energía que nos une me cuida. Lo que me une a mi mamá, a Paloma, a Roberta; lo que me unió a Emiliano, lo que me une todavía, chueco y roto pero cierto; lo que me une a todos los cineastas lejanísimos que escriben y filman cosas como si fueran hechas para mí, y que millones de personas sienten hechas sólo para ellas. La ficción y las historias, y la empatía con mundos y experiencias que jamás verás de cerca, esas cosas que demuestran que lo que nos une es más que lo que nos separa, para mí han sido la fe. Claro que decirlo así es raro. Una vez le eché ese discurso a la Señora Sandra y tardó como seis meses en volver a dirigirme la mirada. A pesar de que a ella y a la familia tampoco es que se les viera, así, la mar de devotos. No iban a misa jamás. No se encomendaban a dios. Cuando Pancho casi se mata en su coche y estuvo un mes en el hospital no vi a nadie de su familia rezar. Pero de repente, en las bodas, Emiliano se paraba a comulgar, se hincaba o le besaba la mano al padre con mucha reverencia. Yo aprendí a verlo como una manifestación de que el niño tenía sentido de comunidad. Finalmente la religión organizada no es más que sentirte parte de algo más grande que tú, no necesariamente dios sino el hecho de que mucha gente se reúna al mismo tiempo a creer que las mismas cosas son sagradas.

A mí me pasa eso con las historias, con la ficción, más que con nada, con el cine. Que se haya inventado una cámara y una película, para que alguien que nunca he visto y quizá no veré me toque el alma, es una conexión divina.

Todo eso pienso en olas revolventes el tiempo que paso en Berlín. Lo pienso siempre que voy a un festival de cine porque en los festivales de cine cada cosa, buena y mala, es tratada como una obra de arte redentora por virtud misma de haber aparecido ahí. Toda la gente está puesta para recibir esa conexión. Cuando bajan las luces y se susurran últimas cosas prácticas, las salas de cine son mis iglesias. Se sienta uno a recibir esa conexión etérea con el mundo. Muchas veces, cuando las películas son malísimas, la cosa se queda en las ganas de recibir la conexión, pero esas ganas por sí solas, compartidas entre todos los asistentes, a veces son suficientes.

El festival de Berlín es el centro de veneración mejor curado para mis preferencias con el que me he topado. Como todos los festivales, está lleno de energía que a veces pasa por la desesperación. Tantísima gente creando o queriendo crear, tratando de dejar su huella en el mundo, que alguien note y celebre su huella, que alguien compre su huella para poder pagar la renta con el esfuerzo de seguir dejándola. Berlín es transformador para mí, porque la huella que la mayoría de los cineastas de este encuentro está tratando de dejar se siente nueva y se siente suya, y me da euforia espiritual acompañarla. Veo cinco películas al día, arrancando a las ocho de la mañana. En las noches persigo a los responsables de mis favoritas por las reuniones y los restoranes hasta que consigo que me dejen entrevistarlos. Es una fiesta de cinco días. Por el tercero, veo la peli de Emiliano. Se llama *Cosas de todos los días* y está en su casa en este festival, está en su casa en este festival, tan lleno de cosas que siento como hechas para mí.

Reseña que hago de la película de Emiliano en cuanto termina de pasarme por encima y puedo poner las manos sobre mi teclado.

COSAS DE TODOS LOS DÍAS

Dirige: Emiliano Cervera
Escribe: Emiliano Cervera

Actúan: Marina Caltrane, Hugo Fresneda, Martín Pacheco
País de origen: México
Duración: 89 min.
Género: Drama. Comedia. *Mensaje subliminal a familiares, amigos y expareja del director.*

Nota de edición: favor de ignorar los textos en negritas. Son comentarios de exnovia orgullosa/eufórica/ardida.

El primer acierto de *Cosas de todos los días* es su título. La *opera prima* del realizador mexicano Emiliano Cervera, que con este debut se coloca de inmediato entre las grandes nuevas voces de nuestro cine nacional, logra una de las misiones más difíciles que tiene el arte: elevar lo cotidiano al plano de lo trascendental. *El título, cabe mencionar, fue idea de María, exnovia emblemática del director, quien esto escribe.*

Marina Caltrane, *la chica de improbable perfección que por supuesto es la actual novia del realizador*, interpreta a Franca, una joven cuyo matrimonio de muchos años enfrenta una crisis **(quien esto escribe no sabe si na' más anda de clavada, pero una crisis parecidísima a la que ella misma enfrentó con el realizador)**. "Nos casamos muy chicos", le dice a su vecino adolescente, quien lleva la mayor parte de su corta vida enamorado de ella. "¿Chicos como yo?", le pregunta él. "No, no como tú", contesta Franca con la voz quebrada y una sonrisa. El vecino adolescente, *cuya mamá fresa es idéntica a la Señora Sandra,* entabla una relación con Franca que le sirve de válvula de escape al curso —en apariencia inevitable— de su vida.

Así arranca el tono único de esta cinta al mismo tiempo inocente y atrevida, *como su director,* llena de audacia pero marcada por una brújula emocional imposible de resistir. *Sobre todo para mí, que reconozco tantas cosas tan de cerca.*

Desde la secuencia de créditos nos queda claro que estamos frente a un cineasta de confianza y talento portentosos. Letras amarillas se envuelven entre escenas cotidianas de la vida de Franca, intercaladas con escenas del joven adolescente espiándola por la ventana. Un planteamiento visual reconocible, pero marcado por una energía frenética que nos prepara para la dicotomía que hace de esta cinta un espectáculo personal, único, íntimo; sin dejar de ser sorprendente, novedoso, impredecible. *Este cabrón de Emiliano hizo la película de sus sueños. La hizo. Cuando las letras que abrazan a Franca eventualmente leen: una película de Emiliano Cervera, a quien esto escribe se le enchinó la piel de gusto, gusto limpio, gusto como de abuela orgullosa que no conoce ni el fantasma ni la amargura.*

La propuesta de Cervera está marcada por una nostalgia que prácticamente se regocija en mirar al pasado como el lugar en donde se encuentran todas las respuestas del futuro. *Y ahí reconozco a mi Emiliano en su película, como hace meses que no lo reconozco en el mundo.* Franca y su marido se han hecho adultos juntos y viven ese proceso de maduración a veces como un orgullo, a veces como una tragedia. *Quien esto escribe se da por aludida y con razón.* Mientras tanto, la inmadurez que por contraste se respira en el mundo de Alonso, el joven vecino, es un retrato del deseo de Franca por volver atrás en el tiempo. Las escenas en las que Alonso, interpretado con frescura e irreverencia por Hugo Fresneda, convive con sus amigos del colegio son particularmente eficaces: vulgares, llenas de un humor cautivador. *Es claro que el director, en el fondo de su alma, es un niño chiquito y consentido, es por eso que su ojo retrata tan bien las ganas de inmadurez.* Sin embargo, al final son escenas llenas de una añoranza que reflejan al personaje de Franca y su ambivalencia frente al hecho de haber contraído matrimonio a una edad tan temprana, frente a tener el futuro en apariencia decidido, frente a imaginarse quién sería sin esa certidumbre.

El encanto de esta cinta, sencilla pero impecable, radica en que Cervera se resiste a caer en facilismos. Desde el momento en que se rehúsa a retratar al marido de Franca como un villano hasta la forma en que la juventud de Alonso no se muestra nunca con condescendencia. Todos los personajes tienen su momento y su lugar, la construcción dramática de la cinta convierte un triángulo que podría sentirse demasiado familiar, en una exploración delicada y agridulce sobre el amor, la convivencia, la atracción y la madurez. *Este Emiliano, nos salió mucho más listo y atento de lo que creíamos.*

Hacia el final, la cinta busca cierto tremendismo que se siente impuesto. *Resultado de la típica ansiedad de Emiliano, que se siente culpable de que nada realmente terrible le ha pasado nunca en la vida, así que para evitar sentirse frívolo le agrega un twist estúpido a su historia que se siente falso porque es falso, pero sobre todo porque está comparado con la emoción viva con la que ha contado el resto de las cosas que son muy suyas.* Sin embargo, ese momento de simulación no logra descarrilar la seducción que *Cosas de todos los días* ejerce sobre el espectador. Una cinta construida con imágenes puras y actuaciones magistrales, particularmente de Marina Caltrane, quien interpreta a Franca con humor y vulnerabilidad. *Además de que se ve espectacular, lo que sea de cada quien. Todos los encuadres de Marina iluminan la pantalla de un modo que deja claro que o Emiliano, o su fotógrafo, o los dos, están perdidos de amor por ella.*

El toque final de elocuencia en la cinta lo otorga la música de Inés Aguirre, *a quien no puedo pinche creer que Emiliano acabó contratando para musicalizar su película.* Aguirre entrega una partitura dulce y vertiginosa, que complementa de forma impecable el montaje y el uso confiado de la cámara con que Cervera acompaña a sus personajes.

El resultado final es emotivo y cerebral, al mismo tiempo confronta y consuela las dudas cotidianas y, por lo tanto, más difíciles que sus espectadores nos hacemos junto con Franca: ¿qué le debo a mis seres queridos? ¿Qué me debo a mí mismo? ¿Será mi vida todo lo que debería? De los errores que no tienen remedio, ¿cuántos ya habré cometido? ¿Cuántos me quedan por cometer?

En fin, ¡peliculón! 4.5 estrellas de 5. *Me quedo con el .5 No sé. Nada más por joder.*

Por virtud de las deidades del Festival de Cine me toca compartir cuarto con Ana Sofi, reportera de la revista de sociales que comparte editorial con *CineAdictos*. Amo que me toque con los de las revistas de sociales porque tienden a ser gente brillante que vive de pensar en tonterías y esa contradicción me los vuelve gente entrañable. Además, casi siempre son alérgicos a las pelis "de festival" y sirven para diagnosticar el pulso de la audiencia general. Ana Sofi llega después que yo porque ella va a todas las fiestas elegantes que duran y duran en *afters* de shots brillantes. Me cuenta, sin que le pregunte, que vio *Cosas de todos los días*.

—La amé. No manches. Lloré y lloré. Me vi —y luego—, además el director está buenísimo. O sea, me caso. Le hice entrevista hoy. Qué poca que anda con Marina Caltrane, me da dolor de ovarios, te lo juro. ¿Tú cuándo lo entrevistas?

—Mañana.

—Uf. Qué deli. Igual te acompaño para verlo otra vez.

Me da risa y luego me da tristeza. Me he bajado de la nube eufórica en la que anduve unas horas después de ver su película. No sólo echamos a perder nuestra historia de amor, encima no sé bien cómo, entre su frialdad y mi desesperación, echamos a perder nuestro rompimiento. Saliendo de la función le escribí para decirle lo mucho que me gustó su trabajo. Me contestó que gracias, que tenía ganas de verme para la entrevista, que ojalá la estuviera pasando bien en Berlín. Me contestó cordial, vaya, y cordial sigue siendo el peor tono. Nuestra interacción no es exactamente fría, pero tampoco es mucho más cálida que la que tengo con una directora francesa a la que he entrevistado alguna otra vez en algún otro festival, cuya peli también me gustó. Así nos llevamos Emi y yo ahora, como gente que ha conectado con gusto dos o tres veces en el mundo, para no pensar más en el otro. Hasta el fantasma empieza a sentirse como una invención mía.

Al día siguiente lo veo y me sorprende mi tranquilidad. Ni un vuelco en el estómago ni un reproche. Es la entrevista más divertida que hago. Emiliano me cuenta cosas que quizá no le cuenta a nadie más, de sus miedos sobre el resultado final de la peli, de sus inseguridades durante la filmación. Cuando le digo que me pareció espectacular, se lo digo con más gusto que el que tendría algún otro reportero. Pero tampoco es como que se nos nota una conexión. Todo es muy profesional, menos los siguientes treinta segundos:

—Cuando vi el crédito de Inés Aguirre...

—Sabes que la contacté porque leí la entrevista que tú le hiciste —me interrumpe Emiliano

—¿De verdad?

—Te adora. Cuando le dije que —hace una pausa imposible *¿¡que qué?!*—, que te conocía —abrevia— dio uno de esos gritos que da, ¿sabes? Y aceptó hacer la película.

—Claro que no.

—Te lo juro.

—No sé. La última vez que la vi fue un día muy raro para mí.

—¿Fuiste a una de sus fiestas?

—¡Sí!

—¡No mames! Yo también.

—¿Qué tal eso?

Se me queda viendo muy serio.

—Mari, no te veo en esa fiesta.

—Ni yo a ti.

Silencio. La verdad es que no nos vemos en ningún lado, ya. En todo caso, se pasa rápido. El resto de la entrevista se ríe, me río, nos reímos. Conjugaciones varias en conjunto. De nervios, de nostalgia, de aridez. A la media hora tiene que irse a la siguiente entrevista. Lo veo suspirar con algo de pena.

—Bueno. Pues muchas gracias, señor director. Suerte.

—Gracias a ti. Nos vemos.

—Sí.

Nos damos un abrazo ligeramente más largo de lo natural, pero nada que pueda notar un ojo sin conocimiento de causa.

El resto del año, lo único que sé de Emiliano es lo que sale en el periódico. Al principio hasta escrito por mí. Después de la entrevista nos desbloqueamos de Facebook (él me bloqueó a mí primero y qué bueno porque durante mi etapa persecutoria, su cuenta era como un instrumento de tortura); vuelvo a seguirlo en Twitter (de donde yo lo había eliminado porque me ardió lo de Facebook). Vuelvo también a su Instagram, Periscope y demás plataformas modernas con las que me ataca su presencia de lejos. Que si triunfa en Berlín y luego en SouthXSouthwest y luego en Morelia. Que si es la nueva voz de su generación. Que si va a Los Ángeles a reunirse con gente elegante que le ofrece hacer cosas poco elegantes. Que si cena con Marina en un nuevo restorán en el Corredor Roma, o bebe en una mezcalería artesanal, donde cada trago cuesta una fortuna porque te lo sirven en vasos de diseñador mal lavados por un bartender que quiere ser modelo, etcétera. Su *timeline* de Instagram se llena de personas desconocidas que le dicen mi amor. Elena Volkova (desde su sillón rosa y en calzones largos) taguea: "Emi, memi. Jajaja". Y Emiliano contesta: "Jajaja. Te extraño, cabrona". La pura buena onda. Me entero de dónde va a estar, en qué *screening* y con quién, por los retuits de sus múltiples acólitos, otros críticos, otros cineastas, amigos que eran suyos y que se quedaron de su lado en la custodia y que ahora son unos desconocidos que se fueron quedando sólo en mi mundo electrónico. De pronto, hasta José Miguel escribe que su peli se verá en tal sala, tales días. Con Paloma hace mucho que no se habla del tema, desde que me dijo que qué bueno que ya lo había superado, se dejó de mencionar su nombre como algo que tenía que ver conmigo. Cuando salgo a comer con ella, entre las conversaciones de planes de boda, sillas, mesas, flores, música, fotos, me entero de pasada que la familia viajó a Londres para ver la peli de Emiliano en el festival de la ciudad, o a Las Vegas para el cumpleaños de la Señora Sandra, a Nueva York para acompañar a Pancho que iba de trabajo. Habernos visto y no vernos más es la nueva norma. Casual.

No sé nada de verdad. No sé si Emiliano está contento o histérico, no sé si sus nuevos amigos son buenos amigos, no sé si va de viaje con Sandra y la abraza como antes o si ha empezado a crecer frente a ella, no sé si está orgulloso de su película o si llora en las noches en los brazos de Marina (o de alguien, hace mucho que no lo veo con Marina) como lloraba en los míos cuando alguna cosa le salía muy muy bien. No sé. No sé nada. Y poco a poco desarrollo un rechazo corporal a saber algo. Quiero volver a la paz del fantasma y no es difícil. Siempre que por cualquier motivo tengo información remota, me concentro con todo lo que tengo en no pensar que quiero saber más, en no preguntar, en asegurarme de que nadie me diga. Me quito, no pregunto, no nada. Y después de un rato ese rechazo se vuelve la normalidad, y ya nadie, ni mi mamá, tiene cuidado cuando habla de él a mi alrededor. Todo el mundo empieza a tratarme como él, como a una casual, antigua, conocida. Los reporteros que me vieron inhalarle las anginas en mil fiestas, me hablan de él como de una novedad: "Este director Cervera nació en Florida, chistoso, ¿no? Es buenísima gente, cuando lo entrevistas. No sabes". Y me dan ganas de decir: Sí, sí sé. Aunque ya no sea cierto.

Es una realidad tan consumada que empiezo a imaginarme que inventé todo lo que nos pasó. Inventé que crecimos juntos. Inventé que lo cuidé y lo alivié cuando lo atacaban males que no sabía que tenía. Inventé que me lo dijo todo, que conozco hasta el último rincón de su anatomía, que hubo un momento en que supimos mejor que nadie quién era el otro. Lo inventé todo. A veces regresa el fantasma, se me aparece en algún lado, se mete a la casa de José Miguel y al pan que muerdo en el desayuno y las pláticas pospeli con los niños y a todas las salas del cine del mundo. Ahí anda. Pero ya no me duele. Por fin no me duele. Ando orgullosa de mi falta de dolor.

Después, cuando me acuerdo de mí misma pensando eso, me doy ternura. No conocía el dolor.

18

El Dolor

Mi mamá tenía la piel tan delgada que debajo de la ropa, entre sus costillas, podías sentirle el corazón. Estaba toda hecha de una sustancia suave, parecida a la bondad. Toda ella era como de papel de China, por eso se le veían las venas de las manos, por eso cuando estaba en piyama no se sabía dónde terminaba el algodón y dónde empezaba su piel. Por eso cuando me llamó a la una de la mañana para decirme que le dolía el estómago muchísimo, la úlcera que se lo estaba perforando tardó menos de tres horas en mojar el resto de su cuerpo suave con su sangre suave, hasta morirse sin que apenas notara que algo estaba pasando.

Llego a su casa y la veo pálida, pero lo primero que pienso es que está muy bonita. Con los ojotes salidos y la boca roja en medio de su cara afilada, como Blancanieves.

—Me duele el estómago desde la tarde, pero ahorita mucho —me dice como quien describe un mal corte de pelo, una molestia curiosa, menor.

Pero cuando la ayudo a levantarse, se desvanece en mis brazos. La envuelvo en el abrigo que estaba empezando a ponerse, la cargo hasta su coche, la llevo al hospital. Cuando la pongo sobre el asiento, despierta.

—¿Ma? ¿Estás bien? —le toco las manos frías.

—Sí, estoy bien. Siento como raro.

Llamo a su doctor y manejo como poseída.

—¿Adónde vamos?

—Al hospital.

—No.

—Mamá...

Me mira muy fijo, sintiendo algo en el cuerpo que no termina de entender.

—¿A qué hospital? —pregunta finalmente.

—Al Ángeles del Pedregal. Ahí está Juan.

—Ahí asaltan.

En efecto, lo primero que quieren ver, antes que a la enferma, es mi tarjeta de crédito. La entrego sin pensar.

—¿Te sigue doliendo?

—No tanto —apenas tiene voz para decir esa mentira.

En cuanto Juan la ve, sentada en una camita que tuve que exigir, ordena que le pongan sangre.

—Vamos a ver —dice mientas la revisa, en ese tono de doctor preocupado que trata de que no se le note—, debe ser la úlcera.

—Eso debe ser —mi mamá hasta el último momento quiere ser amable y útil.

Pero antes de que llegue la sangre, algo le cambia en la cara.

—María —alcanza a decir.

Le doy la mano.

—Siento como raro. Esto está muy raro.

—No te preocupes. Ahorita vemos qué está pasando.

—No me preocupo.

Me sonríe y cierra los ojos.

Y es lo último de lo que pasa que puedo entender. Ya no entiendo cuando Juan le ve los ojos cerrados, me baja de su cama y declara que hay que llevarla al quirófano. Ya no entiendo mis labios sobre su hombro mientras se la llevan. Ya no entiendo la sala de espera en donde estoy menos de veinte minutos. Ya no entiendo la boca de Juan tratando de explicarme lo inexplicable. Derrame interno, operación inútil, se había ido desde antes de que llegáramos al hospital. Mucho menos entiendo los formularios, las firmas, las escaleras, las cuentas; la sábana que le tapa la cara brillante, los ojos cerrados; mi voz diciendo su nombre completo en voz alta; la pluma de una señorita que tiene en letras blancas el nombre de una funeraria; el sol saliendo.

Sobre todo eso: no entiendo que pueda volver a salir el sol.

Soy huérfana, pienso. Como Oliver Twist. Me veo en un hospicio con el pelo rapado con tijeras de jardinero para matar los piojos. Sola en el mundo, a merced de los malos. Tan chica como esas niñas que quieren que las adopte una familia de ojos azules y broches de oro como en *Remi*. En defensa propia, mi cabeza se empeña en llenarse de ese tipo de estupideces. Porque pensar las cosas reales es imposible. Como beberse una cubeta de sal. Mi mamá no está. No va a volver a estar. Ya no se puede abrazar su piel delgada, ya no se puede entornar los ojos frente a uno de sus discursos, ya no se puede oler su cama en las mañanas de sábados y recordar la despeinada infancia. Ya no. Se acabó. Soy huérfana. Una mujer de treinta años que se siente más sola que una de tres, que de pronto ha olvidado cómo cruzar la calle sin su mamá, cómo caminar sin su mamá, cómo soportar la muerte de su mamá sin su mamá.

Con el sol a medio cielo, empeñado en brillar, termino con las enfermeras, el hospital, la funeraria. Hay que lidiar con la mundanidad de la muerte, con su rutina y los seres que están con ella todos los días. Los señores de la funeraria y del crematorio, los tiempos de espera, la idea de que la única persona que me importa en el mundo sea un cuerpo, sea su trabajo, lo que hacen de nueve a seis. Todos son muy profesionales, hacen como que entienden mi pena. La realidad de una huérfana adulta es que no está desvalida. La gente espera que me haga cargo. Y me hago cargo. Aunque por dentro, en cada paso, voy pensando: "No estoy apta para esto, necesito a mi mamá". Pero mi mamá no está. Otra vez la cubeta de sal. Mi mamá está muerta. Nunca más su voz ronca, nunca más sus ojos brillantes y sus párpados colgados, nunca más su risa levantándolos. Nunca más la mesa de su cocina, nunca más tardes que se hacen noches hablando de nada. Nunca más el hueco de su cabeza que me explica el mundo, nunca más el hueco en su almohada que me devuelve de todos los malos sueños. Nunca más.

La señorita de la funeraria me lleva a un cuarto privado en el que puedo "llamar a mis seres queridos para que me ayuden". Llamo a Roberta, a Paloma y aunque me sorprende estarlo invocando como parte de mi lista, a mi papá. Los llamo en ese orden y para cuando llego a él, sólo me queda aire para musitar: "Mi mamá. Ven". Y viene. Y se hace cargo. Y es mi papá quizá por primera vez en su vida. Hace a un lado su propia desolación, que es mucho más profunda de lo que me hubiera imaginado, y se hace cargo para que la mía pueda ser la única importante. Llama a todos los parientes, a las amigas de mi mamá, a sus albergues y a su asociación. Se encarga del aviso del periódico, de la organización del funeral, de las flores, de los coches. Se encarga de que los que quieran rezar tengan dónde y con quién, pero los mantiene suficientemente lejos como para que en mi cabeza no perturben la sensibilidad de los extintos, pero por siempre anticlericales oídos de mi mamá. Se encarga de pedirle a su amiga Maura que dé un discurso precioso y devastador. Se encarga de que todo mundo coma, hasta yo, que llevo todo el día sin abrir la boca, inmune a los ruegos de Paloma y Roberta. Se encarga de avisarle a todos mis editores y al conductor de la radio que no contarán conmigo hasta nuevo aviso. Y cuando se lo pido, se encarga de dejarme en paz.

Del velorio no me acuerdo. Sé que viene mucha gente, que la mujer de Maura canta una canción, que hay grandes y sinceras expresiones de amor. Sé que para mí todo es caminar entre hoyos negros.

Sé que Jaime Chico trae a los niños. Tito de traje y muy serio, Yvette regañándolo porque no quiere entrar. Sé que José Miguel llega cabizbajo y que por un segundo trata de ofenderse por que no lo llamé. Sé que me hace sentir culpable porque ni se me ocurrió llamarlo. Sé que veo a Pancho caminar hacia mí y por primera vez lo veo sólo a él en su cara, sin rastro de su hermano. Sé que Paloma y Roberta me tienen cada una de un brazo desde el principio hasta el final, que sólo recargada en ellas puedo soportar las horas.

Después de dos días ponemos las cenizas de mi mamá junto a mis abuelos en el Panteón de Dolores, tan cerca de Rosario Castellanos como es posible estar sin ser ilustre. Me despido de ella, cabe toda en una cajita de madera brillante, tan frágil, tan chiquita. Me recuerda a esa noche Cuando Terminó, que llegué a su casa, me abrió en bata y no alcanzaba el frasco de almendras. Almendras con chocolate. Siento el impulso de algo parecido a una sonrisa por primera vez en días. Luego nada más que sal y sal.

Poco a poco, todo el mundo se va. Jaime lleva a los niños de regreso con su mamá. Paloma me compra comida para la semana, detergente, velas que huelen rico y todas las cosas prácticas en las que puede pensar para dejarme acomodada antes de tener que dejarme. Roberta me acompaña hasta la puerta de La Caja Gris y me recuerda a cada paso que está abajo y que cualquier cosa sólo grite y que puedo quedarme con ella y con el INEGI siempre que quiera. Entro a La Caja Gris, me siento en el sillón, apago mi teléfono.

—Mi mamá se murió —digo en voz alta. Hasta ese momento, no lo creía de verdad.

Entonces se me olvida cómo parpadear. No siento que el

mundo se terminó, siento que yo me terminé. Se me olvida todo lo que sé. Se me olvida cómo batir un huevo, se me olvida a qué sabe la sandía, se me olvida de qué lado se maneja en América y con qué pie se baja uno de la cama. Tengo la cabeza en blanco para todo lo inmediato, pero llena de todo lo inalcanzable, como un panal de recuerdos inútiles: el largo de sus pestañas, las arrugas de sus manos, cómo parecía bruja cuando se reía muy fuerte. Sus uñas cortas sobre mi espalda de niña, su boca cantando. Sus pasos.

Es tal el ruido que traen las cosas, tal es el amontonamiento de lo que no se me olvida, que se me olvida todo lo demás. Empiezo por aprender de nuevo cómo quitarme los zapatos y cómo subirme a la cama. Me tardo media hora, pero finalmente logro acostarme sobre las cobijas con la ropa del día.

El sol se mete y vuelve a salir varias veces mientras yo más o menos vuelvo a aprender cómo encender la luz de la casa, cómo cerrar las cortinas, cómo vestirme y cómo abrir latas de atún. Contestar mi teléfono es más complicado. Si Roberta me ha llamado más de siete veces seguidas, entonces aprendo a contestarle y a decir: *Estoy bien. No vengas.* Lo mismo con Paloma, cuyo límite de mensajes sin respuesta es cinco. Todo lo demás, ni lo noto.

Las llamadas de trabajo son en automático. Como si una parte robot de mi cerebro tomara posesión de mí unos minutos al día. Reubico con amigos todos los textos freelanceros que tengo por entregar. En la radio, hasta nuevo aviso, me reemplaza Ana Sofi. *CineAdictos* es más complicado, pero me salto a José Miguel y pido permiso para estar ausente directo con Recursos Humanos.

No tengo idea de cuántos días pasan así hasta que Roberta se apersona en mi puerta y toca desesperadamente. No le abro. El tumulto de mi cabeza no da treguas y no puede concebir darle entrada a nadie.

—Estoy bien, Ro.

—Ábreme.

—Estoy bien, de veras.

—No has salido en casi dos semanas.

—¿Dos semanas?

—Porfa, ábreme.

—No puedo, Ro. Estoy bien, de verdad. Na' más necesito más tiempo.

—¿Está bien si me quedo aquí afuera?

—Claro.

—Okay, pues aquí voy a estar.

Oigo cómo se desliza por la puerta hasta quedar sentada en el suelo. Al rato, no sé cuánto tiempo después, vuelve a tocar.

—Mari.

—¿Qué pasó?

—Ya me voy a dormir. ¿Estás bien?

—Mhm.

—Vengo mañana.

—Gracias, Ro.

Al día siguiente Roberta repite el numerito; y al siguiente viene acompañada de Paloma, que necesita mucho más convencimiento antes de resignarse a la idea de que simplemente no está en mí abrirle la puerta. Toca sin parar durante media hora, ruega, llora, grita hasta que viene un vecino que amenaza con llamar a la policía si no se calla.

—Qué poca, María. Sólo te quiero apapachar. Ábreme la puerta.

—No puedo —repito como un mantra—, perdóname. No puedo.

Y no puedo. No puedo. Tener amigas no va bien con la penitencia de sentirse culpable de estar viva. Cuando se van lloro más fuerte que de costumbre porque encima me siento culpable de maltratarlas. Pienso que a mi mamá le daría vergüenza mi inmovilidad. Mi mamá ponía primero a los demás. Nunca hubiera sido así de autoindulgente. Mi mamá, que es la única persona a la que le abriría la puerta. Mi mamá, que no está.

El encierro es lo único que puedo imaginarme hasta que algunas cosas prácticas me van despertando. Se me termina el agua del garrafón y las reservas de comida que Paloma había dejado acomodadas. Ensayo abrirle la puerta a desconocidos que me traen de comer y de beber. Hasta ahí. Poco a poco el mundo empieza a reaparecer. Roberta y Paloma pasan una semana de guardias intermitentes frente a mi puerta. Cuando están juntas las oigo platicar, reírse. Contra todas las predicciones, se van haciendo amigas. Mi mamá siempre fue redentora de las causas perdidas y aquí está completando su primera obra improbable desde el otro mundo. Oírlas es como bañarse en agua tibia. Poco a poco me voy imaginando que puede volver a existir la normalidad. Durante las horas que no están empiezo a salir otra vez. A sacar la basura, a dar una vuelta a la manzana. Cuando vuelven les mando mensajes de agradecimiento: "Gracias por cuidarme a pesar de que estoy actuando como una completa chiflada". Los niños me mandaron flores. Más bien Marta me mandó flores. Pero los niños dibujaron unas tarjetitas muy amorosas que por fin me atrevo a abrir. Empiezo a ver películas antes de dormir. *Sucedió una noche*, que mis papás veían mucho en tiempos de paz. *El hombre que mató a Liberty Valance*, que mi mamá usaba como himno de independencia en cuanto se iba el señor. *Los 400 golpes*, que fue la primera película que yo le descubrí a ella. Pequeños pasos. El ruido de recuerdos sigue dando vueltas, pero poco a poco retrocede, poco a poco me trae recuerdos buenos que no me doblan en dos. Poco a poco, hasta voy dejando de llorar.

Durante el ratito que vienen, oigo que Paloma le cuenta a Roberta que llegó su vestido de novia y va a tener su primera prueba. Roberta le cuenta a Paloma que se va de fin de semana a Nayarit porque su equipo de investigación encontró semillas de una planta que creían extinta. La vida sigue. Por primera vez desde El Dolor me imagino capaz de hacer algunas cosas básicas. En la noche limpio La Caja Gris, sudo hasta dejarla resplandeciente. Tiendo mi cama. Voy al súper.

Regreso cargada de bolsas y lo veo sentado frente a mi puerta, con las piernas dobladas y los ojos hinchados: Emiliano.

19

Don Ramiro

Tiro las bolsas al piso y ruedan naranjas y latas de sopa por el pasillo.

Emiliano se levanta como un resorte.

—Mari —suelta como si respirara por primera vez.

—¿Qué haces aquí?

—Vine a verte.

—No quiero ver gente.

—Yo no soy gente.

Niego con la cabeza mientras Emiliano se acerca y me abraza, sin preguntarme. Como estar muerto de sed y ahogarse en un manantial. Mis ojos sueltan lágrimas que yo no le ordené, tantas que en un segundo empapan el hombro de su camisa. Lo siento sacar las llaves de mi bolsa y cargarme mientras abre la puerta. Me acomoda en el sillón y mete las bolsas del súper. Mientras, no para de hablar en un tono que le escucho a medias: "Nadie me habló a tiempo", "Estaba en Shanghái", "Tardé dos días en regresar", "Te llamé cincuenta veces hasta que Paloma me dijo que no estabas contestando", "Perdóname por no haber llegado antes", "Perdón, María".

—No esperaba que vinieras. No tienes que pedirme perdón —le digo sin reproche, como la verdad que es.

—Pero ¿qué eres idiota? —dice mirándome como si lo estuviera insultando en un idioma que desconoce—. Pero ¿qué eres idiota?

—Deja de decirme idiota —le digo como si tuviera cinco años y mi primo el grande me estuviera molestando.

Emiliano se sienta junto a mí, se me acerca hasta que mi cuerpo se pliega contra el suyo.

—A mí me hablas, María. Y yo siempre vengo.

—No es cierto.

—Sí es.

—Hace mucho que eso no es cierto.

—No me importa. No me importa nada. A mí me hablas. Si se está acabando el mundo, a mí me hablas. A mí me dices, y yo vengo.

—¿Vienes a qué?

—A venir.

—No puedo estar con gente —lloro abrazándome a su cuello.

—Yo no soy gente.

Hace tres días que no tengo energía para bañarme. Emiliano abre la regadera y se mete conmigo. Me lava la cara, el pelo, siento sus manos como las de un extraño, como si fuera un enfermero profesional. Me pone una piyama limpia, primero una pierna, luego la otra, siento mi piel calentándose envuelta en franela. Me ensordece con la secadora hasta que el pelo brillante y lacio me cae sobre los hombros. Me hace un plato de sopa y me observa hasta que me la termino. Luego abre mi cama con un triangulito como de hotel, y ya que estoy adentro, arropada, él se acuesta sobre las cobijas. Giro mi cuerpo para darle la espalda, me hundo en el calor y la limpieza de mi piyama y mi cama. Me hace llorar. Emiliano me acaricia la espalda al ritmo de mis sollozos.

—Cuéntame. Cuéntame, por favor.

¿Qué le cuento? No sé por dónde empezar. Se murió mi mamá. Mi mamá que estaba más viva que nadie. Se murió de un dolor de estómago. De estoicismo. Se murió por mi falta de cuidado, porque estaba tan concentrada en extrañarlo y en no crecer que no me di cuenta de que ella envejecía. Se murió porque el mundo es injusto. No sé. No sé por qué se murió. No sé qué pasó. No sé qué contarle. No tengo energía para decirle en voz alta todas estas cosas, pero sí tengo algo que decir, algo inmediato que en este momento que estoy cómoda y arropada, no deja de dolerme.

—Tiene frío.

Emiliano me acerca más las cobijas, me tapa con toda su fuerza.

—No, yo no. Ella. Ella tiene frío. La dejé ahí sola.

No me parece posible, pero lloro con más desamparo que nunca, entre mocos logro explicarle a Emiliano que lo que me duele es imaginarme las cenizas de mi mamá solas en un panteón citadino. Con sus papás que no la entendían. En un mausoleo lleno de cruces y una virgen en la punta. Muerta de frío. ¿Qué clase de hija desalmada abandona a su mamá ahí? La deja ahí noche tras noche, para que le pasen camiones por encima. Para que le lleguen los humos de tantos y tantos escapes llevando gas y comida para los vivos, como si se burlaran de ella por estar muerta.

¿Qué estaba pensando cuando creí que era buena idea dejarla ahí, tan lejos de mí y de su casa? *Seguro tiene muchísimo frío.* Es irracional. Me queda claro. Pero no es la cosa más irracional que me ha hecho llorar en los últimos días.

—Mari, Mari —dice Emiliano, con su mano entre mis hombros. Me la sacudo.

—Quiero ir por ella —le digo.

—¿Al panteón?

—Al panteón.

—Está cerrado.

—Quiero ir por ella.

Mientras lo digo, muevo la cabeza enérgicamente de un lado para otro, mi cuerpo entiende que lo que estoy diciendo es una aberración. Pero siento la cama moverse, volteo y me encuentro a Emiliano parado con las llaves del coche en las manos, seguridad en los ojos.

—¿Vamos? —pregunta.

—Vamos.

Salto de la cama. Me pongo unas botas horrendas sobre los pantalones de la piyama. Salgo del edificio, camino hacia el coche de Emiliano, el frío de la madrugada me pega sobre la cara mojada, me despierta, me da el gusto de sentir algo. Me subo al coche, lo inspecciono, es nuevo pero ya huele a él. A casa. Manejamos por Constituyentes, la ciudad está vacía y es como si su oscuridad nos estuviera dando la bienvenida. Emiliano se estaciona frente al Panteón de Dolores. Frente a esa reja verde de hierro forjado, imponente, protegiendo a sus muertos de la mugre y el desorden general que los rodeada. En el instante en que la veo me doy cuenta de que somos idiotas. Mi ansiedad y la confianza de Emiliano son una cosa, la realidad, otra. Son las dos de la mañana y estamos queriendo sacar a un muerto de un panteón. No se ve que haya un vigilante. Emiliano toca la campana de la entrada con fuerza. Siento que va a despertar a toda la delegación. Me asomo por la reja tratando de intuir a alguien adentro. Nada. Sólo veo oscuridad y muertos. Siento el impulso de lágrimas nuevas en la garganta y las dejo salir sin mucho escándalo.

Pero Emiliano ya está en plan *nada me detiene* y cuando volteo a verlo, está escalando la reja que tiembla haciendo un ruido imposible de ignorar, viene como de ultratumba y para cuando Emiliano está a punto de caer parado del otro lado, de ultratumba aparece un viejo flanqueado por un perro. Camina entre las lápidas con tal calma y tiene las ojeras tan profundas que por un segundo creo que es uno de los muertos. Su perro regordete viene comandado por un mecate.

—¡Párese ahí! —dice el viejo, caminando hacia Emiliano. No se le ve muy sorprendido de que haya un señor (porque eso es lo que es Emiliano) terminando de trepar la reja. Lo que sí no ve venir es que el señor, en vez de actuar como que lo cacharon haciendo algo malo, dé un salto para bajarse, le extienda una elegante mano y se presente como si todo el mundo supiera quién es.

—Buenas noches, joven. Emiliano Cervera. Mucho gusto, ¿cómo está?

—Pus aquí, bien —dice el viejo soltando una risa incrédula.

—Fíjese que nos urge mucho pasar a uno de sus mausoleos —dice, como si en vez de pedirle un favor absurdo, le estuviera ofreciendo una gran oportunidad.

—Hola —digo yo, que tengo la cabeza y un hombro metidos entre los barrotes. Me ve en piyama, llorosa pero sonriente, atrapada a la mitad de su reja. El pobre hombre no tiene idea de qué está pasando, pero se me ve inofensiva y se acerca a abrir la reja llevado ya por la pura curiosidad.

—Muchas gracias. ¿Cómo se llama usted?

—Ramiro.

—Muchas gracias, don Ramiro —interviene Emiliano. Vuelve a darle la mano y don Ramiro siente quinientos pesos entre los dedos.

—No tardamos nada —dice Emiliano acariciando al perro antes de darse la vuelta y llevarme del brazo hacia la oscuridad del panteón.

Caminamos por entre las tumbas guiados por la luz de su teléfono.

—Está pasando la rotonda —digo. Siento sus rodillas temblar, finalmente su imaginación activa va caminando a oscuras entre tumbas. Pero sigue avanzando, tomado de mi brazo como si creyera que puedo defenderlo de cualquier cosa. Avanzamos hasta el mausoleo. Don Ramiro nos sigue no muy de cerca, mientras su perro no para de ladrar, lo cual extrañamente contribuye más a la seguridad que al miedo. Decide callarse en el instante en que abro la puerta del mausoleo, el silencio del panteón me hiela los huesos, pero ya estoy muy avanzada como para detenerme. Emiliano apunta la luz, yo tomo la cajita en la que guardé a mi mamá y me abrazo a ella de inmediato. Veo las urnas de mis abuelos, me beso la mano y la pongo sobre cada una.

—Adiós, abues. Me llevo a su niña.

Siento a Emiliano sonreír detrás de mí. También siento a don Ramiro preguntarse si sus quinientos pesos van a dar como pa' dejar que nos llevemos a un muerto, así nada más.

—Es mi mamá —le justifico.

Su perro vuelve a ladrar y don Ramiro decide que lo que ya no quiere es discutir.

Le doy la mano a Emiliano y vamos de regreso al coche, seguidos por el ritmo de los ladridos y los pasitos del perro de don Ramiro.

—Muchas gracias —le digo a Emiliano, al perro, al aire. Tengo a mi mamá en las manos y me llena el cuerpo de euforia.

Nos bajamos en su casa y saco las inmensas llaves de su puerta. Me recuerdan el hospital, cuando me las entregaron junto con el resto de sus cosas. No. Me lo espanto todo abriendo la puerta y yendo directo al jardincito de atrás. Paso sin ver el sillón de la tele, la escalera a los cuartos, la mesa de la cocina. Emiliano me sigue con completa determinación, confiando en que sé perfecto a dónde voy. Pero no tanto.

—¿La bugambilia? —le pregunto con la voz entrecortada.

Emiliano asiente. Los dos nos acordamos de los pleitos constantes de mi mamá con la bugambilia. En el jardín, palabra liberal para describir los dos metros cuadrados de tierra que son, caben sólo esa planta y una persona. Se ponía varuda y echaba a perder la vista de la sala. Mi mamá lo tomaba personal. La mandaba podar. Luego casi siempre al jardinero se le iba la mano y mi mamá se afligía porque la había dejado meses sin flores. A veces, por fin lograba el tamaño y momento perfectos, floreaba morada y rosa, soltando sus preciosas basuras hasta tapizar el piso. Y mi mamá se pasaba toda la tarde contemplándola como un logro, sin poder hablar de otra cosa. Así está ahorita. Toda llena de flores moradas que ha ido soltando hasta cuajar la tierra de color. El orden que hace que floree la bugambilia, único dios junto al que mi mamá querría estar.

Abro la caja con cuidado. El sol empieza a salir, el sol siempre sigue saliendo. Esparzo las cenizas sobre las flores y las raíces, hasta que se pierden entre los pétalos morados y mis pies, cubriendo cada centímetro del jardín de nuestra casa.

—Te adoro, ma —me oigo decir. Y siento como si los átomos que me forman, que andaban separados, furiosos, desgarrados, empezaran a reconciliarse poco a poco.

—Por Carmen —Emiliano me da un vaso con un dedo de ron, se bebe el suyo mientras suelta dos de esas lágrimas gordas que sólo él sabe soltar con tanta libertad.

Deja que me quede sentada en el jardín hasta que me da la gana levantarme, mucho tiempo después.

20

Mi casa

Me subo al coche de Emiliano. No quiero regresar a La Caja Gris, pienso. Y como si adivinara, se encamina hacia otro lado. Dejamos a mi mamá en su casa y Emiliano me lleva a la suya. Me lleva, como si fuera de cristal, hasta la primera puerta de la izquierda. Entro a su espacio, a su desorden, que ha crecido exponencialmente desde la primera y única vez que estuve aquí. Toco todas sus cosas. Respiro su aire. Paso los siguientes días dejándome llevar de un cuidado al siguiente, retomando posesión de su mundo.

La tercera noche que me acuesto junto a él, estiro la mano hasta topar con su espalda. Emiliano se voltea para verme, me recorre con sus ojos negros, sus pestañas largas, y se acerca —como si se cayera— hasta que me da un beso. Memoria muscular.

Haber querido tantísimo. Querer todavía. Que todo sea distinto. Lejano.

Imposible de reclamar.

—Me gustó mucho tu película —le digo.

—No quiero hablar de tonterías ahorita.

—No es tontería.

—Está llena de errores.

—No me importa lo que tú opines.

—Gracias.

—También me gusta mucho tu casa.

—Gracias.

—Me gusta mucho todo lo que has hecho sin mí.

—Mensa, mensa, eres muy mensa —me dice en ese susurro tan suyo—. ¿Cómo puedes no entender? Desde el primer día que nos vimos, sin que importen todos los días que no nos hemos visto, no he vuelto a hacer nada sin ti.

Hablamos de absolutamente todo y de absolutamente nada. No hago casi ninguna de todas las preguntas que pensé que quería hacerle, todas las que le hice al fantasma; se sienten ya con respuesta. No le pregunto dónde está Marina, no le pregunto dónde va a estar él, no trato de explicarle dónde estaré yo. Sé que alguna vez quise que me pidiera perdón. Perdón por irse, perdón por quitarme a mi amigo. Pero por primera vez pienso que él tuvo su pérdida a su modo. Nos conocemos y nos desconocemos. No inventamos nada. No importa nada ya. De pronto todo es fácil, tenerlo cerca, decirle la verdad.

Nuestras piernas y brazos están amarrados y confundidos de tal modo que, cuando miro hacia abajo, no sé qué piel es suya y qué piel es mía. Pero se nota en cada célula lo que nos acerca y lo que nos separa. Tenemos parte del otro, pero también tenemos grandes lagunas que no se tocan, que ya son sólo nuestras. Estamos en tiempo prestado. La posibilidad de acompañarnos los días se terminó a tantísima cabalidad que los dos sentimos con los huesos que éste es un momento que vamos a recordar más que a vivir.

El tiempo seguirá pasando. Pienso en Lennon y en McCartney pero no se los menciono, dejo todo entre mi mamá y yo, en ese abismo que tiene su voz y su ausencia, que sé que tendré a la orilla de todos mis pasos para el resto de mis pasos.

Me despierto y es domingo. Hora de volver a contar los días. Me levanto. Dejo una notita sobre los puños apretados con los que duerme Emiliano cuando duerme con más abandono.

Gracias por todo, Emi. Me fui a mi casa.

Me aviento a la calle y camino entre cláxones y mugre las sesenta cuadras que me separan de la casa de mi mamá. Voy como poseída, necesito llegar como si la casa tuviera el único oxígeno compatible con mi respiración. Entro. Esta vez sí me detengo en cada rincón. Por primera vez pienso lo impensable. Ésta es mi casa. La casa de mi mamá es mi casa.

Subo las escaleras. Entro a su cuarto. Otra cosa de la que mi papá se hizo cargo. Toda la casa está limpia, con las camas tendidas y la ropa guardada, todo como ella hubiera querido que lo encontrara, no como se quedó la última vez que salimos juntas de aquí.

Me meto a su clóset, a perderme entre sus cosas. Cada rincón del cuartito está ocupado por algún objeto, algún cajón, alguna parte suya. Es un amontonamiento atroz, pero todo tiene su lugar. Repisas con suéteres, su bata de seda colgada junto a la puerta, una muñeca de porcelana que era de mi abuelita sentada entre cajitas de joyería barata. Las paredes están llenas de cuadros, pinturitas, mis dibujos de niña. En una bolsa dentro del cajón más lleno de desórdenes varios encuentro los tenis de suela morada que mi mamá compró para su nieto imaginario. Hurgo más y encuentro un vestidito y unas botitas y dos baberos. Loca. Tuvo miles de nietos imaginarios. Ya veremos.

Sobre la pared del fondo hay un espejo donde se encontraba uno a mi mamá contemplándose siempre que iba tarde. Quién sabe qué veía, pero poco, porque el espejo tiene fotos de sus amigas y nuestras por toda la orilla, y en medio cositas escritas con delineador. Escribía ahí distintas ocurrencias que iba cambiando. Frases que se topaba en libros o películas. Cosas que alguien le había dicho. Le gustaba estar rodeada de palabras. En la entrada más reciente, que no se ha corrido nada, se lee: "Dijo María hoy: En general qué bonita la vida". Mi mamá.

En la esquina, bajo el espejo, hay una silla pequeñita que a veces servía para alcanzar las repisas de arriba. Busco los cojines que siempre estaban sobre ella, mi mamá los iba rotando hasta que se le empezó a olvidar. Maura los había mandado hacer una navidad, bordados con las frases más célebres de Carmen. Uno dice: "Hay más tiempo que vida"; el otro dice: "Lo cabrón no quita lo cobarde" y el último, que de niña siempre me pareció el más misterioso, dice: "Lo bailado nadie te lo quita". Ése es el que encuentro en uno de los cajones. Me acuerdo de mí a los siete, ocho años, preguntándole qué quería decir.

—Pues que pase lo que pase, pasó lo que pasó.

A los siete, ocho años no me ayudó nada semejante no-explicación. Ahorita, éste es el tipo de cosas que la gente que cree en los ángeles usa como comprobación de su existencia. Lo que te ha tocado, te toca todo el tiempo, nadie te lo puede quitar. Mi mamá y sus palabras, nadie me las pueden quitar. Mi mamá y sus tenis de suela morada, lo que se imaginó del futuro al que no he llegado, convencida de que la vida es muy larga.

Me he empeñado en que Emiliano me valide el pasado y ¿para qué? El pasado se valida solo, sucediéndonos todo el tiempo. No hay que huir de él ni regocijarse en extrañar lo que nos fue quitando. Pase lo que pase, todo pasa al mismo tiempo. El clóset de mi mamá es un portal. Aquí está mi mamá platicándome de nada hasta que se hace de noche, aquí estoy viendo crecer los brazos de Emiliano mientras ponemos una película, aquí estoy sola en el mundo y contenta, pensando en qué vendrá después.

Empieza el futuro. De pronto el precipicio de mi duelo se ha llevado mucho de lo brumoso del mundo y lo veo con claridad. Me apersono en casa de Paloma y luego en casa de Roberta, en actitud de rendición agradecida por sus cuidados y sus guardias.

Voy a ver a José Miguel para hacer oficial lo evidente. Me topo con la novedad fantástica de que volvió con su mujer. Orden universal. La mujer abandonadora abandonó al venezolano y vino a pedir perdón —me imagino— de rodillas. José Miguel hasta empieza a pedirme perdón a mí. No hace falta. No hace falta en lo más mínimo.

Organizo que las amigas de mi mamá y los parientes significativos vengan a la casa a escoger qué quieren de sus objetos. Nada de lo que hay en la casa vale dinero, pero para cada quien alguna cosa vale oro. Cada cosa se la regaló alguien, la compró en un recuerdo compartido o remite a algo específico y entrañable. Roberta, por ejemplo, se lleva una cajita de talavera que de niñas jugábamos a esconderle.

—Oigan, niñas, ¿no han visto mi cajita de talavera que va en la mesa de la sala?

—No, ma —decía yo.

—No, Carmen —decía Roberta.

Mustias. Mi mamá achacaba la pérdida a su despiste general, hasta que la encontraba en una repisa de la cocina, o en un cajón de su clóset, o en un librero de su oficina. La devolvía a la sala. Y otra vez.

—Niñas, ¿no han visto mi cajita?

Hasta que un día, después de mucho buscarla, amaneció con la cajita acomodada junto a su almohada y se levantó furiosa a reprimir las carcajadas con las que Roberta y yo acabábamos de acomodarla ahí. Todo mundo se lleva un recuerdo así. Y todo lo que se queda, son recuerdos míos.

El sábado que los niños vuelven a venir por primera vez, vienen sólo Ivette y Tito, hablan muy bajito y a todo dicen que sí. Se ve que vienen amonestadísimos por sus papás de no perturbarme. Pero, poco a poco, van perdiendo el estilo y devolviéndome esa paz que dan con su inocente falta de filtro. Cuando Yvette se descuida, Tito me pregunta qué se siente no tener mamá.

—Horrible, mi amor —le digo como el hecho que es.

—¿Estás muy triste?

—A veces, sí.

—Pues sí. Aunque ya seas grande es bonito tener mamá, ¿verdad?

—Verdad. Pero bueno, tiene que seguir la vida.

—¿Me haces leche con chocolate?

Vaya, que no se lo tengo que decir dos veces. Pienso que sí debo buscarme a alguien con quien hacerme de uno de estos escuincles. Son padres. Y ya tengo los tenis. Veremos. Por primera vez me creo que hay más tiempo que vida.

Regreso a trabajar. Vuelvo a mi rutina de ver película tras película, hablar bien de ella, porque generalmente hay algo de lo que hablar bien. El cine siempre salva. Planeo perseguir a gente interesante a la que entrevistar y medios a los que ofrecerles mis servicios. Siento la cabeza y la cartera llena de posibilidades. Caminando junto al abismo de mi mamá, pero cayéndome cada vez menos.

Invito a mi papá a comer algún domingo. Me reintegro a la rotación de eventos prematrimoniales que se organizan para Paloma, con la fecha de su mentada unión cada día más cerca. Llamo a Emiliano siempre que me conmueve algo que él entendería mejor que nadie. Le contesto siempre que a él le pasa lo mismo.

Dejo La Caja Gris, muevo El Pantallón a la sala de mi mamá. Mi casa. Más niños vuelven a unirse al plan del cineclub semanal y la cosa tiene tal éxito que Jaime Chico cabildea al director de su colegio. Me ofrece dar una clase de cine para niños. María, reina de los niños. Pasan las cosas más raras.

Por primera vez en muchos años tengo la sensación de saber para qué soy mejor que nadie. A mí me gusta observar y compartir la belleza que veo en el mundo. La belleza que me deja pensar en mi mamá junto a mi cama escuchándome hablar del universo. La que me da la sonrisa de Jaime Chico, que se va de lado cuando algo de veras lo divierte, igual que la de Yvette. El gusto con que Paloma abrió y acomodó su primer regalo de bodas, unas jarritas inútiles pero preciosas para poner flores en el marco de alguna ventana. Una imagen, una historia, que le descubro a alguien por primera vez y que los marca para siempre. Todas cosas en apariencia menores en términos de su aportación general al mundo, pero mi aportación es notarlas mejor que nadie.

Tengo treinta y tres años, mucho que hacer, ningún testigo más que yo misma y muchas ganas de ver qué me va pasando.

Epílogo

En general, qué bonita la vida

No sé si el miedo que tiene Paloma es a casarse o a que el evento que lleva planeando tres años salga mal. Pero llegamos a encontrarla en plan de pánico, rodeada de maquillistas y una señora que le está apretando el corsé del vestido como si quisiera verla muerta. Paloma está como atrapada detrás de un biombo teniendo un ataque de ansiedad callado. Roberta, que viene de mi acompañante, diagnostica que necesitamos un minuto a solas con la novia y todo el staff de embellecimiento pasa a retirarse.

—¿Qué sientes? —le pregunto a Paloma mientras hace un esfuerzo por respirar con ritmo.

Paloma empieza varias veces y luego se detiene. Es la primera vez desde que la conozco que no encuentra las palabras para algo.

—¿Qué tal que odio estar casada? —dice por fin, simplemente.

—Paloma, claro que no.

—¿Por qué no? Mucha gente odia estar casada.

—Mucha gente odia a su marido. Pero tú adoras a Pancho.

Paloma dice que sí con la cabeza, pero al mismo tiempo se aflige.

—Es que —echa unas lágrimas— estoy muy enojada de que las servilletas están marcadas "PP", sin el "&" en medio. Parece que estamos en la fiesta guarra de un tal Pepe.

Logró no llorar con lo del miedo al matrimonio, pero acordarse de las servilletas ya fue demasiado.

—Ya no te preocupes. Es padrísimo estar casada, vas a ver —interviene Roberta, que viene conmigo porque se peleó de tal modo con el INEGI en la mañana, que lo desinvitó y salió corriendo entre gritos de su casa. De todos modos diagnostica que es padrísimo estar casada. Así es el amor.

Paloma respira profundo y se sacude un poco; como si se apagara y volviera a prender, queda reprogramada.

—Okay. Pues ya. Gracias. Ahora sí me tengo que apurar.

—¿Llamo al séquito de regreso? —ofrece Roberta.

—Porfa, Ro.

Amo que Paloma diga "porfa".

—Mari, ¿estás bien? —me mira de pronto con cara de angustia.

—Sí —digo con la voz entrecortada. Y es que estoy llorando muchísimo porque Paloma salió de detrás del biombo, con el pelo negro recogido en un moño y el vestido luminoso, como de azúcar. Parece un merengue elegantísimo.

—Eres la novia más bonita del mundo —berreo. No puede ser mi grado de emoción, tengo que bajarle a mi desmadre.

Paloma me abraza largamente. Me acaricia el pelo. Me había mandado llamar para que yo la consolara a ella y mira nada más lo que le pasó a la pobre.

—Tu mamá me compró un regalo —me dice. Sabiendo que es la mejor cosa que me puede decir—. Lo vi en la mesa hoy en la mañana.

—¿De verdad? ¿Qué te compró?

—Una caja de herramientas y un cómic de *El segundo sexo* de Simone de Beauvoir.

Suelto una carcajada que me consuela. Mi mamá.

Lo que sea de cada quien, a la boda se le notan los tres años de planeación. Las servilletas son el único bemol. La comida es espectacular, las flores limpias como en el campo, los discursos eruditos y emocionantes. En medio de todo el exceso y tradicionalismo, que en general me saca ronchas porque soy hija de mi mamá, lo que hace de la fiesta de Pepe un enjambre de euforia es que los novios se quieren como deben y están rodeados de gente que lo mismo. Yo ando vulnerable, así que mis lágrimas no son prueba de nada. Pero juro que para el baile de Sandra y Pancho, el papá de Emiliano está llorando en brazos de su consuegra.

Como a las once, Paloma empieza a angustiarse otra vez. La llevo al vestidor y le aflojo el corsé. Queda lista para seguir la interminable acción.

La fiesta no se acaba y no se acaba. Empezamos a bailar a las tres de la tarde y a las tres de la mañana Paloma, Roberta y yo seguimos brincando. Pancho la mira como que no la puede creer, Emiliano lo mira a él con la misma baba caída. Te los comes, bailando como si jugaran a corretearse por el jardín de la Señora Sandra.

En algún momento, los primos pubertos del lado Cervera juegan a ver quién se avienta desde más atrás en la tarima de los músicos pa' que los demás lo cachen. Hacen la gran mulada de dejar caer al más chiquito, que aterriza de boca y se la rompe. Hay gran conmoción, corren regaños y amenazas sobre los niños y con eso queda despachada gran parte de la familia.

Entra la calma del fin de festejo, Roberta se cansa y se sienta en la pista. Al rato se le unen los novios. Paloma acomoda sus múltiples crinolinas y queda como flotando sobre ellas. Camino hacia allá.

—¿Vas a bailar conmigo alguna vez? —me interrumpe la voz de Emiliano.

Me pone la mano en la cintura y me va jalando con tan poca fuerza que no me doy cuenta en qué momento termino recargada en su hombro.

—Creo que me voy a ir a vivir a Los Ángeles —me dice.

—¿En serio?

—¿Cómo verías?

—Muy bien. ¿Te quieres ir?

—Sí. Me ofrecieron dirigir una cosa. A ver qué pasa.

—¿Marina se va contigo?

—No. No, no. Para nada. Eso… —nada.

—¿Te vas a mudar de país tú solito?

—Yo solito.

Hasta la pista sigue llegando una música tersa junto al murmullo de la fiesta.

—¿Tú crees que ésta sea la última boda a la que iremos juntos? —me pregunta.

Hago un recuento rápido y asiento. Ya no nos queda nadie en común que falte de casarse.

—Pero puede empezar la segunda vuelta —le digo—, de los que se divorciaron.

Jaime Chico fue nuestra primera boda. Yo ya lo veo encaminado a repetir.

—¿De verdad? Ah, no, si Jaime se vuelve a casar vamos juntos. No me importa nada.

Se queda en el aire lo que no le importa. Quién será mi nuevo, seguro, acompañante. Quién será la suya.

—Pues ahí está, nos faltan todas las bodas de Jaime Chico.

Los dueños del lugar empiezan a apagar las luces del jardín. Poco a poco nos vamos quedando hasta sin música. Sólo siguen en el fondo la voz de Roberta y la risa de Paloma. Pancho llamándonos.

—Nos faltan las bodas de los hijos —se me ocurre de pronto. Y me alegra pensarlo.

—¿De quién van a ser tus hijos? —me pregunta.

—Quién sabe. De alguien. Igual que los tuyos.

Lo siento tocarme con una fuerza nueva, que no tiene ansias, sólo cercanía. Su boca contra mi pelo, sus brazos abarcándome de un lado a otro hasta que sus manos me aprietan los hombros.

—Creo que ya se acabó esta fiesta —le digo.

—¿Estuviste contenta?

—Claro.

Lo bailado nadie te lo quita. Aunque volvamos a desconocernos, no nos perdemos de nada. De alguien serán mis hijos y los suyos. De alguien será la nueva sonrisa que registre para siempre junto a la de Emiliano, quizá por encima de ella. En algún lado viviremos, haciendo cosas. El pasado latiéndonos en algún rincón, moviéndonos los pies. El futuro limpio, bailando.

—¿Sabes qué creo, Emi? —le digo mientras lo encamino a sentarnos en la pista junto a nuestra gente—. Que nos queda la mejor parte.

Índice

Esta obra se imprimió y encuadernó
en el mes de febrero de 2017,
en los talleres de Impregráfica Digital, S.A. de C.V.,
España 385, Col. San Nicolás Tolentino,
C.P. 09850, Iztapalapa, Ciudad de México.